KB120752

장정일

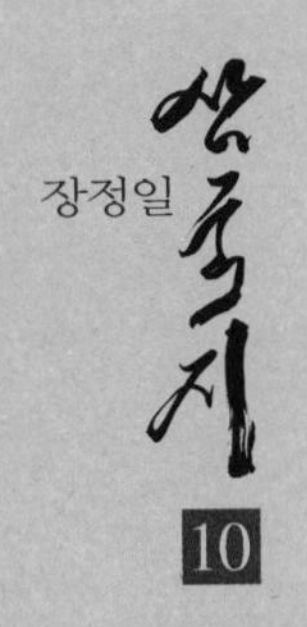

10

장정일 삼국지 10

저자 장정일

1판 1쇄 인쇄 2004. 11. 17.
1판 1쇄 발행 2004. 11. 22.

발행처 김영사
발행인 박은주

등록번호 제406-2003-036호
등록일자 1979. 5. 17.

경기도 파주시 교하읍 문발리 출판단지 514-2 우편번호 413-834
마케팅부 031)955-3100, 편집부 031)955-3250, 팩시밀리 031)955-3111

값은 표지에 있습니다.

ISBN 89-349-1549-8 04820
89-349-1539-0(전10권)

독자의견 전화 02)741-1990
홈페이지 http://www.gimmyoung.com
이메일 bestbook@gimmyoung.com

삼국지
장정일
10
천하통일
김영사

[등장인물]

등애鄧艾 **종회**鍾會 두 사람 모두 관구검의 반란을 진압하는 데 참여했고, 촉을 정벌할 때 중요한 직책을 맡아 선봉에 섰다. 촉의 수도인 성도 탈환을 놓고 가열된 두 사람의 경쟁의식이 사마소에게 불안감을 심어주게 될 줄 그들은 미처 몰랐다. 대저 무력으로 권력을 차지한 사람일수록 부하들의 모반을 두려워한다는 게 상식인데, 종회와 등애는 그것도 모르는 채 전공을 뽐내며 서로를 헐뜯기 바빴다. 사마소의 우려는 성도를 먼저 점령한 등애를 무고하여 죽음에 이르게 한 종회가 강유와 함께 역심을 품은 사실로 현실화된다. 그 시대는 군권만 있으면 누구나 황제를 꿈꾸어볼 수 있었던 무단의 시대였다.

제갈각 諸葛恪 제갈량의 형인 제갈근의 장자. 어릴 때부터 총명하고 재기가 있어 손권의 총애를 받고 태자의 선생이 된다. 젊어서부터 권력의 노른자위만 차지했던 그는 자신의 재주를 과신하여 위 정벌에 나섰다가 대패한 뒤 조정의 신뢰를 잃었다. 그러던 중 원정을 간 사이에 임명된 관원들과 자신의 패전을 비난하는 신하들을 숙청하려다가 도리어 손씨 일가에게 멸문지화를 당한다. 제갈근은 그것을 미리 내다보았는지 항상 '이 아이는 집안을 망칠 아이'라고 우려했다. 매우 특이하게도 제갈량 집안의 사람들은 촉 · 오 · 위 세 나라에서 골고루 벼슬을 했다. 제갈량의 족제(族弟)였던 제갈탄은 위나라의 대장으로 관구검의 반란 때 공을 세우기도 했고 백성의 인망도 두터웠다. 하후현과 가까웠던 탓에 반사마씨 반란의 주축 세력이 됐다가 일족이 참수당했다.

관구검 毌丘儉 위나라의 요동 방면 방어사령관. 공손연이 요동 일대에 연나라를 세우고 위나라를 침공해오자, 사마의를 도와 공손연을 물리친다. 하지만 사마사가 위황제 조방을 폐위시키자 혼자 군대를 일으켜 사마씨에게 대항했다. 서쪽 변방의 지방 장관이었던 마량처럼 동쪽 변경의 지방 장관이었던 관구검 역시 곁눈질이라곤 전혀 모른 채 앞만 보고 걷는 사람으로, 결코 설득되지 않는 '촌사람' 기질을 가지고 있었다.

사마사 司馬師 **사마소** 司馬昭 사마의의 두 아들. 젊어서부터 부친을 따라 전쟁터를 누볐으며, 근위 세력이던 조상 일파를 주멸하고 조방을 폐위시키는 정변 때에 크게 활약했다. 형 사마사가 전쟁터에서 눈병을 얻어 죽자, 동생 사마소가 형의 뒤를 이어 천하통일의 위업을 이루고 진왕이 되었다. 사마사와 사마소는 부친이 조조와 그 일가로부터 끊임없이 견제당하는 것을 보고 자란 탓인지 형제애가 돈독했다. 하지만 두 사람이 죽고 나서 사마씨 일족들이 벌인 팔왕(八王)의 난은 골육간 우애의 유무가 아니라, 사마의와 사마사 · 사마소 형제가 솔선해서 모범을 보였던 패도를 보고 배운 탓이 크다.

가충賈充 가후와 한 집안 사람으로, 조조 사후 조비와 조창이 왕위를 다투었을 때 조비를 도왔던 가규의 아들이자 훗날 진나라의 혜제(사마충)에게 시집간 가남풍의 아버지다. 사마소의 심복인 그는 사마소를 위해 위의 황제인 조모를 시해하는 일에 앞장섰고, 종회로 하여금 등애를 죽이게 하는 술책도 헌상했다. 가충이 조비의 승계를 돕고 가후가 수선대를 쌓아 조비를 위한 선양식을 치렀던 일련의 사례는 가씨 일족이 당대 최고의 '황제제조기'로 불리는 이유다.

손호孫晧 오나라의 마지막 황제. 연의 『삼국지』는 물론이고 정사에서마저 손호는 음행과 포악을 일삼던 암군으로 묘사된다. 하지만 손호가 강압적으로 통치했던 기간은 강남 호족 세력들의 연합정권적인 색채가 강했던 오나라 조정의 입장에서 볼 때 황실권력의 강화기였다고도 할 수 있다. 사마염이 오나라 정벌을 서두른 까닭 역시 손호의 악정으로 오나라가 혼란에 빠져서가 아니라, 분산된 권력이 중앙집중화되면 공략하기가 더 어려워진다는 판단에서였다.

동천왕東川王 고구려의 11대 왕으로 재위 기간은 서기 227~248년이다. 공손연이 위나라를 치기 위해 거병했을 때 조예와 사마의는 옛날 패주한 원상 · 원희 형제가 공손연의 아버지인 공손강과 연합할지도 모른다고 무제(조조)가 우려했던 것과 유사하게, 패퇴한 공손강이 고구려와 연합할지도 모른다고 걱정했다. 때문에 사마의는 사신을 보내 위와 고구려가 연합하여 공손연을 토멸하자고 제의했다. 당시의 고구려는 서쪽을 공략하고 싶었으나 공손씨의 세력에 막혀 눈치만 보고 있는 형국이라, 위나라의 제의에 응했다. 하지만 너무 많은 군사를 보내는 것은 위만 좋게 해주는 셈이라고 판단하고, 기병 1천 명을 보내 연합군이라는 생색을 내면서 중원의 사정도 탐색하게 했다.

황호黃皓 촉의 환관으로 매우 간험(奸險)하고 아첨을 잘해서 유선의 총애를 받았다. 촉한정통론의 입장에서 씌어진 나관중 · 모종강본 『삼국지』가 주장하는 것처럼 촉나라가 한나라를 승계한 게 맞다면, 십상시에 의해 망한 후한과 황호에 의해 망한 촉한을 합쳐 한 왕조는 두 번씩이나 환관의 전횡으로 망한 것이 된다. 그런 의미에서 『삼국지』를 수미일관한 구조라고 평가할 수 있을 것이다.

10 천하통일

삼국시대 지도
선 비 족
요동
양주(凉州)
유주
황하
위
서량
병주
기주
청주
업
태산
연주
낭야
옹주
사주
농서
천수
낙양
허도
하비
서주
장안
정군산
수춘
기산
한중
남양
예주
건업
강 족
면죽
상용
양양
합비
오군
익주
가맹
이릉
장강
회계
성도
남군
효정
강하
언양
가릉
파군
무릉
적벽
아미산
양주(揚州)
장사
형주
익주
오
촉
운남
영릉
계양
천 축
영창
건녕
교주

사마의의 죽음

서기 249년 8월.

강유는 촉장 구안句安과 이흠李歆에게 1만 5천의 군사를 거느리고 국산 기슭으로 진출해 동쪽과 서쪽에 두 개의 진지를 세우고 하나씩 맡아 지키게 했다. 위의 세작이 이 사실을 옹주 자사 곽회에게 알렸다. 곽회는 이를 낙양에 보고하고 부장 진태에게 5만 군사를 이끌고 나가 촉병을 물리치라고 영을 내렸다. 촉장 구안과 이흠이 동쪽과 서쪽 진지에서 나와 싸웠으나 군사 수에 밀려 토성으로 도망가고 말았다. 진태는 물샐 틈 없이 두 성을 포위하고 맹공을 퍼붓는 한편 한중에 이르는 보급로를 차단했다. 그러자 얼마 되지 않아 성안에 갇힌 촉군의 군량미가 떨어졌다. 위장 곽회가 진태에게 말했다.

"촉병들의 성이 높은 산에 있으니 군량미는 물론 물이 부족할 것이 뻔하다. 게다가 우리가 상류의 물길마저 끊는다면 촉병은 갈증으로

죽어갈 것이다."

곽회가 상류의 땅을 깊이 파서 물길을 끊으니 성안의 물이 완전히 말랐다. 이흠·구안은 각자 군사를 이끌고 성밖으로 나와 물을 길으려 했으나 위병의 공격을 받고 다시 성안으로 도망쳐 들어갔다. 구안이 이흠에게 말했다.

"강도독께서 거느린 군사가 올 때가 되었는데 아무 소식이 없으니 어찌된 일이오?"

"구장군은 토성을 지키고 계시오. 내가 성을 빠져나가 구원병을 청하겠소."

이흠이 비장한 각오로 수십 기의 군사를 거느리고 성문을 열고 나가자 사면에서 포위하고 있던 위군이 승냥이처럼 달려들었다. 호위병들이 몸을 던져 막아주는 틈을 타

성안에 갇힌 촉군은 군량미와 물이 떨어져 곤경에 처했다. 촉나라는 항상 자신의 국력에 버거운 전쟁을 벌여왔다. 제갈량과 강유는 스스로를 버려가면서까지 이 무리한 전쟁을 이끌었다. 이 전쟁이 대의명분을 위한 것이었기 때문이다. 태양을 향해 버겁게 가지를 뻗은 나무의 모습은 화상석에 근거한 것이다.

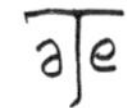

서 단신으로 겨우 포위망을 벗어난 이흠은 곧장 강유가 있는 곳으로 말을 달려갔다.

그날 밤, 다행히 폭설이 내리기 시작하여 두 토성에 있던 촉병들은 눈을 녹여 갈증을 풀고 밥도 지어먹었다. 한편 포위망을 뚫느라 피투성이가 된 이흠은 이틀 만에야 겨우 강유가 거느린 군사들과 만났다.

"국산에 있는 두 성은 오래전에 위군들에게 포위된데다 물길마저 끊겨 병사들이 자기 오줌을 받아마시며 갈증을 풀고 있습니다."

"내가 일부러 늑장부린 게 아니라, 강병이 아직 도착하지 않아 지체되는 것이다."

강유는 부상 당한 이흠을 서천으로 보내 치료받게 하고 하후패에게 말했다.

"강병이 언제 도착할지 모르는데 국산의 군사는 위급하니 장군의 고견을 듣고 싶소."

"강병이 올 때까지 기다리는 것은 국산에 나가 있는 군사들이 죽는 것을 기다리는 것과 같습니다. 옹주의 군사들이 국산을 공격하기 위해 모두 나섰을 것이니 옹주성이 비어 있을 게 분명합니다. 장군께서는 신속히 군사를 이끌고 우두산牛頭山을 가로질러 옹주의 뒤쪽을 공격하십시오. 그러면 곽회와 진태는 옹주를 구하고자 포위망을 풀게 될 것입니다."

강유는 크게 기뻐하며 곧 군사를 거느리고 우두산으로 달려갔다. 두 토성을 포위하고 있던 진태는 이흠이 성을 빠져나가 도망치자 급히 곽회에게 달려가 말했다.

"이흠이 강유에게 달려가 전황을 보고하면, 강유는 군사를 이끌고 우두산을 가로질러 옹주 뒤쪽을 공격할 것입니다. 제가 일단의 군사를 거느리고 우두산으로 달려가 강유를 막을 테니, 장군께서는 나머지 군사를 이끌고 빨리 조수洮水를 점령하십시오. 그러면 강유는 보급로가 끊어진 사실을 알고 스스로 물러갈 것입니다."

곽회는 크게 기뻐하며 한 무리의 군사를 거느리고 조수로 갔다. 그러자 진태는 나머지 군사를 거느리고 우두산으로 달려갔다. 촉장 강유가 군사를 거느리고 우두산에 도착할 무렵 전초병이 되돌아와 위군들이 앞을 가로막은 사실을 알렸다. 강유가 깜짝 놀라 말을 타고 나가보니 진태가 말 위에 앉아 큰 소리로 외쳤다.

"네가 원숭이 같은 꾀로 옹주를 습격하려고 하지만 어림 없는 수작이다!"

화가 난 강유가 창을 들고 말을 몰아 진태에게 덤비자 진태도 칼을 휘두르며 달려나와 맞섰다. 하지만 불과 3합도 싸우지 못하고 진태가 말 머리를 돌려 달아났다. 강유가 군사를 휘몰아 밀물처럼 덮치니 옹주 군사들은 죽기 살기로 우두산 꼭대기까지 도주했다. 강유가 우두산 기슭에 진을 치고 매일 싸움을 걸었으나 쉽게 승부가 나지 않았다. 실전 경험이 풍부한 하후패가 말했다.

"이곳에 오래 있는 것은 좋지 않습니다. 연일 싸웠으나 승부가 나지 않는 것은 적들이 우리를 이곳에 붙잡아두려는 계책을 쓰기 때문입니다."

이때 전령이 달려와 곽회가 한 떼의 군마를 이끌고 조수를 점령했다는 소식을 알렸다. 보급로가 끊겼다는 것을 깨달은 강유는 하후패에게 선봉과 중군을 맡겨 먼저 후퇴시키고 자신은 후군을 거느리고 적군의 추격에 대비했다.

촉군이 물러나는 것을 알고 우두산을 내려온 진태는 다섯 길로 촉군을 추격했다. 강유의 군대가 홀로 다섯 길로 몰려오는 위군을 막으려 하니 힘에 부쳤다. 설상가상으로 조수 근처까지 갔을 때 곽회가 앞길을 가로막았다. 강유가 죽을 힘을 다해 포위망을 뚫어 양평관까지 왔으나 결국 절반의 군사를 잃고난 뒤였다.

강유가 패잔병들을 이끌고 발걸음을 재촉하는데 또다시 일단의 군마가 먼지를 일으키며 달려와 앞을 가로막았다. 적진의 제일 선두에서 한 장수가 칼을 휘두르며 말을 달려나왔다. 사마의의 큰아들 표기장군 사마사였다. 강유가 창을 비껴들고 말을 달려나갔다. 칼과 창이 쇳소리를 내며 여러 차례 부딪쳤다. 사마사가 강유를 이기지 못하고 말 머리를 돌려 도주하자 강유는 뒤를 쫓는 대신 급히 군사를 이끌고 양평관으로 후퇴했다.

사마사는 강유가 쫓아오지 않는 것을 알고 슬그머니 말 머리를 돌려 양평관을 취하기 위해 달려왔다. 그러자 성 양쪽에서 화살이 소나기처럼 쏟아졌다. 제갈량이 임종시에 도면을 그려 전해준 연노에서 발사된 화살이었다. 연노는 쇠뇌 하나로 열 발의 화살을 한꺼번에 쏘아댈 수 있었다. 연노를 맞은 위군이 쓰러지자 사마사는 도저히 수습할 수 없다고 느끼고 군사들을 물려 도주했다.

강유가 사마사를 따돌리는 동안, 국산성에 포위당하고 있던 촉의 장군 구안은 더 이상 구원병이 오지 않자 버티지 못하고 성문을 열고 위군에게 항복하고 말았다. 결국 강유는 수만의 병사를 잃는 군사적 손실을 안고 한중으로 돌아갔다. 사마사 역시 군사를 돌려 낙양으로 돌아갔다.

서기 251년.

가을에 접어들면서 위 승상 사마의는 노환이 깊어져 내일을 기약

할 수 없는 상태가 되었다. 그러던 어느 날 사마의가 두 아들을 불러들였다. 막강한 권력을 손에 쥐고 있는 그였으나 임종을 앞둔 그의 모습은 단지 늙고 힘없는 노인에 불과했다.

"태어나고 죽는 것은 누구도 피할 수 없는 법이다. 나도 이제 갈 때가 된 것 같다. 나는 온갖 풍파를 헤치고 벼슬이 태부에까지 이르렀다. 그 동안 많은 사람들이 나를 두려워하고 시기하여 내 마음이 늘 편치 않았다. 권력은 잡는 것보다 그것을 어떻게 운용하는가가 더 중요하다. 내가 죽은 뒤 너희 둘은 무슨 일이 있어도 각자 딴마음을 품어서는 안 될 것이며 반드시 한마음 한몸이라는 생각으로 국정을 처리해야 한다."

가쁜 숨을 몰아쉬며 겨우 유언을 마친 사마의는 눈을 감았다. 사마사와 사마소는 부친의 죽음을 조정에 알렸다. 소식을 들은 조방은 그의 장례를 특별히 성대하게 치르라는 영을 내렸다. 사마의의 장례가 끝나고 조방은 장자인 사마사에게는 대장군의 벼슬을, 둘째 아들인 사마소에게는 표기장군의 벼슬을 내렸다.

한편 사마의가 죽고 1년이 지난 즈음, 오주 손권 역시 셋째 아들 손량과 제갈근의 아들 제갈각에게 국정의 전반을 맡긴 채 정치의 이선으로 물러나 있었다.

오나라 황제 손권은 처음에 부춘 출신의 부인 서씨徐氏 소생인 손등孫登을 태자로 삼았다. 그러나 질투가 심한 서씨가 사사건건 손권을 다그치거나 손권이 가까이 하는 후궁들을 괴롭히는 바람에 손권은 그녀를 오군吳郡에 팽개쳐두고 보씨步氏를 황후로 삼으려 했다. 그러나 특별한 이유도 없이 정실을 폐위하고 두 번째 부인을 황후에 올릴 수 없다며 신하들이 거세게 반대해 뜻을 이루지 못했다.

그후 서기 241년, 부덕이 높고 다른 후궁들에게도 덕망이 있던 보씨가 죽은 뒤 손권은 차자 손화孫和를 손등 대신 태자로 삼았다. 손화는 낭아瑯琊 출신의 부인 왕씨王氏 소생이었다. 그런데 손화는 죽은 보부인의 큰딸인 전공주全公主와 사이가 좋지 않았다. 전공주의 이름은 노반魯班이었는데 손권이 보부인을 워낙 총애했기 때문에 보부인이 죽은 후에도 전공주를 특히 아꼈다.

전공주는 자신의 어머니 보부인과 연적이었던 왕부인의 소생 손화가 태자에 책봉되자 행여 왕부인이 자신을 해치지는 않을까 늘 근심하며 지냈다. 전공주는 어릴 적부터 자기 어머니 보부인과 태자로 책봉된 손화의 어머니 왕부인 사이의 관계를 보고 자랐기 때문에 만약 왕씨 소생으로 제위를 잇게 되면 자신은 살아남지 못할지도 모른다고 생각했다. 날이 갈수록 불안감이 더해진 전공주는 손권 앞에서 자주 왕부인과 손화의 잘못을 고해바치기도 하고 없는 일도 꾸며서 모함을 하곤 했다.

그러다 손권의 병이 깊어졌을 무렵 결정적인 사건이 벌어졌다. 전공주가 손권을 간병하면서 왕부인이 '이제 내 아들이 제위를 물려받을 것'이라고 말하고 다니면서 기뻐하는 기색이 역력하더라고 손권에게 고자질했다. 이 말을 들은 손권은 진위를 제대로 확인하지도 않고 며칠을 노여워하다가 왕부인을 불러서 크게 꾸짖었다. 왕부인은 이 일로 늘 근심하며 억울해하더니 결국 마음의 병을 얻어 죽고 말았다. 왕부인이 죽자 전공주는 아무 거리낌없이 사사건건 손화를 비난하고 조금이라도 잘못된 일이 있으면 손권에게 일러바쳤다.

결국 손권은 손화가 전공주와 사이가 좋지 않은 것은 태자로서 자질이 부족한 까닭이라고 여기고 태자의 자리에서 폐위시키려 했다.

그런데 손화의 동생 노왕魯王 손패孫覇는 이것을 빌미로 자신이 태자가 되어야 한다고 주장하면서 동조자들을 규합했다.

이 일로 오나라 조정은 손화를 옹호하는 파와 손패를 지지하는 파로 나뉘어 정국이 시끄러워졌다. 그러자 손권은 국론이 분열된 탓을 물어 손화를 태자에서 폐위시키는 한편 손패는 분란을 일으키는 주범으로 처형해버렸다. 이렇게 해서 손화는 어머니를 잃고 동생마저 아버지에게 죽임을 당하는 비운을 맞았다. 태자의 자리에서 퇴위당한 손화는 화병을 이기지 못하고 한을 안은 채 죽고 말았다. 그후 손권은 다시 셋째 아들인 어린 손량孫亮을 태자로 삼았다. 손량은 손권의 어린 부인 반씨潘氏 소생이었다.

반씨는 손권이 늙어서 얻은 부인이었는데 회계會稽 구장句章 출신으로 젊고 야심이 많은 여자였다. 반씨의 부친은 하급관리였는데 법을 어겨 사형을 당했다. 그후 반부인은 언니와 함께 궁중에서 직실織室에 호송되었다. 그러던 어느 날 손권이 어린 소녀 반씨가 슬픔에 젖어 일하는 모습을 보고는 측은하게 여겨 따로 불러 후궁으로 삼았다. 그러다 한 번씩 그녀의 근황을 묻곤 했는데 반씨가 유난히 총명하고 다른 후궁들에 비해 생각도 넓고 깊다는 말을 듣고 자주 그녀를 불러들였다. 손권은 반씨와 함께 앉아 대화를 나누면 시간 가는 줄을 몰랐다. 그녀는 열다섯의 나이답지 않게 많은 책을 읽었으며 국정에 대해서도 밝은 소견을 갖고 있었다. 손권은 자신도 모르게 어느덧 이 어린 소녀를 사랑하게 되었다. 환갑이 넘은 손권이 열다섯 살도 안된 어린 소녀를 사랑하여 낳은 아들이 바로 손량이었다.

서기 251년, 손량은 여덟 살에 태자에 책봉되었다. 어린 나이의 손량이 태자에 봉해지자 곳곳에서 우려의 목소리가 나왔다. 어린 태자가 제위에 오르면 그 외척이나 환관 그리고 권신들이 권력을 장악하게 되는 경우가 허다했기 때문이다.

손량이 태자로 책봉된 다음해, 손권은 반부인을 황후로 세웠다. 나이가 들면서 반부인은 자기 주장이 심해지고 남에게 지는 것을 싫어해 원부인袁夫人 등 수많은 후궁들을 참소하여 음해했다. 그해 가을, 동오 땅에는 때아닌 태풍이 불어닥쳐 큰 피해를 입었다. 바람이 심하게 불고 밤낮으로 비가 쏟아져 평지에 물이 어른 키보다 높이 찼다. 이로 인해 손권의 부친 손견의 능에 심은 잣나무들이 모두 뿌리째 뽑혀 건업성 남문 밖에까지 날아가 길거리에 거꾸로 처박히기도 했다. 나이가 많아 노환에 시달리던 손권은 손견의 능에 이같이 불길한 일이 벌어졌다는 소식을 듣고 몹시 놀라 병을 얻고 말았다.

손권의 병은 날이 갈수록 깊어졌다. 반씨는 이때부터 중서령 손홍孫弘을 불러 전한前漢 때 여태후呂太后의 일을 묻기도 했다. 여태후는 한고조 유방의 부인으로 혜제惠帝의 어머니였는데 유방이 죽자 그 아들(혜제)을 내세워 섭정했다. 혜제는 여태후의 잔인한 행동으로 병을 얻어 24세에 죽어버렸는데 여태후는 그후에도 8년 동안 철권통치를 했다. 손권은 자신의 병이 깊어지는 것을 느끼고 어린 태자 손량을 위해 대장군 제갈각에게는 태자태부太子太傅를 겸하게 하고 손홍에게는 태자소부를 겸하게 했다.

서기 252년 정월, 반씨는 손권의 병이 위중해지자 다른 후궁들을 모두 물리고 오직 자신만이 손권의 병간호를 도맡아하면서 권력을 장악할 방도를 찾기 시작했다. 그녀는 손홍을 중심으로 새로운 권력집단을 조직하려 했으나 손권을 간호하다 자신도 과로로 자리에 눕게 되었다. 때마침 새 황후 반씨에게 생명의 위협을 느낀 여러 후궁들이 반씨를 죽이기로 모의하고 있었다. 후궁들은 황후의 병간호를 핑계로 자주 드나들다가 기회를 틈타 반씨를 목 졸라 죽이고 말았다. 처음에 후궁들은 왕비가 갑자기 몹쓸 병에 걸려 죽었다고 둘러댔으나 나중에 이 일이 누설되어 사형 당한 후궁이 예닐곱 명이나 되었다.

반씨가 죽고 나자 손권의 병세는 갑자기 악화됐다. 반씨가 죽은 이후부터 자주 혼수 상태에 빠졌던 손권은 자신의 수명이 다했음을 알고 삼촌 손정과 태부 제갈각, 대사마 여대呂岱를 병상 가까이 불러 뒷일을 부탁했다. 이때 손권의 나이 71세였다.

반씨가 죽고 나서 채 두 달이 되지 못해 손권이 따라 죽자, 반씨와 함께 정권을 장악하려 했던 손홍은 이 사실을 은폐하고 거짓 조서를 꾸며 실권자인 제갈각을 제거하려고 했다. 손홍의 불순한 의도는 손권 말년에 시중을 지냈던 손준孫峻에게 간파됐다. 손준은 손정의 손자로, 그는 은밀히 사람을 보내 이 사실을 제갈각에게 알렸다. 오나라의 실권자였던 제갈각은 제보를 듣는 즉시 곧바로 입궐하여 손홍을 불러들였다. 그리고 황제의 죽음을 제대로 알리지 않은 사실을 들어 그 자리에서 주살했다.

손권이 죽은 후 제갈각은 태자 손량을 황제의 자리에 오르게 하고 손량을 대신해 전국에 대사면령을 내렸다. 황제가 된 손량은 이때 나이 겨우 10세에 불과했다. 이렇게 하여 3국은 다시 강유 · 제갈각 · 사마사 등 천자를 제외한 참모들의 대결 구도가 됐다.

손권이 죽었다는 소식이 전해지자 위의 사마사는 동오를 정벌할 기회가 왔다고 생각하고 휘하 부하들을 불러들여 대책을 협의했다. 상서 부하傅嘏 등 남침을 반대하는 신하들도 있었으나 사마사의 동생 사마소가 동오 정벌에 적극적으로 나서자 사마사는 동오를 정벌하기로 방침을 정했다.

남벌을 하기 위해 대군을 일으킨 사마사는 사마소를 대도독에 임명하고 정남대장군 왕창과 진남도독 관구검과 함께 동흥 · 무창 등으로 공격해갈 것을 명령했다. 대도독 사마소는 지난 수십 년간 위가 오를 정벌하지 못한 것은 지형적인 난점을 극복하지 못했기 때문이라고 판단하고 무엇보다 지세를 살피며 공격하는 데 신경을 썼다. 그해 겨울 동오의 국경선에 이른 사마소는 진지를 구축하고 왕창 · 관구검 · 호준 등의 장수들을 불러 공격전략을 짰다.

"여러 가지 지형을 살펴본 결과 동흥은 동오의 가장 중요한 방어선이 분명합니다. 그래서 적은 이곳의 방어에 만전을 기하고 있어요. 전면으로 공격하는 것은 불가능하니 뒤에서 치고 들어가는 수밖에 없습니다. 지형을 샅샅이 살펴 취약점을 찾아내도록 하세요."

사마소는 왕창 · 관구검에게 각각 왼쪽과 오른쪽에서 동흥을 조여가도록 지시했다. 이어 동흥을 점령했다는 소식이 전해지면 전군으로 하여금일시에 공격할 것을 명령했다. 그는 다시 호준을 불러 사마소 자신이 이끌고 온 본군의 맨 앞에 서게 하여 군사들을 이끌고 가부교를 내리고 제방을 점령한 뒤 동흥성을 빼앗을 것을 명령했다.

한편 오나라 태부 제갈각은 위군이 세 갈래 길로 쳐들어오고 있다는 보고를 받고 즉각 관료들을 불러 이들을 격파할 대책을 세웠다. 평북장군 정봉이 먼저 말했다.

"동흥은 절대 빼앗겨서는 안 되는 곳입니다. 이곳이 무너지면 무창이 위험해집니다."

제갈각이 고개를 끄덕이며 동조했다.

"맞는 말입니다. 정장군은 먼저 수군 3천을 이끌고 강을 따라나가 이들의 움직임을 주시하다 기회가 오면 공격하도록 하세요. 나는 여거呂據 · 당자唐咨 · 유찬劉纂에게 각기 보병 1만씩을 주어 세 갈래 길로 곧바로 뒤따라가도록 하겠소. 정장군이 공격을 시작하면 이들이 협공할 테니 좋은 결과가 있을 것이오."

정봉은 제갈각의 명을 받들어 수병 3천여 명을 30척의 배에 나누어 타게 한 후 동흥을 향해 진군했다. 이때 위군의 선봉장 호준은 부교를 건너 제방 위에 병사들을 주둔시키고 있다가 한종韓綜 · 환가桓嘉 두 장수를 보내 적장 전역全懌과 유략劉略이 지키고 있는 좌우의 두 성을 공격하게 했다. 그러나 이 두 성은 지대가 몹시 높은 곳에 있었을 뿐 아니라 그곳으로 이르는 길이 험하고 성이 견고해서 생각처럼 쉽게 공략할 수가 없었다. 게다가 성을 지키고 있는 오나라 장수들도 위나라의 군세에 눌려 나와 싸울 생각을 않고 오직 성만 굳게 지키고 있었다.

남쪽 땅이기는 했으나 겨울바람이 매섭기는 마찬가지였다. 위군은 연일 계속되는 눈보라 속에서 오군이 견고히 지키고 있는 성을 에워싼 채 힘든 나날을 보내고 있었다. 그러던 어느 날 서주에 진을 치고 있던 호준은 엄동설한이라 전투하기 어려운 상황임을 감안하여 추위도 잊을 겸 장수들을 격려하는 술자리를 마련했다. 호준의 얼굴이 붉게 달아오르기 시작할 무렵, 갑자기 동오의 배 30여 척이 육지로 올라오고 있다는 보고가 날아들었다. 호준이 날쌔게 말에 올라 군영 밖으로 나가 살펴보니 동오의 배가 해안에 닿으려 하고 있었다. 오나라의 군선을 지켜보던 호준은 서둘러 장막으로 돌아와 장수들을 향해 소리쳤다.

"오군의 수병들이 해안으로 들어오고 있지만 수천에 불과하니 두려워할 것 없소. 모두 일어날 필요는 없고 몇 명만 나가도 충분할 것이오."

이렇게 말한 호준은 부장 둘에게 적을 요절내라 명령하고 다시 술자리에 앉아 술을 마셨다. 정봉은 적이 방심하고 있다는 사실을 금세 알아차리고 한층 자신감을 얻어 자신의 군사들에게 지시했다.

"중군은 모두 갑옷과 투구를 벗고 긴 창과 칼은 모두 내려놓아라. 우리는 오늘 단검으로 적을 모두 쓸어버릴 것이다. 전군은 배를 일렬로 띄우고 공격 명령이 떨어지면 일제히 적의 진영으로 쳐들어가라. 명심하라, 속전 속결이다!"

위나라 장수들은 오나라 군사들이 상륙하는 모습을 지켜보면서도 대수롭지 않다는 듯 비웃기만 하고 아무 방비도 하지 않았다. 이때 갑자기 연주포가 세 번 크게 울렸다. 동시에 정봉이 칼을 휘두르며 앞으로 달려나오고 그 뒤로 동오의 군사들이 병풍처럼 일자로 길게 늘어서 단도를 거머쥐고 위의 진지를 향해 몰려왔다. 동오의 신속한 기동력에 위군들은 미처 대처할 겨를도 없이 오군의 단도를 피해 이리저리 달아나기 바빴다.

위나라 장수 한종이 급하게 창을 들고 장막 앞으로 나와 정봉을 맞아 싸웠으나 도리어 정봉에게 창을 빼앗긴 채 칼을 맞고 쓰러졌다. 한종이 나자빠지는 모습을 본 환가가 왼쪽에서 정봉을 공격했으나 그 역시 정봉의 단검을 피하지 못하고 오른쪽 어깨를 맞아 땅바닥에 나뒹굴었다. 정봉은 넘어져 당황하고 있는 환가의 가슴에 다시 한번 칼을 꽂았다. 위군의 두 부장을 일시에 넘어뜨린 오군은 한층 힘을 얻어 위군의 진지를 좌충우돌 기습해 들어갔다. 연이어 제갈각이 이끈 보병들까지 위의 진지로 쳐들어오자 호준은 헤어날 길이 없다고 생각하고 말을 타고 달아나기 시작했다. 나머지 위군들도 너나 할 것 없이 부교쪽으로 도망쳤으나 오군에 의해 이미 부교가 끊어진 상태여서 반 이상이 물에 빠져 죽었다. 눈으로 뒤덮인 흰 벌판은 위군이 뿌린 피로 얼룩졌다.

단숨에 위군을 제압한 오군 수병들은 수레와 군마 등 각종 무기들을 거두어 돌아갔다. 동흥에서 호준이 대패했다는 소식을 들은 사마소는 왕창 · 관구검과 함께 군사를 돌려 물러갔다.

한편 이 전투를 전체적으로 지휘했던 제갈각은 동흥에서 군사들을 모아 크게 상을 내리고 작전에 참여한 여러 장수들에게 말했다.

"모두 합심하여 효과적으로 적을 물리친 공을 치하하오. 위장 사마소가 대패하여 북으로 돌아갔으니 우리는 승전의 여세를 몰아 중원을 취할 기회를 만들어야 합니다."

제갈각의 말에 장수들은 의기충천하여 동의를 표시했다. 제갈각은 아직 북풍이 세차게 몰아치는 한겨울이라 다음해를 기약하며 군사들을 거느리고 건업으로 돌아왔다.

다음해 여름, 중원 정벌을 염두에 두고 군사를 재정비한 제갈각은 촉장 강유에게 편지를 보내 함께 위를 공격하여 천하를 둘로 나누어 갖자고 제안했다. 제갈각은 촉에 밀서를 보내는 것과 동시에 10만 대군을 일으켜 중원 정벌에 나섰다. 여름이 전쟁을 하기에 좋은 계절은 아니었으나 동오군의 사기가 가라앉기 전에 성과를 보고 싶은 의욕이 제갈각을 서두르게 했다. 그런데 하루도 빠짐없이 한치 앞도 보이지 않을 만큼 짙은 안개가 이들의 행군을 가로막았다. 보다 못한 장연蔣延이 제갈각에게 말했다.

"태부, 우리가 원정길에 오른 후 날마다 이렇게 짙은 안개가 끼는 것은 별로 좋은 징후가 아닙니다. 차라리 회군하여 다음 기회를 기다리는 것이 좋을 듯합니다. 이 상태로 위를 정벌하러 나섰다가는 좋은 결과를 보지 못할까 두렵습니다."

그렇지 않아도 안개 때문에 잔뜩 신경이 곤두서 있던 제갈각은 장연의 말을 듣자 몹시 화를 내며 꾸짖었다.

"안개가 끼는 것은 단순한 자연현상일 뿐이오. 장군은 내가 왜 이 여름에 원정길에 나섰는지 몰라서 그런 말을 하는 것이오! 얕은 생각을 함부로 발설하여 군의 사기를 떨어뜨렸으니 용서할 수 없소."

제갈각은 주변의 무사들을 불러 당장 장연을 참형에 처하라고 명령했다. 그러나 여러 장수들이 만류하고 나서자 제갈각은 장연을 죽이는 대신 그의 벼슬을 없애 평민으로 만들고 다시 진군을 지시했다. 이때 정봉이 나서서 건의했다.

"위를 정벌하기 위해서는 첫번째로 신성新城을 공략해야만 합니다. 그들은 이 성을 최후의 방위선으로 삼고 있으니 우리가 만일 신성을 먼저 함락하면 사마사는 잔뜩 긴장해서 어찌할 바를 모를 것입니다."

"정장군의 말이 맞습니다."

제갈각은 정봉의 말에 힘을 얻어 더 한층 진군에 박차를 가해 신성을 향해 군사를 몰고 갔다. 신성을 지키고 있던 위나라 장수 장특張特은 오나라 대군이 몰려오는 것을 보고 응전을 피한 채 성문을 굳게 닫아버렸다. 제갈각은 굳게 닫힌 성문을 보고 적이 겁을 먹고 있다고 생각하며 예기에 차서 군사들로 하여금 성을 사방으로 둘러싸라고 명령했다. 이 소식이 순식간에 낙양에 알려지자 사마사는 크게 분노하여 제갈각을 물리칠 방법을 찾는 데 골몰했다. 옆에 있던 주부 우송虞松이 사마사에게 말했다.

"지금은 제갈각과 맞서 싸울 때가 아닙니다. 그놈들은 지금 300리가 넘는 길을 행군해온데다 군사의 규모 또한 대단합니다. 그러니 적은 머지않아 군량미가 부족해질 것입니다. 그렇게 되면 놈들은 어쩔 수 없이 후퇴할 것이고 이때를 놓치지 않고 공격한다면 우리가 승리할 것은 틀림없는 사실입니다. 다만 유념할 것은 촉병이 국경을 범할지 모르니 방비에 만전을 기하십시오."

사마사는 우송의 말에 동감하고 관구검 · 호준에게는 장특을 지원하라고 지시했다. 이어 사마소에게는 곽회와 함께 강유의 침범에 대비하라고 명령했다. 한편 제갈각은 한 달이 넘도록 신성을 공격했으나 아무 반응이 없자 마음이 더욱 초조해졌다. 중원으로 들어가려면 천 리도 넘게 남았는데 첫 관문에서부터 한 발짝도 나아가지 못하고 있다는 조급함에 군사들을 강압적으로 독촉하기 시작했다.

"만일 지금부터 공격에 태만한 자가 눈에 띄면 즉각 참형에 처하겠다. 사력을 다해 성을 공격하라!"

제갈각의 다그침에 오나라 장수와 군사들은 다시 죽을 힘을 다해 성을 공격해 마침내 성의 동북쪽이 허물어졌다. 성이 함락될 위기에 처하자 장특은 가까스로 한 가지 계책을 떠올렸다. 그는 특별히 언변이 뛰어난 참모 하나를 뽑아 법서를 들고 동오의 제갈각을 만나도록 했다. 제갈각은 장특이 보낸 사자가 왔다는 말을 듣고 호기심이 생기면서도 경계를 늦추지 않고 그를 맞아들였다. 사자는 제갈각에게 공손함을 다해 자기를 소개하고 준비한 말을 조리있게 해나갔다.

"태부의 높으신 이름은 이곳에서도 이미 널리 알려져 있습니다. 태부께서는 고명하신 촉의 승상 제갈량의 조카님으로 오나라 백성을 위해 베푸신 업적은 저희들도 익히 들어 존경해 마지않고 있던 터였습니다. 이런 연유로 저희 태수께서는 투항을 생각하고 계시나 형편이 여의치 않아 때가 오기만을 기다리고 계십니다."

사자의 지극한 칭송에도 불구하고 제갈각은 마음의 움직임이 없는 듯 퉁명스럽게 되물었다.

"이기지 못하면 항복을 하는 것이 전쟁터의 생리인데 무엇을 기다린단 말이냐?"

"저희 위나라의 법에는 적에게 성이 포위되어 100일이 지나도록 지원병이 오지 않으면 적에게 나가 항복을 해도 그 가족들에게 죄를 묻지 않는다는 조항이 있습니다. 우리 성은 이제 태부가 이끄는 오군에게 포위된 지 석 달이 지나고 있습니다. 그러니 며칠만 더 시간을 주신다면 우리 장특 장군께서는 모든 군사와 백성을 거느리고 성밖으로 나와 투항할 것입니다. 혹 제 말이 의심스러우시면 여기 저희 나라 법서를 드리고 갈 테니 살펴보시기 바랍니다."

장특의 계책은 성을 확실히 점령하고픈 마음에 판단력을 잃어버린 제갈각의 허를 노린 것이었다. 제갈각은 사자의 말만 믿고 공격을 멈추고 100일이 채워지기를 기다리기로 했다. 그 동안에 장특은 신속하고도 은밀하게 허물어진 성을 복구했다. 제갈각이 성을 포위한 지 100일째 되는 날 그는 다시 성으로 나아가 문루를 향해 성문을 열고 투항할 것을 요청했다. 그런데 뜻밖에도 장특이 의기양양한 모습으로 성문 위에서 소리쳤다.

"제갈량의 조카도 별것이 아니구나! 너희들이 전쟁터에서 언제부터 그렇게 남의 말을 잘 들었느냐? 어리석은 놈들아, 우리에게는 6개월을 견딜 수 있는 군량이 쌓여 있는데 어찌 오나라에 투항하겠느냐? 공격할 테면 해보거라. 내가 끝까지 대항해주마!"

제갈각은 적의 계책에 말려들었음을 깨닫고 분을 삭이며 총공격을 명령했다. 그러나 위군의 공격도 만만치 않았다. 화살이 소나기처럼 퍼붓는 통에 오나라 군사들은 성벽 가까이 다가갈 엄두를 내지 못했다. 이때 성문 위에서 날아온 화살 하나가 제갈각의 얼굴에 꽂혔다. 제갈각은 얼굴에 박힌 화살을 움켜쥐고 말에서 떨어져 의식을 잃었다. 여러 장수들이 몰려와 그를 구해 진지로 돌아왔으나 상처가 몹시 깊었다. 그 바람에 오나라 군사들의 사기는 순식간에 땅에 떨어졌다. 설상가상으로 늦여름의 더위가 기승을 부려 병사들 사이에는 설사병과 전염병까지 돌아 대부분의 군사들이 싸울 의욕을 완전히 잃고 말았다. 제갈각은 병사들의 사정은 아랑곳없이 얼굴의 상처가 어느 정도 아물자 장수들을 불러 다시 공격 태세를 갖출 것을 독촉했다. 상황이 불리하다고 느낀 한 장수가 나서서 강하게 건의했다.

"지금 아군은 갖은 병마에 시달리고 있습니다. 이런 상태에서 싸우기만을 강요하신다면 적에게 당하기 전에 병으로 먼저 무너져버릴 것입니다."

제갈각은 몹시 자존심이 상한 듯 소리쳤다.

"그대는 그 따위 말을 하면서도 수천 군사를 거느리는 장수라 할 수 있소! 누구든 다시 한번 이런 나약한 소리를 입에 담는다면 당장 목을 벨 것이오. 그대는 군을 통솔할 자격이 없소. 이 자리에서 모든 권한을 박탈할 것이오."

이 소식을 듣자 장교들과 일반 병사들 가운데 제갈각의 처사에 불만을 품는 이들이 더욱 늘어났다. 게다가 경비병들의 감시를 피해 도망을 가는 병사들도 속출했다. 도독 채림蔡林이 실상을 알리기 위해 작심하고 제갈각에게 와서 고언했다.

"태부, 장수는 목숨을 아끼지 않고 나가 적과 싸우는 것도 중요하지만 자신이 이끄는 병사들을 보살피는 것도 중요한 책무입니다. 열병과 설사병으로 병사들의 상태가 말이 아닙니다. 내키지 않으시겠지만 이제 그만 회군하는 것이 옳은 듯합니다."

제갈각은 채림의 말에 불쾌한 표정을 지으며 여전히 화를 냈다.

"이제 함락한 것이나 다름없는 성을 버려두고 어떻게 회군이라는 말이 입에서 나온단 말이오? 장수들이 이렇게 약하니 병사들이 해이해지지 않을 리 있소? 내 앞에서 더 이상 회군이니 후퇴니 하는 말을 입에 올리면 누구든 그 자리에서 병권을 박탈할 것이니 그리 아시오!"

채림은 답답한 심정으로 제갈각의 군막을 빠져나오며 생각했다.

'하긴 10만 대군을 일으켜 원정에 나섰는데 이렇게 작은 성 하나도 접수하지 못했으니 이대로 돌아간다면 체면이 말이 아니겠지.'

제갈각이 신성 함락에 집착하는 동안 탈영하는 병사들의 수는 더욱 늘어났다. 모두 더위와 질병에 지쳐 있던 탓에 누가 무얼 하는지 관심있게 주변을 지키는 상황도 아니어서 병사들이 무더기로 진영을 빠져나가는 일조차 다반사로 일어났다. 그러던 중에 제갈각에게 새벽부터 좋지 않은 보고가 들어왔다.

"태부, 지난 밤 채림이 본부의 군사들을 거느리고 위군에게 투항했다고 합니다."

반대에 부딪힐수록 더 단단해져 보이던 제갈각은 사태가 이쯤 되자 직접 병영을 둘러보며 병사들의 상태를 점검했다. 그것은 한편으로 군사들을 철수시키기 위한 명분을 찾으려는 의도이기도 했다. 제갈각은 마침내 회군을 결정하고 전군을 건업으로 움직였다.

이 사실은 동오군의 움직임을 주시하고 있던 관구검의 귀에 바로 전해져 후퇴하는 동오군에 대한 위군의 대대적인 공격이 시작됐다. 병사들의 태반이 질병에 시달리고 있던데다 퇴각으로 사기가 땅에 떨어진 동오군은 관구검의 군사에게 크게 패하고 말았다. 몇 개월 만에 엄청난 군사적 손실을 안고 돌아온 제갈각은 깊은 수치심을 느꼈다. 그는 조정의 여론도 관망할 겸 병을 핑계로 조정에 나가지 않았다. 제갈각에게 의지하고 있던 손량이 문병차 그의 집을 방문했다. 황제가 나서자 다른 문무백관들도 하나둘 문안을 드리러 제갈각의 집을 드나들었다.

손량이 자신을 크게 의지하고 있음을 확인한 제갈각은 다시 자신감을 얻고 자신의 패전이 더 이상 조정에서 논란거리가 되지 않도록 미리 손을 써야겠다고 마음먹었다. 그는 이번 전쟁에서 부하 장수들이 군령을 제대로 따라주지 않았던 점을 부각시키기로 하고 등청하자마자 여러 관원들과 장수들의 과실을 일일이 따져 좌천은 물론 숙청도 서슴지 않았다. 그러자 조정의 관료들은 행여나 다칠세라 복지부동한 채 숙청의 세월이 지나기만 기다렸다. 제갈각은 조정의 내각을 새로 꾸미면서 자신의 힘이 오나라를 통째로 손아귀에 넣을 수 있을 만큼 커져 있음을 확인했다. 그는 이 기회에 자신의 기반을 확실히 다지기 위해 심복 장약張約과 주은朱恩을 불러 어림군을 장악케 하여 황실의 주변을 모두 자신의 세력권 안에 넣었다.

평소 제갈각과 앙숙이던 등윤騰胤이 손준을 부추겼다.

"제갈각이 하늘 무서운 줄 모르고 콧대가 높아져 전권을 휘두르고 있는데 공께서는 종실의 자손으로 어떻게 보고만 계십니까? 언젠가 공께도 화가 미칠 것이 분명한데 이렇게 앉아만 계시면 안 됩니다."

손견의 동생 손정의 증손자이며 손공孫恭의 아들인 손준은 손권이 살아 있을 때 그의 아낌을 받아 어림군을 장악하고 있었다. 그런데 제갈각이 세도를 부리며 자신의 영역까지 침범하고 들어오자 제갈각을 보는 손준의 시선이 고울 리 없었다. 그는 자신이 지휘하고 있던 어림군이 제갈각의 권한으로 들어갔다는 소식을 듣고 분노가 극에 달해 이를 갈고 있었다. 이 사정을 잘 아는 등윤은 손준을 선동해서 제갈각을 없애기로 마음먹고 하루가 멀다하고 손준의 집을 드나들며 제갈각을 모살할 계책을 세웠다.

천자를 등에 업지 않고 일을 도모했다가는 자칫 모반으로 내몰릴 수 있으므로 이들은 어떻게 해서든 손량의 동조를 끌어내어 일을 처리하고자 했다. 손준은 아버지가 총애하던 집안사람이었으므로 손량이 손준에게 의지하는 마음도 적지 않았다. 손준은 어린 황제가 자신을 믿고 있다는 것을 잘 알고 스스럼없이 궁을 드나들며 황제를 만나 제갈각을 헐뜯었다.

"제갈각은 지나치게 영민한 사람입니다. 그는 지금 자신의 권력을 키우기 위해 혈안이 되어 있습니다. 이 같은 소행으로 보아 머지않아 그는 폐하 위에 군림하려 들 것이 틀림없습니다. 화근을 미리 뿌리뽑지 않는다면 선조께서 이루신 기업을 허물어뜨릴까 염려스러워 견딜 수가 없습니다."

손준 옆에는 항상 등윤이 동행하면서 제갈각에 대한 중상모략에 열을 올렸다. 그러잖아도 근래 들어 제갈각의 처사에 부쩍 섭섭함을 느끼던 손량은 제갈각을 제거하는 쪽으로 마음이 기울었다.

"저도 요즘은 제갈공이 부담스럽습니다. 두 분의 생각에 따르고자 하니 방법을 말씀해보시지요."

등윤이 얼굴에 희색이 만면하여 설명했다.

"폐하께서는 날을 잡아 연회를 베푸시고 제갈각을 부르십시오. 그날 저희들이 병풍 뒤로 무사들을 숨겨두었다가 기회를 잡아 그의 목을 베겠습니다."

등윤의 설명을 들은 손량은 속으로 두려움을 떨칠 수 없었으나 종실 어른인 손준과 태상경 등윤에게 모든 일을 일임하기로 하고 일에 차질이 없도록 만전을 기하라고 일렀다.

한편 제갈각은 자신의 실패를 만회하기 위해 다시 군대를 일으켜 중원을 칠 계획을 구상하며 병을 핑계로 두문불출하는 날이 많아졌다. 그러던 어느 날, 일이 있어 중당에 나갔다가 삼베로 만든 상복을 입고 부중을 오가는 사내 하나를 발견했다. 난데없이 상복 입은 사내를 보자 기분이 언짢아진 제갈각이 사내를 잡아 다그쳐 물었다. 그러나 사내는 몹시 당황한 듯 제대로 말을 못하고 머뭇거리기만 했다. 노여워진 제갈각이 시자들을 불러 사내를 문초하라고 명령했다. 그제야 사내가 겨우 입을 뗐다.

"살려주십시오. 얼마 전에 제가 부모님 상을 당하여 스님을 청해 명복을 빌어드리려 했습니다. 저는 여기가 절인 줄 알고 들어왔다가 잘못 왔음을 알고 나가는 길을 찾고 있었습니다. 저는 이곳이 태부의 부중인 줄은 전혀 몰랐습니다."

제갈각은 몹시 기분이 상해 당장 문지기들을 불러 추궁했다.

"너희들은 어찌하여 이런 자가 들어오는 것도 모르고 있었단 말이냐?"

"저희들은 누구 한 사람 잠시도 자리를 이탈한 적이 없습니다. 그러나 저 자를 본 사람은 아무도 없습니다."

제갈각은 화가 치밀어 부문 책임자와 그날 파수를 보았던 문지기와 상복 입은 사내 네 사람을 참형에 처했다. 느닷없는 화를 당한 문지기를 지켜보며 부중의 다른 하급 관원들은 심장이 얼어붙는 듯했다. 제갈각의 마음도 편치는 못했다.

이날 밤, 불안한 마음으로 잠이 든 제갈각은 꿈자리가 몹시 사나웠다. 머리가 쪼개지는 듯한 두통에 시달리다 어디선가 벼락 치는 소리가 귀를 때려 밖으로 나가보니 대청의 대들보가 두 동강이 나 있었다. 그가 다시 침실로 들어와 겨우 잠이 들었는데 다시 기분 나쁜 바람소리가 방안을 휘감고 지나더니 자기의 명으로 죽은 문지기와 상복 입은 사내가 나타나 목숨을 내놓으라며 울부짖었다. 제갈각이 두 손으로 귀를 막자 이번에는 신성 전투에서 죽은 병사들의 아우성이 난무했다. 제갈각은 견디다 못해 잠시 혼절했다가 한참이 지나 정신을 차렸다.

다음날 아침에도 기괴한 일이 일어나 제갈각의 마음을 어지럽혔다. 아침에 세수를 하기 위해 물에 얼굴을 갖다대는데 피비린내가 진동했다. 제갈각은 시종들을 꾸짖으며 물을 몇 번이나 갈아오도록 했지만 피비린내는 가시지 않았다. 그날 제갈각은 무거운 마음으로 거의 침상에 누워 있다시피 했다.

그러던 중에 황제가 연회를 열어 태부를 청한다는 전갈이 왔다. 제갈각은 황제가 자신을 위로하기 위해 베푼 연회라 생각하고 기분을 바꿔 황궁으로 향하기 위해 수레에 올랐다. 그가 막 부문을 나가려고 하는데 키우던 개 한 마리가 달려오더니 제갈각의 옷자락을 물고 늘어지며 짖어댔다. 제갈각은 별것 아닌 듯 부하들에게 개를 쫓아버리라고 지시했으나 개는 계속 주인의 옷자락을 물고 울부짖는 소리를 냈다. 화가 난 제갈각은 시종들에게 개를 끌고 나가게 하고 부문을 빠져나왔다. 그런데 부중을 나선 지 얼마 되지 않았을 때 수레 앞으로 흰 무지개가 뻗치더니 하늘까지 솟아올랐다. 알 수 없는 일을 연이어 당하자 제갈각은 심란한 마음을 주체할 수가 없었다. 이때 심복 장약이 제갈각 가까이로 와서 나직이 말했다.

"아무래도 오늘 궁중의 연회는 좋은 자리가 아닌 듯합니다. 가시지 않는 것이 좋겠습니다."

"그렇다고 천자께서 부르시는데 어떻게 가지 않을 수 있겠나? 각별히 조심할 것이니 가던 길을 계속 가게."

장약이 또다시 제갈각을 만류했다.

"현장을 피하시는 것만이 몸을 보전할 수 있는 길입니다."

자신도 꺼림칙하던 차에 장약이 기를 쓰고 말리자 제갈각은 수레를 돌려 왔던 길로 되돌아갔다. 그런데 얼마 가지 않아 등윤이 몇 명의 장수와 함께 제갈각을 향해 달려왔다. 등윤은 수레 앞을 막듯이 서서 물었다.

"태부님께서는 왜 오던 길을 되돌아가시는 겁니까?"

"며칠 전부터 앓던 배가 갑자기 몹시 불편하구나. 이 상태로는 연회에 참석하기가 힘들 것 같다."

등윤이 다시 말했다.

"천자께서는 태부님이 정벌길에서 돌아오신 후 제대로 국정을 의논할 기회도 갖지 못하셨다면서 이번에 특별히 태부님을 위해 연회를 베푸신 듯합니다. 그러니 비록 힘드시겠지만 태부님께서 잠시라도 연회에 참석하시는 것이 도리가 아니겠습니까?"

제갈각은 더 할말이 없어 등윤과 함께 궁으로 향했다. 제갈각의 심복 장약은 잔뜩 경계하며 뒤를 따랐다. 연회장에는 벌써 어린 손량이 자리를 잡고 앉아 있었다. 제갈각도 황제에게 예를 표하고 자리에 앉았다. 손량이 제갈각에게 술 한 잔을 권하자 제갈각은 가볍게 웃으며 사양했다.

"며칠 전부터 복통이 있어 술을 마실 수가 없습니다."

손준이 옆에 있다가 말했다.

"연회장에서 술이 빠지면 제격이 아니지요. 태부님께서 평소 부중에서 즐겨 드시는 약주가 있다고 들었습니다. 그것이라면 조금 드셔도 괜찮지 않겠습니까?"

제갈각은 더 이상 사양할 수 없어 그렇게 하겠다고 말했다. 그의 부하 하나가 부중으로 가서 제갈각이 즐겨 마시는 약주를 가져왔다. 그제야 제갈각은 몇 잔의 술을 마시며 연회 분위기를 맞춰주었다. 술이 몇 차례 돌자 손량은 잠시 다녀올 데가 있다며 자리에서 일어났다. 제갈각은 황제를 배웅하고는 다시 앉았다. 잠시 후 옆에 있던 손준이 전단 아래로 내려가더니 갑자기 겉옷을 벗어던졌다. 속에 입은 갑옷이 드러나고 손준의 오른손에는 어느새 칼이 들려 있었다.

"천자의 명이시다. 저 역적의 목을 쳐라!"

제갈각이 하얗게 질린 얼굴로 술잔을 던지며 칼을 집어드는데 손준의 칼이 이미 그의 목을 치고 지나갔다. 단 아래로 피투성이가 된 제갈각의 목이 나뒹굴었다. 이를 본 장약이 칼을 치켜들고 손준을 덮쳤다. 그러나 장막 뒤에 숨어 있던 무사들이 달려나와 장약을 에워싸더니 그를 난도질해 죽여버렸다. 제갈각과 그의 심복을 제거한 손준은 황명이라며 어림군을 동원해 제갈각의 가족을 모조리 잡아들이고 제갈각의 시체는 거적에 싸서 석자강石子岡에 내다버리라고 지시했다. 한편 관사에 있던 제갈각의 아내는 남편을 연회에 보낸 뒤 알 수

손준이 제갈각을 베러 달려든다. 정사에는
"제갈각의 재능은 나라 사람들의 칭찬을 받을 만했다.
그러나 그는 자신을 과장하고 다른 사람을 능멸했으니 어찌
실패가 없을 수 있겠는가?" 라고 평하고 있다. 『삼국지』에는
이러한 재승박덕(才勝薄德) 형의 인간이 종종 등장한다.

없는 불안감에 휩싸여 안절부절못하며 그가 돌아오기를 기다리고 있었다. 그런데 갑자기 한 시녀가 방으로 뛰어들어왔다. 시녀의 몸에서 피비린내가 진동을 했다.

"무슨 일이냐? 이 냄새는 또 무엇이냐!"

시녀가 정신이 나간 듯 갑자기 눈을 치켜뜨고는 이를 갈며 말했다.

"나는 제갈각이다. 역적 손준이 나를 죽였다!"

제갈각의 아내는 너무 놀라고 두려워 몸을 비틀거리며 쓰러졌다. 이 사실은 제갈각의 다른 가족들에게 전해져 모두 두려움에 떨며 울음을 터뜨렸다. 잠시 후 부중에 도착한 손준의 군사들이 제갈각의 가족을 있는 대로 끌어내 시장바닥에서 목을 베고 길가에 매달았다. 서기 253년 겨울의 일이었다.

제갈근은 살아 생전에 아들 제갈각의 총명이 지나친 것을 염려하여, 세상이 다 보이는 듯해도 항상 자중하라고 타일렀다. 그러나 제갈각은 아버지의 걱정을 불편하게 여기는 때가 많았다.

제갈근은 죽을 때까지 아들에 대한 걱정을 접지 못했다.

"이 아이는 집안을 오래도록 건사하기 힘들겠구나!"

제갈각의 총명함은 중원에까지 널리 알려져 사마사는 곧잘 제갈각의 존재를 부담스러워하는 말을 했다. 그때마다 위나라의 광록대부 장집張緝은 사마사를 안심시켰다.

"제갈각의 이름이 자기 주인을 능가할 지경인데 걱정할 것이 뭐 있습니까? 오래 가지 않을 것이니 신경쓰지 마십시오."

이들의 예상은 빗나가지 않았다. 한편 손준이 제갈각을 제거하자 황제 손량은 그를 승상 대장군 부춘후에 봉하고 나라 안팎의 군권을 일임했다. 이렇게 하여 손준은 실권을 완전히 장악하게 되었다.

사마사의 죽음

서기 253년 가을.

촉나라의 강유는 5만 대군을 일으켜 위나라 정벌에 나섰다. 요화와 장익을 각각 좌우의 선봉에 세우고 하후패를 참모에, 장의를 운량사로 삼아 양평관을 향해 진군을 시작했다. 강유는 진군 중에 항상 하후패를 불러 작전을 짰다.

"지난번 옹주를 손에 넣으려 했으나 실패하고 돌아왔어요. 이번에 우리가 다시 나선 것을 알게 되면 적들의 방비도 만만찮을 것입니다. 그들을 확실히 쳐부술 좋은 방법이 없겠소?"

하후패는 미리 생각해둔 것이 있는 듯 자신있게 의견을 내놓았다.

"농상의 여러 고을들 중에서도 남안은 전쟁물자가 가장 풍부한 곳입니다. 우리가 이번 전쟁에서 유리한 고지를 점령하려면 남안을 차지해야 합니다. 지난날 우리가 패한 것은 구원병으로 오기로 한 강족 병사들이 도착하지 않았기 때문입니다. 그러니 이번에는 장군께서 먼저 강족들의 거주지로 사람을 보내 그들이 농상 오른쪽의 석영으로 진출하도록 한 다음 계속 진군하여 동정을 거쳐 남안을 손에 넣도록 하시지요."

강유의 생각도 하후패와 같았다. 그는 본래 천수 지방 출신으로 서역의 유목민들에게 익숙한 사람이었으므로 위나라 정벌을 위해 이들의 지원을 최대한 끌어내고자 했다. 촉의 군사 규모만으로는 위나라를 상대하는 것이 불가능함을 누구보다 잘 알고 있었기 때문이다. 더구나 촉 내부 관료들 중에는 위 정벌에 동조하지 않는 세력들이 더 많았으므로 강유는 서역의 강족과 호족들의 힘을 빌려 위를 치려 했던 것이다.

"나도 장군의 생각과 같습니다. 지금 곧 극정을 사신으로 보내세요. 강왕이 한눈에 혹할 수 있도록 그들이 좋아하는 우리나라 비단과 금은보화를 충분히 보내 동맹을 맺도록 하세요."

강왕 미당迷當은 강유가 원하는 대로 촉군과 동맹을 맺고 3만여 기병을 일으켜 장수 아하소과俄何燒戈를 선봉에 세워 남안으로 보냈다. 위나라 장군 곽회는 이 소식을 듣고 급하게 낙양에 알렸다. 대장군 사마사는 곧바로 지휘관들을 불러모아 대책을 협의했다.

"지금 촉의 강유가 강족을 동원해서 농상으로 밀려오고 있다고 합니다. 농상을 점령해서 중원을 넘보겠다는 의도인데 계산착오요. 그놈들이 뭘 바라고 동정에 들어가려 하는지 모르겠지만 어리석은 짓이 아니겠습니까? 그곳은 장안에서도 천 리 밖에 있는 곳입니다. 설혹 저놈들이 동정을 안은 농서 일대를 차지한다 해도 겁날 것 없습니다. 우리가 천수와 상규를 점령해 그들의 보급로를 끊어버린다면 저놈들이 더 이상 어쩌겠습니까? 전체적으로 생각해볼 때 강유를 그리 겁낼 필요는 없지만 지금 강족의 기병을 동원하여 몰려오고 있다하니 이 기회에 저놈들의 코를 납작하게 만들어놔야 더 이상 성가시게 하지 않을 것입니다. 누가 이번 전쟁에서 공을 한번 세워보겠습니까?"

"제가 이번 전투를 책임지겠습니다."

사마사가 자원하고 나선 이를 보니 보국장군輔國將軍 서질徐質이었다. 사마사는 서질이라면 믿을 만하다고 여기고 그를 선봉장으로 세우고 사마소를 대도독에 임명해 농서로 진군할 것을 명령했다.

사마소가 이끄는 위군은 동정에서 강유의 촉군과 대치하게 되었다. 양군은 각자 진영을 설치한 후 선봉대들이 나와서 전투에 들어갔다. 위군의 서질이 선두에서 말을 박차고 나오자 촉의 요화가 나와 서질과 맞붙었다. 그러나 서질의 무지막지한 도끼질에 휘둘린 요화는 더 이상 견디지 못하고 뒤로 물러나고 말았다. 그러자 장익이 나가 다시 서질과 싸웠다. 장익 역시 서질을 감당하지 못하고 달아났다. 서질이 승세를 몰아 촉병을 몰아붙이자 촉병은 수십 리나 후퇴했다. 생각했던 것보다 위군의 위력이 강하다고 느낀 강유는 하후패·요화·장익 등 참모들을 불러 다시 상의했다.

"이제까지의 전쟁을 되돌아보면 위군은 우리의 보급로를 끊어 우리 스스로 물러가게 한 일이 많았어요. 이번에는 우리가 그것을 역이용해야겠습니다. 즉, 우리가 지구전에 대비하는 것처럼 보여 놈들을 유혹한다면 서질이 이끄는 위군의 예기를 꺾어놓을 수 있습니다. 우선 그놈을 무기력화해야 이 지역을 장악하고 있는 곽회의 군대를 격파할 수 있을 것입니다."

강유는 요화와 장익을 차례로 불러 은밀하게 작전을 지시했다.
"두 사람은 군사들에게 명해 길바닥에 질려철疾藜鐵을 무수히 뿌려두도록 하시오."
질려철이란 네 개의 날카로운 뿔이 솟아 있는 마름쇠로 아무렇게나 던져놓아도 그 중 한쪽 뿔이 위로 향하게 되어 있어, 병사나 말이 밟으면 발에 치명상을 입는 무기였다. 두 장수를 내보낸 강유는 진지 밖에 울타리를 든든히 치고 지구전을 펼칠 준비를 했다. 그 즈음 서질이 매일 같이 촉진 가까이 군사를 거느리고 와서 싸움을 걸었으나 촉병은 전혀 대응하지 않았다. 전황이 소강 상태로 접어들 무렵 전령이 황급히 달려와 사마소에게 보고했다.
"적군이 철롱산鐵籠山 뒤에서 목우 유마로 군량미와 말먹이 풀을 옮기고 있는데 이것은 지구전을 펴면서 강병이 오기를 기다리겠다는 심사가 아니겠습니까?"
사마소는 서질을 불러 명령했다.
"지금 촉병들이 철롱산 뒤에서 군량미와 말먹이 풀을 운반하고 있다고 하오. 이것은 강병이 오기를 기다리겠다는 것이니 늦기 전에 그 놈들의 보급로를 끊도록 하시오. 그러면 싸우지 않고도 적을 물리칠 수 있을 것이오."
사마소의 명을 받은 서질은 그날 저녁 해가 지기 전에 2천여 명의 군사를 동원해 철롱산 뒤쪽으로 갔다. 과연 촉병들이 100여 대의 목우 유마에 양곡을 실어나르고 있었다. 서질은 병사들에게 일제히 함성을 지르게 하고 자신은 재빨리 말을 몰아 촉병들을 가로막았다. 촉병들은 당황해서 하나같이 양곡을 버리고 달아났다. 서질은 빼앗은 양곡을 모두 진지로 옮기라 지시하고 일부 군사를 몰아 도망치는 촉병의 뒤를 쫓았다. 이들이 10여 리를 추격해갔을 때 길 앞에 수레들이 어지럽게 놓여 있었다. 위군이 신속하게 수레를 치우고 있는데 길 양옆의 숲에서 불길이 솟구쳐올랐다. 서질이 당황하여 방향을 바꾸어 뒤쪽 산길로 도망치려고 하자 그곳에서도 역시 불길이 타올랐다.

서질이 함정에 빠졌다고 느낄 사이도 없이 오른쪽과 왼쪽에서 장익 · 요화가 군사들을 거느리고 서질을 조여왔다. 그는 사력을 다해 포위망을 빠져나오려 했으나 이미 기력을 소진한 상태라 몸이 말을 듣지 않았다. 이때 먼 발치에서 흙먼지를 일으키며 한 떼의 군사가 몰려왔다. 강유의 군사였다. 서질은 강유라는 것을 확인하기도 전에 자신을 향해 날아든 화살을 온몸에 맞고 고슴도치가 되어 피투성이로 죽고 말았다.

한편 촉병에게서 빼앗은 양곡을 운반하던 위의 병사들은 너나 할 것 없이 하후패에게 붙잡혀 투항했다. 하후패는 이들의 갑옷과 말 등을 모두 압수하여 촉병들에게 나누어 입히고 위군의 깃발을 들려 위의 진지로 향했다. 진을 지키고 있던 위병들은 자기 편이 돌아온 줄 알고 진문을 열어젖혔다. 위군으로 가장한 촉병은 문이 열리기가 무섭게 위군 진지로 쳐들어가 진영을 쑥대밭으로 만들었다.

놀란 사마소가 정신없이 말을 타고 달아나려 하는데 요화가 그 앞을 막아섰다. 가까스로 요화의 공격을 따돌린 사마소가 진영 밖을 빠져나가려 하자 이번에는 강유가 일단의 군사를 거느리고 달려왔다. 사마소는 어쩔 수 없이 남은 병사들을 이끌고 철롱산으로 기어올라갔다. 철롱산으로 향하는 길은 하나밖에 없었고 사방이 험준하기 이를 데 없는 절벽이었다. 강유는 사마소가 산등성이로 군사를 몰고 가는 것을 보고 산으로 향하는 길을 끊어버렸다. 산 위에는 마실 물조차 찾기 힘들고 날씨마저 추워 병사들은 산 위에서 꼼짝없이 죽는구나 싶어 두려움에 떨었다.

강유는 사마소를 비롯한 위군이 산 위에서 사경을 헤매고 있을 것을 염두에 두고 이들을 일망타진하기 위해 산 아래 진을 쳤다. 그는 장수들이 모인 자리에서 회한에 차서 말했다.

"제갈승상께서 살아 생전에 상방곡에 진을 치고 계시면서 사마의를 잡지 못한 것을 한스러워하셨는데 이제 내가 그의 아들 사마소를 사로잡게 되었으니 그 한이 반이라도 풀리는 듯하다."

이때 위나라 장군 곽회는 사마소가 철롱산에 갇혀 벌써 여러 날을 꼼짝하지 못하고 있다는 소식을 듣고 그를 구하기 위해 급히 떠나려 했다. 그때 진태가 나서며 말했다.

"강유는 강병을 동원해서 남안을 빼앗으려 합니다. 강병이 벌써 이곳 가까이에 와 있으니 만일 장군께서 군사를 이끌고 철롱산으로 가신다면 강병은 우리가 없는 틈을 타서 우리 뒤를 공격할 수도 있습니다. 그러니 제가 먼저 군사를 거느리고 가서 강병의 우두머리에게 거짓으로 투항해 시간을 벌겠습니다. 그 동안 그들이 물러가도록 손을 써서 강병이 이곳을 떠나면 사마장군을 구하러 가는 것이 옳을 듯합니다. 철롱산 위의 우리 군사들은 한시가 급할 것이니 일을 최대한 빨리 진행시켜야 합니다."

곽회가 들어보니 그의 말이 맞는 것 같아 진태에게 군사 5천을 주어 강병의 진지로 가서 거짓으로 투항하라고 일렀다. 위장 진태는 백기를 들고 강족이 쳐놓은 진영으로 가서 투항 의사를 밝혔다.

"지금 농서를 책임지고 있는 곽회는 자신의 힘만 믿고 자존심을 내세워 저로 하여금 장군이 이끄는 기병과 맞서 싸우라고 합니다. 저는 우리가 불리하다며 몇 번이나 거절했는데 나가 싸우지 않으면 저를 죽이겠다고 협박하여 차라리 투항을 결심했습니다."

강왕 미당은 정확한 사정을 알아보지 않은 채 일단 이들의 투항을 받아들였다. 진태는 그런 미당을 보며 혼자 생각했다.

'그래, 너희 오랑캐놈들은 뭐든지 이리저리 재고 생각하는 일과는 거리가 먼 족속들인 줄을 내가 알지. 눈앞에 보이는 것 이상 머리를 굴릴 줄 모르니 너희들은 늘 이용당할 수밖에 없는 것이다!'

미당은 투항해온 진태의 군사들을 뒤쪽에 배치하고 아하소과와 진태를 선봉에 세워 강병을 거느리고 위의 진지를 공격하라고 명령했다. 밤이 깊어 아하소과의 강병과 진태가 이끌고 온 위병들은 곽회가 있는 진지에 도착했다. 마침 진영의 문이 열려 있어 진태가 먼저 속도를 내며 안으로 들어갔다. 그 뒤를 이어 아하소과가 쏜살같이 진문 안으로 들어가다가 곧바로 비명을 지르며 말과 함께 진문 앞에 깊게 파놓은 함정으로 굴러떨어졌다. 뒤이어 그를 따르던 강병들도 속도를 줄이지 못해 무더기로 구덩이에 빠져버렸다.

순간 먼저 들어갔던 진태가 말 머리를 돌려 진문 안으로 들어오는 강병을 공격하기 시작했다. 곽회도 군사들을 몰고 나타나 사방에서 이들을 두들겨대자 지휘관을 잃은 강병들이 우왕좌왕하다 위군에게 찔리고 짓밟혀 죽었다. 어느새 밤 공기는 피비린내에 젖어들었다. 함정에 빠진 아하소과는 자신이 이끌고 온 병사들의 비명소리를 들으며 그 자리에서 자결해버렸다.

자신감을 얻은 곽회·진태는 바로 강왕 미당이 있는 강족의 진지로 군사를 몰아갔다. 태무심하게 있던 미당은 위군이 쳐들어온다는 보고를 받고 황급히 말에 올라 달아나려 했다. 그러나 이미 진영을 급습한 위군이 미당을 붙잡아 곽회 앞으로 끌고 갔다. 미당을 본 곽회는 뜻밖에 부드러운 표정으로 그에게 다가가 결박을 풀어주며 말했다.

"평소, 공은 우리 조정에 충의를 다하는 분으로 알려져 있는데 이번에는 어쩌다가 촉군에게 넘어간 것입니까? 공이 잠시 잘못 판단하신 것으로 생각하겠습니다. 대신 공이 지금부터 선봉에 서서 철롱산으로 가 촉군에게 포위되어 있는 사마장군과 위군을 구해준다면 내가 천자께 말씀드려 큰 상을 내리도록 하겠습니다. 어떻습니까?"

미당은 고개를 끄덕이며 곽회의 말을 받아들였다. 야심한 시각, 미당은 강병으로 위장한 위군과 강병들을 이끌고 강유의 진지로 향했다. 강왕이 왔다는 보고를 받은 강유는 나머지 군사들은 진영 밖에 머물도록 하고 미당을 장막으로 안내하게 했다. 강왕을 맞이하기 위해 강유와 하후패가 장막 밖으로 나서는데 갑자기 진지 주변을 둘러싸고 있던 강병과 위군들이 술렁이기 시작했다. 분위기가 심상찮음을 알아챈 강유가 날쌔게 말에 올라 달아났다. 그러자 미당의 일부 군사들이 강유를 쫓아 몰려가고 나머지 군사들은 촉군의 진영을 공격하기 시작했다. 난장판이 된 촉군의 진영 뒤 산 너머로 어느새 아침해가 희뿌옇게 밝아왔다.

워낙 다급하게 빠져나오다 보니 강유의 손에는 아무 무기도 들려 있지 않았다. 허리에 활이 매달려 있긴 했으나 화살통은 텅 비어있었다. 강유는 죽을 힘을 다해 몸을 숨길 수 있는 산골짜기로 도망쳤다. 병사들을 이끌고 강유를 뒤쫓던 곽회는 강유가 맨몸인 것을 알고 연신 말에 채찍을 가하며 바짝 따라갔다. 급해진 강유는 하는 수 없이 빈 활을 당기며 활을 쏘아대는 시늉을 했다. 곽회는 강유가 실제로 활을 쏘는 줄 알고 이리저리 몸을 피하다 마침내 강유가 흉내만 내고 있다는 것을 알고는 동요없이 따라가며 활을 쏘아 날렸다. 앞서 가면서도 계속 곽회를 뒤돌아보던 강유는 그가 자신을 향해 활을 쏘는 것을 보고 날아드는 화살을 손으로 잡았다. 그는 그 화살을 다시 활에 메겨 뒤쫓아오는 곽회를 향해 쏘았다.

"따악!"

화살은 곽회의 이마에 명중했다. 곽회는 외마디 비명을 지르며 말에서 나뒹굴었다. 따라오던 위병들이 곽회를 일으켜세웠으나 얼마 못가 그는 죽고 말았다. 강왕 미당의 도움으로 철롱산을 내려온 사마소는 강유를 추격했지만 그와 나머지 촉군들이 이미 너무 멀리 달아난 상태라 중도에 포기해버렸다.

한편 또 한번 중원 정벌에 실패한 강유는 중간에 하후패를 만나 패잔병을 이끌고 한중으로 돌아갔다. 그는 이번 싸움에서 목적을 이루지는 못했으나 위장 곽회와 서질을 죽여 촉나라의 저력을 과시하는 성과를 남겼다. 사마소도 자기를 살려준 강병들에게 큰 상을 내리고 낙양으로 되돌아갔다.

오와 촉의 도전을 잘 막아낸 사마 형제의 권력은 위나라에서 그들의 아버지 사마의 때와는 또 다른 양상으로 굳건해졌다. 조정을 장악한 사마사는 아무 거리낌없이 전권을 휘둘렀다. 사마사는 이미 5년 전에 최고 지위를 나타내는 황금월을 받았고 조정에서는 그 이름 하나로 모든 일이 무사 통과될 정도였다. 그는 궁전에 오를 때도 신을 신고 허리에는 칼을 찼다.

위 황제 조방은 날이 갈수록 사마사에 대한 두려움이 커져 그가 조정에 들 때면 가시방석에 앉은 느낌이었다. 조방은 자기의 보호막이 되었던 조상이 죽고 나자 불안감이 더욱 심해졌다. 조방은 스무 살이 넘었지만 국정에 대한 어떤 결정권도 확보하지 못하고 있었다. 대신들이 황제에게 상주할 일이 있어도 중간에 사마사가 관여하여 찢어 없애는 일이 다반사였다.

그러던 하루, 조방이 문무백관을 모아 조회를 하는데 사마사가 긴 칼을 허리에 차고 느지막이 나타났다. 그날따라 유난히 거만한 걸음걸이로 들어오는 사마사를 보자 조방은 간이 오그라붙는 것 같았다. 그는 자기도 모르게 용상에서 벌떡 일어나 사마사를 맞이했다. 사마사는 거리낌없이 전에 오르더니 천자를 보며 말했다.

"폐하, 이것은 황제로서 신하를 맞이하는 예가 아니지 않습니까? 무슨 걱정거리라도 있으십니까? 얼굴빛이 영 좋지 않습니다. 마음을 편안히 가지세요."

사마사가 천자 앞에서 이렇게 방자하게 구는데도 누구 한 사람 입을 여는 이가 없었다. 그는 천자에게 인사를 하는 둥 마는 둥하고 먼저 물러났다. 사마사가 전에서 나와 수레에 오르자 대기하고 있던 수백 명의 호위병들이 그를 에워싸고 궁을 빠져나갔다.

조방은 참담한 기분으로 조회를 대충 마치고 내실로 향했다. 사마사와는 달리 조방을 따르는 사람은 불과 세 명에 지나지 않았다. 태상 하후현과 중서령 이풍, 광록대부 장집이었다. 이 가운데 장집은 장황후의 아버지로 조방의 장인이었다. 무거운 걸음으로 앞서가던 조방이 내시들을 물리더니 세 사람을 밀실로 청했다. 네 사람만 남자 조방은 복받치는 울음을 참지 못하고 통곡을 했다. 그를 지켜보던 대신들은 그가 서럽게 우는 이유를 잘 알고 있었으므로 한동안 입을 다물고 딱한 듯 조방을 바라볼 뿐이었다. 그러다 장집이 황제를 달래듯 말했다.

"저희들이 폐하를 올바로 모시지 못하여 폐하의 심려가 이 지경에 이르렀으니 저희들을 죽여주십시오."

조방은 잠시 후 겨우 울음을 멈추고 장집을 보며 말했다.

"사마사는 나를 어린애 취급하고 대신들을 먼지나 티끌 정도로 여기고 있습니다. 머지않아 위나라의 사직이 사마사의 손에 넘어가고 말 것입니다."

조방의 말에 이풍이 그를 위로하며 말했다.

"폐하, 너무 걱정 마십시오. 제가 별 재주는 없으나 목숨을 다해 폐하의 명을 받들고 천하의 인재들을 모아 저 사마사 일족을 모두 없애 버리겠습니다."

하후현도 거들었다.

"신의 형 하후패가 촉으로 간 것도 사마 형제들의 모략 때문이었습니다. 폐하께서 저 역적놈들을 소탕하신다면 신의 형도 반드시 다시 돌아와 폐하를 모실 것입니다. 저는 황실의 척신으로 하해와 같은 은혜를 입었는데 어찌 보고만 있겠습니까? 저에게도 간적을 토벌하라는 영을 내려주십시오."

조방이 말했다.

"신들의 의지는 가상하나 그렇게 쉬운 일은 아닐 것입니다."

세 사람은 절절한 음성으로 다시 간청했다.

"폐하, 저희들이 온힘을 다해 사마사 형제를 토벌하고 위나라 조정의 기개를 바로잡겠습니다."

조방은 골똘히 생각하는 듯하더니 곤룡포 속에 입고 있던 용봉한삼을 벗고 손가락을 깨물어 혈서를 쓴 후 장집에게 건네주며 말했다.

"과거에 동승이 저의 증조부이신 무황제께 죽임을 당한 것은 거사에 대한 기밀을 지키지 못했기 때문이었어요. 여러분들은 각별히 조심하여 탄로나는 일이 없도록 하세요."

이풍이 말했다.

"폐하, 염려하지 마십시오. 저희들은 나약한 동승과는 다릅니다. 또한 어떻게 사마사를 감히 무황제와 비교할 수 있겠습니까?"

이들이 한동안 밀담을 나눈 뒤 조방의 내실을 빠져나와 동화문 왼쪽에 이르렀을 때 수백 명의 경호원을 거느린 사마사와 마주쳤다. 하후현 · 이풍 · 장집 세 사람은 길을 비켜 허리를 굽히고 사마사가 지나가기를 기다렸다.

그러나 사마사는 수레를 멈추고 이들 앞에 내렸다.

"너희들은 무슨 일로 이제야 궁을 나가는 것이냐?"

이풍이 적당히 얼버무리려 했다.

"천자께서 내전에서 삼황오제三皇五帝와 춘추 · 전국 및 전한 대의 역사서를 읽고 계신다기에 저희가 자문을 해드리고 오는 길입니다."

"무슨 책인지 자세히 말해보라."

"하 · 은 · 주 3대를 읽고 계셨습니다."

"천자는 그 책을 읽으며 어떤 고사를 물으셨느냐?"

"천자께서 주나라의 주공께서 섭정하신 일에 대해 관심을 갖고 계시기에 저희들은 대장군이 주공과 같은 분이라고 말씀드렸습니다."

사마사는 실소를 머금으며 말했다.

"주공이 아니라 왕망이나 동탁에 비유했겠지!"

세 사람은 손을 저으며 이를 부인했다.

"저희들은 모두 장군의 문하에 있는 사람들입니다. 어떻게 감히 그런 말을 할 수 있겠습니까?"

사마사는 표정이 굳어지더니 차갑게 쏘아붙였다.

"너희들은 책의 자구를 설명할 때 곡소리를 내며 하느냐?"

장집이 완강하게 잡아뗐다.

"그런 일은 없었습니다."

"너희들은 나를 바보로 아는 모양인데 그 정도 책략으로 나에게 대항하려 했더냐? 내전 밀실이라고 함부로 지껄여도 된다고 생각하다니 참으로 어리석은 자들이 아니냐?"

하후현은 이미 거사가 탄로난 것을 알고 체념하며 사마사를 꾸짖었다.

"네놈이 하늘 무서운 줄을 모르고 천자를 능멸하고 있으니 장차 천자의 제위를 빼앗을까 걱정되어 곡소리를 냈다. 너는 천자의 밀실에까지 심복들을 숨겨두고 일거수 일투족을 감시하고 있으니 참으로 간악하고 더러운 자가 아니냐!"

사마사는 이 말을 듣고 대로해서 주변 무사들에게 당장 하후현을 결박하라고 고래고래 소리질렀다. 중과부적인 줄 알면서도 하후현은 기를 쓰고 사마사에게 대들려 했다. 그러나 하후현은 사마사에게 다가가지도 못하고 무사들에게 사지를 붙들려 버렸다. 사마사는 세 사람의 몸을 샅샅이 뒤지라고 명령했다. 무사들이 달려들어 세 사람의 몸을 뒤지자 장집의 몸에서 천자의 용봉한삼 조각이 나왔다. 사마사가 그것을 빼앗아 펼쳐보니 천자의 혈서가 씌어 있었다.

작금에 이르러 대역무도한 사마사 형제는 사직을 짓밟고 황제의 위를 찬탈하려 한다. 지금 자행되고 있는 모든 조서와 제도는 짐의 뜻이 아니다. 각 부서의 관리와 장군, 군사들은 지위고하를 막론하고 충의지심을 일으켜 이 역적들을 토벌하여 사직을 바로잡도록 하라. 일을 성사시키는 데 공이 있는 자는 큰 벼슬과 상을 내릴 것이다.

글을 읽은 사마사는 얼굴이 붉어지며 벼락같은 소리를 내질렀다.

"너희놈들이 일찍부터 천자에게 붙어서 우리 형제를 해치려 한다는 것을 내가 짐작했다만 증거를 포착하지 못해 지금까지 보고만 있었다. 여봐라, 이 세 놈을 시장바닥으로 끌고 가 목을 치고 삼족을 멸하라!"

사마사의 명이 떨어지기가 무섭게 무사들이 이들을 포승줄로 묶어 질질 끌고 나갔다. 이들은 끌려 나가면서도 사마사에게 끊임없이 욕을 퍼부었다. 이들이 시장바닥에 이르렀을 때는 무사들에게 입과 얼굴을 사정없이 얻어맞아 이가 모두 부러지고 얼굴은 피투성이가 되어 알아볼 수 없을 지경이었다. 그래도 이들은 사마사에 대한 욕을 멈추지 않았다. 세 사람은 거리에 나오자마자 바로 참수되어 장대 위에 내걸렸다. 온몸이 피로 물든 이들의 주검은 지나는 사람들의 마음을 말할 수 없이 스산하게 만들었다.

사마사는 이어 무장한 병력들을 거느리고 후궁으로 들어가 위황제 조방을 찾았다. 이때 조방은 하후현 · 이풍 · 장집이 참수된 줄은 꿈에도 모르고 장황후와 밀조사건에 대해 의논하고 있었다. 장황후는 두려움에 떨며 걱정어린 목소리로 말했다.

"내전을 감시하는 눈과 귀가 많으니 만에 하나 일이 탄로난다면 첩은 화를 면치 못할 것입니다."

황후의 말이 끝나기가 무섭게 무사들을 대동한 사마사가 거칠게

문을 열어젖히며 나타났다. 장황후는 얼굴이 하얗게 질려 뒤로 물러났다. 칼을 든 사마사가 조방을 무섭게 노려보며 말했다.

"폐하를 황제 자리에 앉힌 사람은 바로 내 부친입니다. 그 공으로 말하면 주공과 다르지 않습니다. 저 또한 폐하를 섬기는 데 성심을 다했는데 폐하께서는 은혜를 원수로, 공을 과실로 짓밟으며 몇몇 쥐새끼같은 신하들과 작당하여 우리 형제를 해치려 하니 도대체 어떻게 된 일입니까?"

조방은 두근거리는 가슴을 억누르며 겨우 입을 뗐다.

"대장군은 지금 무슨 말을 하고 있는 것이오? 나는 그런 생각을 한 적이 없어요!"

그러자 사마사는 냉소 띤 얼굴로 옷소매 속에서 밀조가 쓰인 용봉한삼 조각을 꺼내 땅바닥에 내던졌다.

"그렇다면 이것은 누구의 장난이란 말이오!"

조방은 숨이 멈추는 것 같았다.

"이 글은 강압에 못 이겨 쓴 것일 뿐이오. 내 진심이 아니었소."

사마사는 싸늘하게 조방을 몰아붙였다.

"대신이 반역을 도모하는 데 황제가 그것에 부화뇌동하다니, 그것이 황제가 할 처사란 말입니까?"

조방이 바닥에 무릎을 꿇고 애원했다.

"짐이 어리석어 죄를 지었소. 대장군은 제발 노여움을 푸시오!"

"일어나시지요, 폐하. 이유야 어쨌든 국법을 없앨 수는 없는 일 아닙니까?"

사마사는 다시 벌벌 떨고 있는 장황후를 보며 소리쳤다.

"이 계집은 역도 장집의 딸이니 마땅히 없애야 합니다. 여봐라, 이

계집을 동화문 밖으로 끌고 나가 스스로 목을 매도록 하라!"

조방이 애걸하며 용서를 빌었으나 사마사는 들은 체도 하지 않았다.

"뭣들 하느냐, 당장 시행하라!"

사마사의 추상같은 명령에 무사들은 장황후를 밖으로 끌고 나갔다. 흰 비단으로 목을 매어 죽은 장황후의 처지가 지난날 조조에 의해 목을 맨 복황후의 모습 그대로였다.

다음날 사마사는 조회를 주관하며 여러 대신들에게 말했다.

"지금 우리 위나라는 주변의 다른 어느 나라도 넘볼 수 없을 만큼 강건하고 민생이 안정되어 태평성대를 누리고 있는데 일부 몰지각한 자들이 소견 없는 주상과 내통하여 국가를 변란의 위기에 빠뜨리려 했소."

사마사의 말에 대신들은 아무 말 없이 머리를 조아렸다. 사마사가 다시 말을 이었다.

"지금의 주상은 황음무도하여 궁중을 시장바닥의 색주가로 만들고 있어 내가 심히 우려하고 있었어요. 더구나 그는 창기와 광대 등 천한 것들을 가까이 하고 간사한 무리들을 상대하기를 즐기며 진실된 소리를 외면하니 주상의 죄는 한나라 소제昭帝 대의 창읍왕昌邑王과 다를 게 없습니다. 나는 고심 끝에 자신이 천거한 창읍왕을 폐위시켰던 곽광霍光의 심정으로 새 임금을 세워 사직을 온전히 보전하려 합니다. 여기 계신 여러분들의 생각은 어떤지 듣고 싶습니다."

대신들이 서로 눈치를 보고 있다가 입을 모아 말했다.

"대장군께서 한 왕조의 이윤과 곽광의 덕을 본받으려 하시는데 누가 감히 거역하겠습니까?"

사마사는 몇몇 대신들을 거느리고 곽태후에게 이 사실을 알리기 위해 영녕궁永寧宮으로 향했다. 곽태후는 사태를 이미 들어서 알고 있었으므로 그저 사마사가 알아서 일을 끝맺어주기를 은근히 바라고 있었다.

위나라 무제 조조는 한나라가 쇠퇴한 것이 외척의 세도 때문이었다고 생각하고 이를 차단하기 위해 천한 출신으로 황후를 세우는 등 외척이 정치에 간섭할 수 없도록 여러 조치를 취했다. 그 결과 어린 황제들이 즉위해도 예전처럼 외척이 힘을 발휘할 수 없는 상황이 되었으며 갈수록 종실의 힘이 약해지는 결과를 낳았다. 또한 오랜 전쟁으로 군권만 강화될 뿐 조정의 힘은 미약하기만 했다. 결국 군부세력인 사마사가 조방을 폐위하려 하는데도 누구 하나 이를 저지하고 나서는 이가 없었다. 곽태후를 찾은 사마사가 전후의 일들을 이야기하자 태후가 물었다.

"대장군은 새 임금으로 누가 적당할 것 같습니까?"

"팽성왕彭城王 조거曹據가 어질고 효성이 지극하다 하니 천자에 오를 만하지 않습니까?"

곽태후가 말했다.

"팽성왕은 무황제의 아드님으로 이미 나이가 지긋하고 내 숙부뻘이기도 하니 감당하기 어려울 것 같소. 그보다 고귀향공高貴鄕公 조모曹髦는 문황제文皇帝(조비)의 손자로 너그러운 마음과 겸양지덕을 지니고 있다 하니 그를 제위에 오르게 하는 것이 좋을 것 같습니다. 어쨌거나 경들이 잘 살펴서 결정하도록 하세요."

곽태후의 말이 끝나자 대신들 중에 한 사람이 나서서 말했다.

"태후께서 바로 보셨습니다. 제위에 오를 만한 분은 조모입니다."

사람들이 돌아보니 사마사의 종숙 사마부司馬孚였다. 사마사는 조씨 가문에 대해 별로 아는 바가 없었는데 종숙이 조모를 추천하고 그의 나이가 아직 어리다는 말을 듣고 조모 쪽으로 결정을 내렸다. 사마사는 곽태후에게 태극전으로 가 조방을 꾸짖도록 독려했다. 곽태후는 사마사의 행실이 심히 못마땅했지만 겉으로 표현할 수는 없었다. 오히려 사마사가 어떤 사람인지 잘 알고 있었으므로 항상 말과 행동에 조심할 뿐이었다.

태극전으로 간 곽태후가 조방을 꾸짖었다.

"그대는 황음무도하여 창기와 광대들에게 둘러싸여 국사를 내팽개치고 환락만을 좇아 살고 있으니 어떻게 천하를 다스릴 자격이 있다고 하겠는가? 이제 더 두고 볼 수 없어 그대의 천자위를 폐하니 그대는 이 자리에서 옥새를 바치고 다시 제왕의 직위로 돌아가라. 또한 앞으로 나라에서 부르지 않으면 입조해서는 안 될 것이니 명심하라."

이제 스물세 살이 된 조방은 눈물로 가슴속의 억울함을 누르며 태후에게 절하고 옥새를 내놓고 궁을 떠났다. 이때 충성스런 신하 몇 명도 관직을 내놓고 그 뒤를 따랐다.

새로 황제 자리에 오르게 된 시골 소년 조모는 문제의 손자로 동해정왕東海定王 조림曹霖의 아들이었다. 그는 어느 날 갑자기 천자가 되었다는 소식을 듣고 당혹감을 감추지 못했다. 어쨌거나 조모는 낙양에서 보낸 수레에 올라 황궁으로 향했다. 조모가 타고 온 수레가 낙양성에 도착하자 사마사를 비롯한 문무백관들은 천자의 수레를 준비해서 남액문南掖門까지 마중을 나가 조모를 맞이했다. 수많은 대신들이 나와 자신을 환영하자 당황한 조모가 수레에서 내려 답례를 했다. 그러자 태위 왕숙王肅이 조모 곁으로 바짝 다가가 속삭였다.

"폐하는 천명을 받아 천하의 주인이 되신 몸입니다. 그러니 문무백관들에게 답례를 하는 것이 아닙니다."

"나 또한 신하의 몸인데 어떻게 답례하지 않는단 말입니까?"

이때 천자의 수레가 조모 앞에 도착했다. 대신들이 조모를 천자가 타는 수레로 모시려 하자 그는 한사코 사양했다.

"태후의 명을 받고 오기는 했으나 영문을 알 수 없으니 연輦(천자가 타는 수레)을 타고 갈 수는 없는 일입니다. 내가 타고 온 수레로 궁에 갈 것이니 그렇게 해주세요."

조모가 고집을 부리자 대신들은 하는 수 없이 연 대신 조모가 타고 온 수레 그대로 입궐하게 했다. 황궁으로 들어온 조모는 걸어서 태극전으로 갔다. 그곳에 도착하자 먼저 사마사가 나와 조모를 맞이했다. 조모는 사마사의 장수다운 풍모에 눌려 자기도 모르게 엎드려 절을 했다. 사마사는 황급히 그를 일으켜 서로 인사를 나눈 후 태후전으로 안내했다. 태후가 조모를 보자 천천히 말했다.

"나는 일찍부터 그대에게 제왕의 기상이 있음을 보았어요. 지금부터 그대는 천자의 위에 오를 것이니 황제로서의 위엄과 겸손함을 아울러 갖추시고 검소하고 절제하여 온 천하 백성들에게 덕을 베푸시길 바라오."

조모는 완강하게 사양했으나 사마사는 바로 조모를 태극전으로 모시게 했다. 이렇게 해서 조모는 영문도 모르는 채 새로이 제위에 올랐다. 서기 254년, 황제가 된 조모는 전국에 사면령을 내려 죄인을 풀어주고 문무백관들의 벼슬을 올려주었다. 그로부터 사마사의 특전은 더욱 강화되었다.

서기 255년 봄, 진동장군 관구검과 양주 자사 문흠文欽은 사마사가 조방을 폐위시켰다는 말을 듣고 이를 명분으로 군사를 일으켰다. 사마사는 이 소식을 듣고 잔뜩 긴장했다. 관구검은 회남 지역의 병권을 손에 쥔 뛰어난 장수였다. 평소 조정에 대한 충성심이 높았던 관구검은 사마사가 전권을 휘둘러 타당치 못한 이유로 황제 조방을 폐위시킨 데 대해 분함을 참지 못했다. 그러던 어느 날 큰아들 관구전毌丘甸이 관구검에게 말했다.

"아버님께서는 그 동안 온갖 고초를 겪으시며 변방을 지켜오셨습니다. 이것은 오로지 위국의 창달을 위함이었는데 대역무도한 사마사는 그간에 군부를 장악하여 천자까지 폐위시키고 자기 마음대로 시골 소년 조모를 황제의 자리에 앉혔다고 합니다. 이것은 위 조정이 사마사의 손에 넘어간 것이나 다름없는 일이 아니고 무엇이겠습니까? 일이 이 지경이 되었는데 아버님께서는 왜 보고만 계십니까?"

"네 말이 백 번 옳다. 그러나 지금 사마사의 위력이 너무 커져 있으니 감정으로만 처리해서는 안 될 일이다."

"그렇지만 아버님께서 마음을 정하시고 거병을 하시면 제후들 중에 아버님을 지지하는 분들이 나올 것입니다."

"예전에 무제께서는 친족이 아닌 능력 위주로 인재를 등용하셨다. 그 결과 귀재들이 많이 모이긴 했으나 집안 대대로 충성하는 자들은 드물었다. 사람 모으기가 그리 쉽지 않을 것이야."

"양주 자사 문흠은 충성심이 남다른 것으로 알고 있습니다."

"맞아, 그분은 원래 돌아가신 조상 장군의 수하였지."

관구검은 당장 문흠을 불러 대책을 나누고자 했다. 조상 휘하에 있었던 문흠은 관구검의 부름을 받고 지체 없이 달려왔다. 문흠을 맞이한 관구검은 그를 후당으로 안내하여 예를 갖추고 자리에 앉았다. 차를 나누며 서로의 근황을 묻다 관구검이 갑자기 울음을 터뜨렸다. 문흠이 우는 이유를 묻자 그가 대답했다.

"대역무도한 사마사가 자기 마음대로 주상을 폐위하고 어린 조모를 황제 자리에 앉혔다고 합니다. 이것은 천지가 뒤집혀 사마사의 세상이 된 것이나 다름없는 일입니다. 그러니 어떻게 울지 않을 수 있겠습니까?"

관구검의 말에 문흠도 침통한 표정이 되어 말했다.

"도독께서 저를 청하신 이유를 알겠습니다. 도독께서 의기로 일어나시어 역적을 토멸하시고자 한다면 저 또한 뜻을 함께 하겠습니다. 외람된 말씀이지만 저의 둘째 아들 문숙文淑은 어릴 때 이름이 앙으로 혼자 천 명을 당해낼 용맹을 가지고 있으며 평소에 입버릇처럼 말하기를 사마사를 죽여 조상의 원수를 갚겠다고 하니 괜찮으시다면 그 아이를 이번 거사에 선봉으로 내세워도 무방할 것 같습니다."

문흠이 적극적으로 동조하고 나서자 관구검은 몹시 기뻐 술을 뿌리며 맹세했다. 두 사람은 먼저 조방의 폐위에 대한 부당성을 알리고 곽태후의 밀서를 받았다는 소문을 퍼뜨렸다. 회남 지역은 낙양에서 다소 떨어져 있었고 조조의 고향과도 가까운 곳이라 관구검의 선동에 호응하는 이들이 의외로 많았다.

회남의 높고 낮은 관원들과 장수 및 군사들은 관구검과 문흠의 지도 아래 수춘성에 모여 서쪽에 단을 쌓은 후 백마를 잡아 피를 나누어 바르며 역도 토벌을 맹세했다. 군중들은 이들의 집결과 거병에 모두 환호성을 지르며 환영했다. 관구검은 2만여 명의 군사를 이끌고 항성項城에 진을 치고, 문흠은 1만여 정병을 거느리고 항성 주변 지역을 방어하면서 낙양으로 쳐들어갈 시기를 엿보고 있었다. 또한 이들은 여러 고을에 쉬지 않고 격문을 뿌려 의로운 일에 나서라고 제후들을 부추겼다. 특히 관구검은 장수들 사이에서 인망이 높았기 때문에 서주 · 청주 · 연주가 동요하기 시작했다.

이때 사마사는 왼쪽 눈에 혹이 생겨 통증과 가려움으로 괴로워하다가 의관에게 치료를 받은 후 부중에서 요양하고 있었다. 그런 와중에 회남에서 관구검이 반기를 들고 일어났다는 소식을 듣고 곧바로 태위 왕숙을 불러 이 일을 의논했다. 왕숙이 말했다.

"관우가 그 이름을 천하에 드날릴 때 동오의 손권은 여몽에게 명해 형주를 빼앗은 적이 있습니다. 여몽은 그때 군사들의 가족을 회유하여 관우의 군세를 무너뜨렸습니다. 지금 회남 땅에서 역모를 일으키고 있는 관리들과 장수, 군사들의 가족은 대부분 낙양과 허창에 거주하고 있습니다. 그러니 한시 바삐 이들을 회유하시어 역도들을 설득시키게 한 다음 군사들을 거느리고 역적놈들의 귀로를 끊어버린다면 어렵잖게 그들을 무너뜨릴 수 있을 것입니다."

"듣고 보니 참으로 쓸 만한 생각입니다. 그러나 나는 눈 때문에 직접 나서기가 어려우니 누구에게 일을 맡기는 것이 좋을지 안타까울 뿐입니다."

사마사의 말에 옆에 있던 중서시랑 종회가 나섰다.

"이제 막 궐기하고 일어났으니 회남 역도들의 예봉이 이만저만이 아닐 것입니다. 섣불리 누군가를 보냈다가 일을 그르칠까 염려됩니다."

종회의 말에 고개를 끄덕이던 사마사가 자리를 박차고 일어나며 말했다.

"내가 직접 나서겠다!"

사마사는 동생 사마소에게 낙양에 남아 조정의 일을 총괄하게 하고 자신은 아픈 몸을 이끌고 직접 수레에 올라 동쪽 수춘을 향해 달려갔다. 그리고 그는 제갈량의 친척 동생뻘 되는 제갈탄諸葛誕에게 예주의 여러 고을 군사를 총지휘하게 하여 안풍진安風津에서 출발해 수춘을 공격하게 했다. 또한 정동장군 호준에게는 청주의 여러 고을 군사를 거느리게 하여 초송譙宋으로 나가 적의 귀로를 끊으라 지시했다. 이어 예주 자사 감군 왕기王基에게는 모든 군사를 거느리고 진남을 장악하라고 명령했다. 이렇게 대군을 거느리고 양양에 주둔한 사마사는 지휘관들을 장막 안으로 불러 작전을 짰다. 이 자리에서 광록훈光祿勳 정무鄭袤가 먼저 말했다.

"관구검은 탁월한 전략가이나 결단력이 부족합니다. 반면 문흠은 용맹에서는 뒤지지 않으나 지모가 모자라는 사람입니다. 따라서 시간을 두고 이들의 예기를 꺾은 다음 기회를 봐서 일시에 대대적으로 기습하는 것이 좋겠습니다."

이에 왕기가 이의를 제기했다.

"예봉을 꺾기 위해 괜한 시간 버릴 필요 없습니다. 회남의 군사들은 자발적으로 일어났다기보다는 관구검의 선동에 휩쓸려 그렇게 된 것이니 대군을 이끌고 일시에 쳐들어간다면 이들은 우리의 위세에 눌려 싸울 생각을 버릴 것입니다. 바로 이때 격파해야 합니다."

듣고 있던 사마사는 왕기의 의견대로 밀고 나가기로 결정했다. 그는 곧 군사들을 은수㶏水 상류로 진출시키고 중군을 은교㶏橋에 주둔시켰다. 이 과정에서 왕기가 다시 말했다.

"제 생각으로는 군사를 주둔시키기에는 남돈南頓이 더욱 적합합니다. 오늘 밤이라도 군사를 이끌고 가 남돈 땅을 수중에 넣으셔야 합니다. 관구검이 먼저 취하게 되면 곤란해집니다."

사마사는 왕기에게 남돈 땅을 장악하고 진지를 구축하라고 명령했다. 항성에 주둔하고 있던 관구검은 사마사가 직접 군사를 이끌고 나타났다는 말을 듣고 휘하 장수들을 불러들였다. 선봉장 갈옹葛雍이 말했다.

"남돈 땅을 보면 뒤로는 산이 있고 앞으로는 강이 있어 군사들을 주둔시키기에 최적지입니다. 만일 사마사가 이곳을 먼저 취한다면 곤란하니 한시 바삐 이곳을 선점해야 합니다."

관구검은 갈옹의 말에 따라 남돈으로 군사를 이동시켰다. 관구검이 남돈의 외곽에 들어서는데 멀리서 전령이 나는 듯이 달려와 관구검에게 보고했다.

"남돈에는 벌써 사마사의 군사들이 진을 구축해버렸습니다."

깜짝 놀란 관구검이 직접 말을 달려 남돈으로 가보니 이미 사마사의 깃발이 곳곳에서 펄럭이고 있었다. 그는 다시 높은 곳에 올라 사마사의 진영을 면밀히 살펴보았다. 진영은 한눈에 보아도 질서정연하고 엄정하게 짜여 있었고 군막들도 위기에 대비해 바로 전투 태세로 들어갈 수 있도록 자리잡고 있었다.

'역시 사마의의 아들답군.'

관구검은 속으로 중얼거렸다. 그는 다시 말을 몰아 자신의 부대로 돌아왔다. 그때 난감하게도 동오의 손준이 강을 건너 수춘을 기습하고 있다는 소식이 전해졌다. 관구검은 몹시 당황하여 혼잣말을 했다.

"서쪽에는 사마사, 북쪽에는 호준, 그리고 남쪽에서는 오나라 군대가 들어오고 있다. 사면초가가 아닌가? 그러나 만일 수춘을 잃는다면 우리는 갈 곳이 없게 된다."

그는 곧바로 항성으로 다시 말을 몰았다. 관구검이 남돈을 내버려

관구검은 위나라의 마지막 충신으로 칭송받는 장군이지만,
요동에서 활약하면서 고구려에게 큰 고통을 안겨준 사람이기도 하다.
특히 245년 요동전쟁 때는 위나라 군대를 이끌고 고구려를 침공해 수천 명의
고구려인을 학살했다. 산 아래 보이는 기병은 요동에서 발굴된 당시의
고분벽화에 근거한 것이다.

두고 항성으로 퇴군한 것을 확인한 사마사는 다시 여러 장수들을 불러 다음 일을 논의했다. 상서인 부하가 말했다.

"좀 전에 들어온 소식인데 오나라의 손준이 수춘으로 들어오고 있다고 합니다. 관구검이 물러간 것도 이들을 막기 위함입니다. 관구검이 항성으로 들어가면 군사를 둘로 나누어 방어하려 할 것입니다. 장군께서는 군사 일부를 동원하여 악가성樂嘉城을 공격하고 다른 한편으로는 수춘을 취하십시오. 그러면 회남의 군사들은 스스로 물러갈 것입니다. 연주 자사 등애는 지략이 뛰어난 인물이니 그에게 군대를 주어 악가성을 공격하도록 명령하십시오."

사마사는 부하의 말을 듣고 등애에게 파발을 보내 연주의 군사를 일으켜 악가성을 공격하면 자신이 대군을 거느리고 따라가 접응하겠다고 전했다. 항성에 주둔하고 있던 관구검은 사마사의 군대가 악가성으로 이동하고 있다는 보고를 받고 사람을 보내 그곳을 정밀히 관찰하여 보고하라고 지시했다. 사방에서 사마사의 군대가 몰려오자 관구검은 문흠을 불러 대책을 물었다. 문흠이 말했다.

"도독, 너무 걱정 마십시오. 제가 아들 문앙과 함께 5천 군사를 이끌고 가서 악가성을 먼저 손에 넣겠습니다."

문흠의 말에 관구검은 다소 마음이 놓이긴 했으나 병력으로 볼 때 절대적으로 불리했다. 그와 문흠이 동원할 수 있는 병력은 2만 5천여 명에 불과했으나 사마사는 5만의 대병을 동원했고 오나라의 손준도 1만여 군사를 몰고 수춘을 향해 오고 있었다. 관구검은 사마사가 이렇게 단시간에 곳곳에서 군사를 일으켜 자신의 진로를 선점하리라고는 미처 생각지 못했다. 그는 일단 수춘을 장악하고 여세를 몰아 청주·서주로 진군해 들어가 군세를 확장한 다음 낙양에서 일전을 치르겠다는 전략으로 일을 시작했는데 사마사가 의외로 신속하게 군사를 동원하여 요지를 차단한 것이다.

문흠은 문앙과 함께 5천 명의 군사를 거느리고 악가성으로 향했다. 문앙은 이때 나이 겨우 18세로 훤칠한 키에 허리에는 구리로 만든 채찍을 꽂은 늠름한 모습이었다. 그는 언제나 한손에 창을 들고 말을 타고 다녔는데 어릴 때부터 용맹이 남달라 문흠은 그를 몹시 자랑스러워했다. 이들 부자가 악가성으로 가고 있는데 전령 하나가 위급한 듯 달려와 알렸다.

"악가성 서쪽으로 1만여 명의 사마사 군대가 진을 치고 있었습니다. 멀리서 군중을 살펴보니 흰색 깃털이 달린 깃대와 황금색 도끼, 검은 일산, 붉은 깃발들이 막사를 에워싸고 있었고 가운데는 수帥자가 씌어진 깃발이 솟아 있었습니다. 보나마나 사마사의 막사인 것이 분명합니다."

"네 말을 들어보니 사마사의 군대가 틀림없다. 진지는 다 세웠더냐?"

"진지는 자리만 잡았지 아직 완성되지는 않았습니다."

옆에서 문앙이 듣고 있다가 말했다.

"적들이 자리를 잡기 전에 공격하면 승산이 있습니다. 우리 군사를 남북 양쪽으로 나누어 기습하면 어떻겠습니까?"

문앙의 말에 문흠이 고개를 끄덕이더니 다시 물었다.

"공격을 한다면 언제 하는 것이 좋겠느냐?"

"오늘 해질 무렵이 적당할 것입니다. 아버님께서는 군사 3천을 거느리고 성의 남쪽을 공격하세요. 저는 나머지 군사 2천을 이끌고 북쪽으로 쳐들어가겠습니다. 그렇게 하면 오늘 밤 12시경에 진지 가까이에서 만날 수 있을 것입니다."

문흠 부자는 군사를 나누어 악가성의 남쪽과 북쪽으로 몰아갔다. 한편 악가성에 자리를 잡은 사마사는 군사들에게 신속하게 진지를 구축하라는 명을 내리고 눈의 통증을 달래기 위해 군막 안에서 쉬고 있었다. 그는 등애가 빨리 와주기를 기다리며 시간을 헤아리다 잠이 들었다. 그의 군막 밖에는 수백 명의 무사들이 무장을 하고 호위했다.

사마사의 군사들이 진지를 구축하는 동안 해가 저물어 어느새 밤이 깊어졌다. 그들 중 일부는 군막으로 들어가 잠을 자고 나머지는 진영 주변을 돌아가며 불침번을 섰다. 주변이 칠흑 같은 어둠에 싸여 바람소리, 풀벌레 우는 소리만이 진영에 가득했다. 그런데 갑자기 멀리서 해일이 일 듯 굉음을 일으키며 일련의 군사들이 몰려오는 소리가 진지를 덮치더니 눈 깜짝할 사이에 사마사의 진지가 아수라장으로 변해버렸다. 전령이 급히 사마사에게 달려가 알렸다.

"북쪽 영문에서 적들이 몰려오는데 선봉장이 막강하여 우리 군사들이 고초를 겪고 있습니다."

놀라 깨어난 사마사는 갑자기 당한 일로 화가 치밀어 눈의 통증이 더욱 심해졌다. 수술해서 아물기 시작한 자리가 다시 터지고 피가 새어나와 사마사는 눈을 제대로 뜰 수조차 없었다. 그는 답답해 죽을 지경이었으나 일어나지 못하고 이불만 쥐어뜯고 있었다. 문앙의 기습에 당황한 사마사의 군사들은 좌충우돌 넘어지고 쓰러지며 달아나기 바빴다.

'지금 아버지가 오시면 일을 성공적으로 끝낼 수 있는데 왜 소식이 없는 걸까?'

문앙은 차츰 적의 수가 불어나는 것을 느끼며 아버지가 빨리 와서 호응해주기를 바랐다. 어느새 새벽이 밝아왔다. 해가 땅을 비추자 밤사이에 죽어 쓰러진 시체들이 발디딜 틈 없이 널브러져 있는 모습이 드러났다. 전투에서는 이겼으나 수적 열세로 차츰 지쳐가던 문앙은 새로운 군사들이 북쪽 영문을 넘어 쏟아져오는 것을 발견했다. 등애가 군사를 몰고 온 것이다.

문앙은 다시 정신을 가다듬고 달려오는 등애와 맞붙었다. 이들은 칼과 창을 부딪치며 격렬하게 싸웠으나 승부가 나지 않았다. 밤새 싸운 문앙이 있는 힘을 다해 등애에게 대들고 있는데 위군이 몰려와 앞뒤에서 압박했다. 문앙의 군사들은 적의 수에 눌려 이리저리 흩어져 도망가기 시작했다. 힘에 부친 문앙도 날쌔게 포위망을 뚫고 남쪽으로 도망쳤다. 그 뒤로 위병들이 함성을 지르며 쫓아갔다. 악가성 다리까지 쫓긴 문앙은 더 이상 달아날 수 없게 되자 갑자기 말 머리를 돌려 추격해오던 위군들 사이로 뛰어들더니 들고 있던 구리채찍을 닥치는 대로 휘둘렀다. 수많은 위군들이 채찍에 맞아 말에서 떨어지거나 부상을 입고 달아났다. 잠시 뒤에 달아났던 위군들이 몇 번이나 다시 추격을 했으나 문앙의 채찍을 이겨내지 못했다.

한편 악가성 남쪽 문을 공격하려던 문흠은 험한 계곡에서 길을 잘못 들어 몇 시간을 헤매다 겨우 길을 찾았으나 그때는 이미 해가 밝아온 후였다. 성문에 도착한 그는 아들을 찾았다. 아들의 모습은 보이지 않고 승리한 듯 환호를 질러대는 위군들만 보였다. 문흠을 발견한 위군이 그를 공격하자 문흠은 싸울 엄두를 못 내고 수춘으로 도망쳤다.

이때 사마사의 휘하에는 윤대목이라는 자가 있었다. 이 사람은 본래 죽은 조상의 측근으로 조상이 사마사의 손에 주살된 것을 알고 거짓으로 사마사에게 의탁하고 있으면서 사마사를 죽여 조상의 원수를 갚겠다고 벼르고 있었다. 그는 사마사가 눈의 상처가 덧나 움직일 수도 없다는 말을 듣고 경계가 삼엄한 사마사의 장막을 찾았다. 윤대목은 대장군에게 꼭 할말이 있다고 전하고 사마사의 군막 안으로 들어갔다. 그가 보니 사마사는 실로 눈의 상처 때문에 얼굴이 일그러져 있었으며 말도 제대로 할 수 없는 지경이었다. 윤대목은 사마사를 위로한 후 용건을 말했다.

"대장군, 장군의 몸이 이렇게 불편하시니 하루 빨리 이 전쟁을 종결지어야겠습니다. 문흠이라는 자는 본래 반란을 일으킬 인물이 아닙니다. 필시 관구검의 부추김에 못 이겨 그렇게 되었을 것입니다. 제가 문흠과 약간의 교분이 있으니 가서 설득하면 분명 군사를 거느리고 투항할 것입니다."

하루라도 빨리 전쟁을 끝내고 낙양으로 돌아가고픈 마음이 간절했던 사마사는 윤대목의 말이 더 없이 반갑기만 했다. 그는 당장 가서 문흠의 투항을 이끌어내라고 윤대목에게 지시했다. 윤대목은 투구와 갑옷을 갖춰입고 수춘성 가까이 진을 치고 있던 문흠을 찾아가 큰 소리로 외쳤다.

"문자사, 나를 좀 만나주시오!"

문흠이 멀찍이서 바라보자 윤대목은 투구를 벗어들고 또다시 소리쳤다.

"문자사, 사마사는 지금 위중해요. 왜 며칠을 더 참지 못하는 겁니까?"

문흠은 친분이 있던 윤대목이 자신을 설득하러 온 것 같아 경계심부터 일었다. 윤대목은 평소 쉽게 속마음을 드러내는 사람이 아니었으므로 그가 온 진의가 의심스러웠을 뿐 아니라 먼 발치에서 하는 말을 잘 알아들을 수도 없었다. 그는 단순히 사마사가 자기를 설득하기 위해 윤대목을 보낸 것으로 알고 소리쳤다.

"과거에 사마사가 조상 장군을 죽일 때도 이 사람 저 사람을 동원해 안심시켜놓고 나중에 시장바닥에 목을 매달았어요. 어서 돌아가시오! 가지 않으면 활을 쏠 것이오!"

문흠이 활을 당기는 시늉을 하며 더 말할 여지를 주지 않자 윤대목은 가슴을 치며 되돌아갔다. 문흠이 다시 군사를 거느리고 수춘으로 들어갔을 때는 제갈탄이 이끄는 위나라 군사가 수춘을 점령한 뒤였다. 문흠은 하는 수 없이 유일하게 남아 있는 항성으로 향했으나 그곳 역시 위장 호준 · 왕기 · 등애에 의해 포위되어 있었다. 갈 곳이 없어진 문흠은 방법을 찾지 못하고 장강을 넘어오고 있던 동오의 손준에게 투항했다.

한편 항성에 진을 치고 있던 관구검은 문흠이 대패하여 거점 확보에 실패한데다가 수춘마저 함락되었다는 말을 듣고 낙심하고 있었다. 그 동안 호준 · 왕기 · 등애 등이 이끄는 위나라의 진압군은 세 갈래로 진격해 들어오며 항성을 에워싸고 있었다. 이번 전쟁에 승산이 없다고 판단한 관구검은 일단 후일을 기약하며 탈출구를 찾으려 했다. 그런데 이미 성으로 들어선 위나라 군사들이 사방에서 몰려들어와 관구검의 군사를 압박했다. 등애의 군사와 정면으로 마주친 관구검은 부장 갈옹에게 앞장서 싸울 것을 지시했다. 갈옹이 칼을 휘두르며 말을 몰고 나가 등애와 맞붙어 싸웠으나 갈옹은 등애의 상대가 되지 못하고 뒤로 밀리다 그의 칼을 맞고 말에서 떨어졌다. 다시 관구검이 등애를 향해 치닫는데 갑자기 군진이 벌집 쑤셔놓은 듯 어지러워졌다. 호준과 왕기가 군사를 몰고 와 협공을 한 것이다. 위군에게 포위되다시피 한 관구검은 사력을 다해 항성을 빠져나와 겨우 몇 명의 부하들만 거느린 채 신현성愼縣城으로 달아났다. 패해서 달아나는 동안 대부분의 부하들은 죽거나 탈영하거나 투항했다. 관구검이 신현성에 이르렀을 때는 자신의 동생 관구수毌丘秀와 손자 관구중毌丘重만이 그를 따르고 있었다.

한편 사마사의 명을 받고 관구검을 쫓던 위장 호준과 왕기는 관구검이 신현성에서 벗어나지 못했으리라 판단하고 신현 현령 송백宋白에게 관구검을 죽이는 자에게 큰 상과 벼슬을 내릴 것임을 공고하게 했다. 송백은 지체없이 방을 붙여 관구검을 수배했다. 신현성에 도착한 관구검 일행은 몹시 지쳐 강가의 어느 폐가를 찾아들어 피곤한 몸을 쉬었다.

이들은 자신들이 이미 수배되어 있는 줄은 꿈에도 모른 채 마당 한 모퉁이에 건초더미를 깔아놓고 그 위에 누웠다. 이때 안풍진 도위의 휘하에 있던 장교 장속張屬이 강변을 수색하다 관구검 일행을 발견하고 수상히 여겨 이들의 일거수 일투족을 관찰하고 있었다. 막다른 곳까지 왔다고 판단한 관구검은 관구수와 관구중을 불러 앞으로의 일을 상의하고 당부의 말까지 했다.

"나는 나이도 들고 내 터전마저 역적놈들에게 빼앗기고 말았으니 옛 영화를 찾기는 불가능할 테고 더 이상 도망 다니기도 어렵다. 너희들은 부디 이곳을 안전하게 탈출해서 오나라로 가거라. 그 동안 돌아가신 명제께서 다시 살아오신다 해도 나는 크게 부끄러울 것이 없다. 나는 지난 세월 동안 폐하에 대한 충의를 저버리지 않고 나라에 한 점 부끄러움이 없이 살려고 애써왔다. 그러나 이곳은 이미 역도들에게 유린당하는 더러운 땅이 되었다. 너희들은 속히 떠나라."

관구검의 당부를 들은 관구수와 관구중은 그에게 끝까지 함께 오나라로 도망가자고 재촉했다. 관구검이 완강하게 거절하며 일어서는데 갑자기 수십 개의 화살들이 관구검의 목과 허리에 날아와 꽂혔다. 기겁을 한 관구수 · 관구중은 관구검의 시신을 돌볼 사이도 없이 그곳을 빠져나와 오나라를 향해 말을 몰았다. 관구검은 그 자리에서 절명하고 말았다. 장속은 관구검의 목을 베어 사마사에게 바쳤다. 이렇게 해서 사마씨 일족을 붕괴시키려 했던 관구검의 꿈은 무산되고 회남은 완전히 평정되었다.

한편 갈수록 병이 깊어지던 사마사는 하루 빨리 허창으로 돌아가고 싶었다. 그러던 차에 관구검의 수급이 도착했다는 보고를 받았다. 사마사는 제갈탄을 불러 대장인과 함께 정동대장군의 벼슬을 주어 양주 여러 고을의 군마를 감독하게 한 후 자신은 군대를 돌려 허창으로 돌아갔다. 제갈탄은 양주의 수부인 수춘에서 동남쪽의 군사 업무를 총괄하게 되었다.

허창으로 돌아온 사마사는 투병 환경이 훨씬 좋아진 것과는 달리 하루가 다르게 병색이 완연해졌다. 눈의 통증으로 거의 매일 밤 잠을 이룰 수 없었을 뿐 아니라 억지로라도 잠이 들면 이풍 · 장집 · 하후현 세 사람의 환영이 나타나 그를 괴롭혔다. 가끔 혼수 상태에 빠지곤 하던 그는 자신이 얼마 살지 못할 것이라는 것을 알고 낙양에 있는 사마소를 불렀다. 사마소는 병에 시달리고 있는 형을 보고 하염없이 눈물을 흘렸다. 사마사는 동생을 가까이 부르더니 말했다.

"내 양 어깨에 짊어진 중한 임무를 벗고 싶었는데 적절한 기회가 오지 않았다. 네가 내 할 일을 이어받되 대사를 절대로 남에게 맡기지 마라. 그것은 멸문지화를 부르는 일이 된다. 내 말을 명심하여라."

사마사는 동생에게 도장을 건네주고 나서 눈물을 흘리며 숨을 거두었다. 서기 255년, 사마사가 죽자 사마소는 발상하고 위나라 황제 조모에게 형의 죽음을 알렸다. 사마사의 장례가 끝나고 조모는 사마소에게 허창에 머물러 있으면서 북침하는 동오를 막으라는 영을 내렸다. 황제의 영을 받은 사마소는 어떻게 해야 할지 몰라 망설이고 있는데 종회가 나서서 말했다.

"장군께서는 사마사 장군의 중임을 계승하신 분입니다. 대장군께서 돌아가신 지 얼마 되지 않아 조정이 술렁이는 판에 여기에 계속 머물러 계시다가 장군에게 불리한 일이라도 생길까 염려됩니다."

사마소는 종회의 말을 듣고 바로 군사를 일으켜 낙수 남쪽으로 가서 진을 쳤다. 이 소식을 듣고 조모가 당황하자 태위 왕숙이 조모에게 말했다.

"사마소가 그 형의 대권을 이어받아 군부를 장악하고 있으니 폐하께서는 그에게 작위를 내려 우선 안심시켜두는 것이 좋겠습니다."

조모는 곧 왕숙을 허창으로 보내 사마소를 대장군에 봉하고 녹상서사의 벼슬을 내렸다. 사마소는 낙양으로 돌아가서 위황제 조모에게 예를 올렸다. 이때부터 나라 안팎의 대소사는 모두 사마소가 나서서 처리했으며 전권이 그의 손아귀에 들어갔다.

강유의 북벌

사마사가 죽었다는 소식이 촉의 성도에 있던 강유에게 전해졌다. 강유는 위나라의 정세를 다각도로 분석한 후 유선을 찾아가 말했다.

"폐하, 최근 낙양에서는 사마사가 죽고 그의 동생 사마소가 대권을 계승했다고 합니다. 사마소는 정권을 쥔 지 얼마 되지 않아 군을 함부로 움직이기가 어려울 것입니다. 그러니 지금이 위군을 정벌하여 중원을 회복하는 호기라 여겨집니다."

유선은 강유에게 군사를 일으켜 위를 정벌하라는 영을 내렸다. 강유가 한중으로 가서 부하들에게 중원 정벌의 뜻을 밝히자 이를 반대하는 목소리들도 심심치 않게 나왔다. 강유의 지나친 북벌욕이 결국 국가적 손실을 가져올 수 있다는 말은 이미 오래전부터 있어왔다. 그러나 자신의 용병에 항상 제동을 걸었던 비위가 죽은 후 강유의 북벌 의욕은 더욱 강하게 솟구쳤다. 강유가 군마를 정비하고 있는데 정서

대장군 장익이 그를 찾아와 간청했다.

"장군, 위나라가 변화를 겪고 있기는 하나 우리 촉은 땅이 좁은데다 전량마저 풍족하지 못합니다. 작은 나라로 큰 나라를 치는 것은 여러 가지 부작용을 낳을 수 있습니다. 차라리 우리나라의 험한 요새지를 굳게 지키며 군대를 잘 통솔하고 백성들을 평안하게 다스리는 것이 이 나라를 보전하는 길이 아닌가 생각합니다."

강유가 말했다.

"그렇지 않소. 돌아가신 제갈승상께서는 융중에서 나오실 때부터 천하삼분을 생각하셨고, 여섯 번이나 기산에 나가 중원을 정벌하기 위해 애를 쓰시다 불행하게도 도중에 뜻을 이루지 못한 채 돌아가셨소. 제갈승상의 유명을 받들어 나라에 충성을 하는 것도 당연하지만 우리가 중원을 도모하지 않는다면 이 좁은 땅을 유지하다 결국 강자에게 잡아먹히고 말 것입니다. 촉은 한 황실 부흥을 위해 일어선 나라입니다. 가만히 앉아만 있어서야 어떻게 한 황실 부흥을 꿈이라도 꿀 수 있겠습니까?"

옆에 있던 하후패가 강유 편을 들었다.

"장군의 말씀이 옳습니다. 더 이상 시간을 끌지 말고 작전을 짜서 쳐들어가야 합니다. 우리가 평화를 도모한다고 해서 보고만 있을 저들이 아닙니다. 기회가 왔을 때 먼저 움직이는 쪽이 차지할 수 있는 법입니다."

하후패의 말에 장익이 별 반응이 없자 강유는 그도 동의한 것으로 생각하고 구체적으로 작전 계획을 논의했다. 하후패가 말했다.

"먼저 포한袍罕으로 나가 남안을 손에 넣어야 합니다. 만일 남안만 취한다면 조서洮西나 주변의 여러 고을은 쉽게 점령할 수 있을 것입니다."

장익이 말했다.

"맞습니다. 이번 전쟁에서 반드시 명심해야 할 것이 시간을 끌어서는 안 된다는 것입니다. 지난번 우리가 패하고 돌아온 것도 출전할 때 시간을 너무 써버린 탓입니다. 지금 우리는 적의 방비가 소홀할 것이라는 점에 초점을 두고 있으므로 속전속결로 적들을 격파해야 합니다."

강유는 두 장수의 말에 따라 즉시 10만 대군을 이끌고 포한을 향해 진군했다. 촉의 대병이 조수에 도착하자 강 언덕을 지키고 있던 위의 파수병이 급히 달려와 옹주 자사 왕경王經과 부장군 진태에게 알렸다. 왕경은 장명張明 · 화영花永 · 유달劉達 · 주방朱芳 등의 휘하 장수와 3만여 명의 기병과 보병을 거느리고 촉군에 맞섰다. 그러나 강유의 대군에 밀린 위군은 제대로 싸우지도 못하고 허물어졌다. 왕경은 밀물처럼 밀려오는 촉군을 감당할 수 없어 서쪽으로 달아나 적도성狄道城으로 갔다. 왕경이 패해 적도성으로 몸을 피했다는 말을 듣고 진태가 군사를 이끌고 나가려 하는데 전령이 와서 보고했다.

"연주 자사 등애 장군께서 안서장군을 대리하여 군사를 거느리고 이곳에 도착하셨습니다."

진태는 보고를 듣고 몹시 반가워하며 등애를 맞이하러 나갔다. 두 사람이 인사를 나눈 뒤 등애가 말했다.

"사마 대장군의 명을 받들어 공을 도우러 왔습니다."

"그렇지 않아도 이번에 촉군의 규모가 워낙 커서 염려스러웠는데 이렇게 적기에 와주시니 얼마나 다행스러운 일인지 모르겠습니다. 어떤 계책이 있으신지요?"

"강유가 늘 그렇듯이 이놈들이 장안으로 오지 않고 천수에서 남안 · 조서 · 적도로 이어지는 서역로를 이용하는 것으로 보아 이번에도 강족 병사들과 연합하려는 듯합니다. 그런데 왕경 자사가 적도로 간 것은 참으로 잘한 일입니다. 놈들은 적도성이 얼마나 견고한지 모르고 왕경을 좇아 적도성으로 군대를 몰고 있어요. 적도라면 군대도 필요 없습니다. 적도를 무너뜨리려면 그놈들이 끌고 온 군사의 열 배는 더 있어야 할 것입니다. 우선 내가 낙양에서 거느리고 온 군대와 진장군의 군사를 적도성 남쪽 골짜기의 항령項嶺에 주둔시키고 그 주변에 매복을 합시다. 촉군이 몰려오면 일시에 나가 적을 섬멸하는 것입니다. 적을 교란시키기 위해 북과 피리, 횃불 등을 충분히 준비해야 합니다."

진태는 바로 부대를 재편성하여 각 부대 인원을 50명으로 구성했다. 이들은 모두 깃발 · 북 · 피리 · 봉화 등을 들고 낮에는 쉬고 밤에만 행군하며 적도성 남쪽 높고 깊은 골짜기를 파고 들어가 매복했다. 그때 진태와 등애의 전체 병력은 2만 명이 채 되지 않았다.

한편 강유는 며칠 동안 집중적으로 적도성을 공격했으나 꿈쩍도 않자 은근히 걱정이 되었다. 와서 보니 성벽이 몹시 높고 주변의 지세가 험난할 뿐 아니라 서역으로 통하는 길이기도 해서 무슨 변수라도 생길까 염려스러웠다. 무작정 성을 공격하고만 있을 일이 아니라는 생각이 들었다. 그날 해가 서산으로 넘어가고 있는데 전령이 급히 말을 몰고 와 강유에게 보고했다.

"적군이 지금 항령 부근에 매복 중이라고 합니다."

"군대 규모가 어느 정도이더냐?"

"적들은 밤에만 이동했기 때문에 정확한 규모를 알 수는 없고 다만 그들이 든 깃발에 '진서장군 진태'와 '연주자사 등애'라고 쓰인 것을 보긴 했습니다."

강유는 몹시 놀랐다.

"아니 그렇다면 벌써 낙양에서 군대를 보냈단 말인가!"

그는 즉시 하후패를 불러 현재 상황을 이야기하고 의견을 물었다. 하후패가 말했다.

"제가 항상 말씀드렸다시피 등애는 지략이 아주 뛰어난 자입니다. 그는 어려서부터 병법에 밝았고 이곳 지리도 환하게 알고 있습니다. 그가 항령까지 진출했다는 것은 우리에게 몹시 불리한 일입니다."

강유가 말했다.

"그렇다면 일단 철군하는 것이 나을 것 같습니다. 바로 철군하면 적의 공격을 받을 수 있으니 우리가 먼저 공격하면서 철수해야겠습니다. 적병들은 먼 길을, 그것도 밤을 이용해 왔으니 지금쯤 지쳐 있을 것입니다. 놈들이 자리를 잡기 전에 공격하는 것이 좋겠습니다."

강유는 곧바로 장익에게 성을 공격하라 이르고 하후패에게는 군사를 이끌고 가 진태를 맞아 싸우라 명령했다. 그리고 자신도 군사를 거느리고 등애를 맞아 싸우기 위해 말을 몰았다. 강유가 군사를 이끌고 10리쯤 나갔을 때 예상대로 포소리가 크게 울리더니 북과 피리소리가 어지럽게 공중을 난무하고 불길이 하늘로 치솟았다. 강유가 앞으로 달려나가 살펴보니 위군의 깃발이 숲을 이루고 있었다. 하후패와 장익은 있는 힘을 다해 위군의 공격을 막고 본군은 신속하게 한중으로 철군했다. 철수하는 촉군 뒤로 병사들의 북소리·피리소리가 끊임없이 들려왔다. 강유는 군사를 모두 거두어 종제鍾堤로 가서 주둔했다. 촉나라 황제 유선은 강유가 조수 서쪽에서 세운 공을 치하하고 조서를 내려 대장군에 봉했다.

한편 적도성에 고립되어 있던 왕경은 진태와 등애를 성안으로 맞아들여 촉군을 물리쳐준 데 대한 감사의 표시로 크게 잔치를 베풀었다. 진태는 등애의 공을 위주 조모에게 상주했다. 조모는 등애를 안서장군에 봉하고 동강교위를 거느리게 했다. 이렇게 하여 등애는 진태와 함께 옹주와 양주의 군대를 총괄하게 되었고 이 지역에 군사를 주둔시켰다. 등애는 황제에게 표문을 올려 감사를 표시하고 진태는 등애를 위해 축하 잔치를 벌였다. 등애와 진태 두 사람은 기쁜 마음으로 술잔을 주고받으며 이런저런 얘기를 나누었다. 진태가 말했다.

"강유는 장군께서 퇴로를 끊어버릴까 두려워 도망쳤습니다. 다시는 나타나지 않겠지요?"

등애가 웃으며 말했다.

"아닙니다. 그는 반드시 다시 나타날 것입니다. 거기에는 서너 가지 이유가 있지요."

진태가 궁금해하자 등애가 말을 이었다.

"첫째, 그들은 패하여 쫓겨간 것이 아니라 자신들이 철군을 선택한 것입니다. 둘째, 강유의 군대는 예전부터 제갈량에게 정예훈련을 받은 정규병들로 짜여 있지만 우리 장수들은 위급한 상황에 대비해 불시에 차출되었을 뿐 아니라 훈련도 제대로 받지 못했습니다. 셋째, 촉병은 배를 잘 부리지만 우리는 육지병이 대부분이라 수전에서 그들보다 한 수 아래입니다. 이외에도 적도 · 농서 · 남안 · 기산 등 네 지역은 지형적으로 요지에 해당합니다. 그러니 적들은 사방을 이용해 공격의 묘를 살릴 수 있는 반면 우리는 방어하는 데 상당한 어려움을 겪습니다. 그리고 촉군이 남안을 기점으로 하여 농서로 공격해

올 경우 강족과 그들이 연합할 수 있으니 그들은 절대 포기하지 않을 것입니다."

등애의 식견에 진태가 탄복하며 말했다.

"듣던 대로 장군의 혜안은 따를 수가 없습니다. 그러니 촉군이 어떻게 서둘러 퇴군하지 않을 수 있었겠습니까?"

이날 이후 진태와 등애는 나이 차이를 상관하지 않는 망년지교忘年之交를 맺었다. 이때 종제에 주둔하고 있던 강유도 연회를 베풀고 여러 장수들과 군사들을 모아 위 정벌의 대책을 협의했다. 영사令史 번건樊建이 간언했다.

"우리는 수차례 위를 공략했으나 완전한 승리를 거두지 못했습니다. 그러나 이번 조수 싸움에서는 크게 승리하여 위군을 긴장시키고 장군의 이름도 높이셨습니다. 그런데 다시 서둘러 출병하셨다가 만일 일이 생각대로 되지 않아 패배하게 되면 그 동안 쌓은 수고가 바람 앞의 티끌처럼 되어버립니다. 시간을 갖고 빈틈없이 전략을 짠 후 공격에 나서도 늦지 않을 것입니다."

강유가 가볍게 웃으며 말했다.

"여러분들은 위나라가 크다는 이유만으로 늘 위축되어 있소. 큰 만큼 약점도 많을 수 있다는 것을 왜 생각지 못하오?"

장수들이 위국의 약점이 무엇인지를 묻자 강유가 대답했다.

"첫째, 우선 군의 사기 면에서 볼 때 그들은 조서에서 크게 패해 군사적 손실을 많이 본 반면 우리는 비록 퇴군하기는 했지만 군사 하나 다친 사람이 없으니 사기가 충천하여 진병進兵에 아무런 지장이 없습니다. 둘째, 우리는 배를 타고 진격하지만 그들은 땅 위를 달려와 싸워야 하니 체력 면에서 우리가 우위에 있습니다. 셋째, 우리는 오랫

동안 훈련을 받아온 정예병이 대부분이지만 적들은 중구난방으로 끌어모은 오합지졸들이니 쉽게 무너뜨릴 수 있습니다. 넷째, 우리가 만일 기산으로 진출한다면 군량미를 보충할 수 있는 이점이 있고, 다섯째, 적들이 수비해야 할 지역이 워낙 방대하여 우리를 막기 위해서는 군을 분산해야 하지만 우리는 사방에서 자유롭게 공격할 수 있으니 기습 효과를 극대화할 수 있습니다. 이유가 이러한데 지금 공격하지 않으면 언제 또 기회를 잡을 수 있겠습니까?"

듣고 있던 하후패가 조심스럽게 말했다.

"등애는 기지와 전략이 빼어난 인물입니다. 더구나 근래에 안서장군의 직위에 올랐으니 그는 한창 의욕에 차 있을 것입니다. 그러니 지금은 예전과 다르다는 것을 유념해야 합니다."

강유의 얼굴이 붉어졌다. 그는 자존심이 상한 듯 조금 전까지와는 달리 건조한 목소리로 말했다.

"등애가 얼마나 뛰어난 인물인지 모르겠으나 그 한 사람이 현실적인 악조건을 모두 뒤집어엎을 수는 없을 것이오. 나는 반드시 농서 지역을 손에 넣고 말겠소."

강유의 굳은 표정을 보며 장수들은 더 이상 아무 말도 하지 못했다. 며칠 뒤 강유는 다시 군을 정비해서 기산 방면으로 출군했다. 지난번 전투는 천수에서 서쪽으로 진출하여 적도로 쳐들어갔으므로 이번에는 천수 동쪽의 옹주에서 장안으로 진출하기 위해 기산을 택한 것이다. 강유가 대군을 이끌고 한창 가고 있는데 전령 하나가 급하게 달려와 보고했다.

"위군들이 기산 아래에 아홉 개나 되는 진지를 치고 방어하고 있습니다."

강유는 믿기지 않아 기병 수십 명을 거느리고 높은 곳에 올라가 살폈다. 실로 기산 아래에는 아홉 개의 위군 진지가 질서정연하게 세워져 있었다. 찬찬히 그 모습을 살피던 강유가 주변을 의식하며 말했다.

"하후패의 말이 맞구나. 진 친 것을 보니 돌아가신 제갈승상만이 그를 당할 수 있을 것 같다. 등애의 진법은 제갈승상의 것을 그대로 닮았다."

산을 내려온 강유는 본진으로 돌아와 장수들을 불러모았다.

"위군은 이미 우리의 침공에 철저하게 대비하고 있소. 내 생각에 등애는 이곳에 오래 머무를 것 같소. 그러니 기산을 기습하기는 힘들게 되었소. 여러분들은 가짜 깃발을 세워 계곡에 진을 치고 단단히 보초를 서시오. 보초를 서기 위해 나갈 때마다 반드시 옷을 바꿔 입도록 하시오. 또한 깃발도 청 · 황 · 적 · 백 · 흑 다섯 색의 기치로 바꾸도록 하시오. 그러면 적들은 혹시라도 계책이 있을까 의심하고 쉽게 공격하지 않을 것이오. 그 동안 나는 군사를 거느리고 동정을 지나 남안을 기습하겠소."

강유는 포소鮑素에게 기산 계곡을 빈틈없이 지키도록 하고 자신은 군사를 이끌고 남안으로 향했다. 한편 등애는 촉군이 기산으로 향했다는 보고를 받고 진태와 더불어 기산 방비에 만전을 기하고 있었다. 그는 바로 공격할 뜻을 보이지 않고 장수들에게 촉병의 움직임만 면밀히 감시하라고 일렀다. 그 자신은 부하 몇 명을 거느리고 하루에도 몇 번씩 진영 밖으로 나와 10여 리 이상을 순찰하고 돌아오기도 했다. 그러던 어느 날, 등애는 높은 언덕에 올라 촉의 진영을 살펴보더니 뭔가 발견한 듯 급하게 진영으로 돌아와 진태를 불렀다.

"강유는 지금 이곳에 없습니다."

진태가 놀라며 물었다.

"그러면 그가 어디에 있으며 또 그들의 진지는 무엇입니까?"

"순찰 나온 촉병들을 쭉 지켜보니 매일 옷이 바뀌는데 그들의 행동거지가 몹시 지쳐 보였어요. 그들이 진지에 꽂아둔 기치창검은 모두 허울일 뿐, 실제로는 군사 수가 얼마 되지 않을 것입니다. 강유는 우리 눈을 속이고 지금 남안으로 가고 있는 게 분명합니다. 진장군께서는 많지 않은 군사로도 촉의 진지를 격파할 수 있을 것입니다. 촉의 진지를 해체시킨 후 다시 군사를 이끌고 신속하게 동정으로 향하는 길로 쳐들어가 강유군의 뒤를 끊어버리세요. 나는 나머지 군사들을 거느리고 가서 남안을 구한 뒤 곧바로 무성산을 취할 것입니다. 내가 무성산을 얻으면 강유는 분명 상규를 넘볼 것이오. 상규에는 단곡段谷이라는 골짜기가 있는데 지세와 산세가 험악해서 군사를 매복시키기에 아주 좋은 곳입니다. 그들이 무성산을 점령하기 전에 우리가 먼저 단곡의 양 골짜기에 군사를 매복시킨다면 강유는 뼈도 추리지 못하게 될 것입니다."

진태는 놀라운 표정으로 등애를 보며 말했다.

"나는 이 농서 땅에 20~30년이나 있었는데도 이곳 지리를 장군만큼 알지 못합니다. 참으로 놀라운 작전입니다. 자, 이제 공의 말씀대로 작전을 개시합시다."

등애는 밤을 이용해 신속하고도 정확하게 무성산으로 군사들을 이동시켰다. 군사들의 장비를 최대한 가볍게 하여 보통 때보다 두세 배 빠른 속도로 행군하여 무성산에 도착한 등애군은 곧바로 진지를 구축했다. 그때까지 촉병이 나타나지 않자 등애는 아들 등충鄧忠과 장전교위帳前校尉 사찬師纂에게 5천여 명의 군사를 거느리고 단곡에 매복하라고 이른 뒤 은밀하게 무언가를 지시했다.

두 사람이 물러가자 등애는 다시 군사들에게 깃발을 거두고 일체의 잡음도 내지 말고 조용히 촉병이 나타나기를 기다리라고 지시했다. 이때 동정에서 남안으로 향하던 강유는 무성산에 이르자 산을 휘둘러본 뒤 휘하 장수들에게 말했다.

"남안은 이 무성산 가까이 있소. 그러니 이 산을 점령하기만 하면 남안은 어려움 없이 손에 넣을 수 있소. 그러나 등애는 뛰어난 장수이니 우리가 올 것을 예견하고 대비하고 있을 것이오."

강유의 말이 끝나기를 기다렸다는 듯 산 위에서 갑자기 천지를 진동하는 포소리가 울리면서 함성과 함께 북소리 · 피리소리가 난무하더니 여기저기에서 위군들이 쏟아져나왔다. 바람에 펄럭이는 깃발 중에 가운데 있는 노란색 기에는 '등애'라는 글자가 뚜렷하게 씌어 있었다. 등애가 나타난 것을 본 촉병들은 긴장해서 제대로 싸우지도 못했을 뿐 아니라 사방에서 쏟아져나오는 위군들에게 쫓겨 크게 패해 후퇴할 수밖에 없었다.

앞서가던 군사들이 여지없이 무너져내리자 강유는 급히 중군을 몰아 구원하러 갔지만 이미 전군이 완전히 섬멸된 뒤였다. 위군은 어느새 군사를 거두어 산중턱으로 사라지고 없었다. 강유는 군사들을 동원하여 등애에게 끊임없이 싸움을 걸었으나 등애는 얼씬도 하지 않았다. 강유가 어쩔 수 없이 군사를 물리려고 하는데 산 위에서 또다시 북소리 · 피리소리가 들려왔다. 그러나 위군은 단 한 명도 모습을 드러내지 않았다.

강유가 잠시 어떻게 해야 할지 머뭇거리는 사이에 산 위에서 돌덩이들이 마구 굴러내려오고 위군들은 사정없이 포를 쏘아댔다. 산 아래 있던 촉병들이 이리저리 피하는 바람에 대오는 완전히 흩어져버렸다. 어느새 밤이 깊어졌다. 강유는 차라리 밤을 이용해 군사를 물리는 것이 낫겠다고 생각하고 후퇴를 명령하려 하는데 또 한차례 위군의 기습 공격을 받았다. 깊은 산중에서 야밤에 공격을 당하자 촉군들은 서로 부딪치고 넘어져 부상을 당하는가 하면 발 아래 깔려 죽은 경우도 많았다. 많은 군사를 잃어버린 강유는 급하게 이전의 진지로 후퇴할 수밖에 없었고 무성산을 취하려던 계획은 수포로 돌아가고 말았다. 퇴군한 강유는 하후패를 불러 다시 협의했다.

"일이 이렇게 되었으니 차라리 상규를 취하는 것이 좋겠습니다. 상규는 남안에서 생산되는 곡물의 집산지이니 그곳을 손에 넣으면 남안 점령도 쉬워질 것입니다."

강유는 하후패에게 무성산 아래에 주둔하고 있으면서 후방을 보호하게 하고 자신은 맹장들과 정예 부대를 이끌고 바로 상규로 향했다. 행군 중에 날이 어두워져 길 위에서 잠을 자고 다시 행군하는 날이 계속되었다. 그러던 어느 날, 날이 밝아올 무렵 잠에서 깨어난 강유가 주위를 살펴보니 산과 길이 험준하기 이를 데 없었다. 그는 향도관을 불러 물었다.

"이곳 지명이 무엇이냐?"

"예, 단곡段谷이라 합니다."

순간 강유의 얼굴이 상기되었다.

"우리가 이곳으로 오는 게 아니었다. 단곡斷谷이라면 계곡을 끊는다는 소리로 들린다. 만일 적이 나타나 계곡 어귀를 끊어버린다면 우리는 꼼짝없이 고립되고 말 것이 아닌가!"

강유는 황급히 행군을 멈추고 군대를 돌릴 수 있는 방도를 찾으라고 지시했다. 이때 앞서가던 군사로부터 급박한 보고가 날아왔다.

"아군이 들어온 계곡 뒤쪽에서 먼지가 자욱하게 일고 있습니다. 적의 복병이 나타난 것 같습니다."

강유가 황급히 퇴군을 명령하는데 계곡 쪽으로 촉병들이 뒤로 밀려나오더니 위장 사찬과 등충의 군사가 양쪽에서 쏟아져나왔다. 강유는 별 도리 없이 한편으로는 적을 막아 싸우고 한편으로는 후퇴하는 작전을 쓰면서 가까스로 단곡을 빠져나왔다. 그 와중에 죽거나 이탈하고 부상당한 촉병은 엄청난 수였다. 강유는 패잔병들을 거둘 여력도 없이 하후패가 있는 무성산으로 향했다. 그때 다시 등애가 직접 군사를 이끌고 세 방향에서 협공해왔다. 이미 지쳐 있던 강유의 군사들은 또 한번 위군의 거센 공격에 내몰렸다. 촉군들은 죽을 힘을 다해 맞서 싸웠으나 기치창검을 높이 들고 쫓아온 위군의 예봉에 휘둘려 볏단처럼 무더기로 쓰러졌다. 강유 역시 위급하기는 마찬가지였다. 그는 위군에게 포위당해 있었는데 군사를 거느리고 달려온 하후패에 의해 겨우 목숨을 구할 수 있었다. 이길 수 있는 이유를 다섯 가지나 가지고 있었던 강유의 북벌은 등애에게 다섯 번 이상이나 패하는 것으로 끝이 나는 듯했다. 하지만 진지로 돌아온 강유는 다시 기산으로 진군할 뜻을 보였다. 그러나 이번에는 하후패의 반대가 어느 때보다 완강했다.

"기산은 이미 진태의 공격으로 진지가 무너져 포소의 군마들은 모두 한중으로 돌아가버린 상태입니다."

그야말로 강유의 완패였다. 그는 어쩔 수 없이 동정을 하겠다는 생각을 접고 한중으로 군사를 돌렸다. 이들은 산중의 좁은 길을 타고 퇴각했는데 어느새 등애가 뒤를 쫓아오고 있었다. 강유는 장수들에게·앞서서 군사들을 이끌게 하고 자신은 뒤에서 등애의 군사를 막으며 갔다. 이때 또 한 차례 한 떼의 군마가 산 위에서 쏟아져 내려왔다. 진태가 이끄는 군사였다. 순간 강유는 위군에게 완전히 포위되고 말았다. 그는 포위망을 뚫기 위해 군마를 이끌고 좌충우돌했지만 역부족이었다.

위군의 포위망이 조여드는 가운데 강유가 탈출구를 찾으려고 안간힘을 쓰고 있는데 탕구장군盪寇將軍 장의張嶷가 수백 명의 군사를 이끌고 강유를 구하기 위해 달려왔다. 그가 사력을 다해 포위망을 뚫은 덕분에 강유는 겨우 위군의 공격에서 벗어날 수 있었다. 그러나 장의는 집중적으로 퍼붓는 화살을 피하지 못하고 위군들 틈에서 최후를 마쳤다. 수만이 넘는 사상자를 낸 채 지치고 부상당한 패잔병을 이끌고 퇴각하는 강유의 심정은 참담하기 이를 데 없었다.

'위나라는 실로 우리가 감당할 수 없는 대국이란 말인가? 만일 제갈승상이 살아계셨다면 전쟁에 이기지 못하더라도 이번처럼 많은 사상자를 내지는 않았을 텐데…….'

한중으로 돌아온 강유는 자신의 목숨을 구해주고 죽은 장의에게 벼슬을 추서하고 그의 자손들을 등용시켰다. 그러나 자신은 스스로의 죄를 물어 황제 유선에게 표를 올려 자신의 작위를 대장군에서 후장군으로 강등시켰다.

한편 촉병이 물러간 뒤에 위장 등애는 진태와 더불어 승전을 축하하는 잔치를 벌이고 공이 있는 군사들에게 후한 상을 내렸다. 그리고 진태는 또 한번 등애의 탁월한 전공을 치하하는 표를 위나라 황제 조모에게 올렸다. 사마소는 특별히 사자를 보내 등애의 벼슬을 올리고 인수를 내렸다. 또 등애의 아들 등충에게도 정후의 벼슬을 내렸다.

등애의 활약으로 촉군을 대파한 후 사마소는 스스로 나라 전체의 군마를 관장하는 대도독이 되어 위나라 최고 권력자로서의 힘을 사방에 과시했다. 그는 자신의 신변을 보호하는 무사만 3천 명을 두어 나들이 할 때에는 이들이 앞뒤 좌우에서 호위했다. 뿐만 아니라 조정의 업무도 황제의 뜻과는 상관없이 오로지 자기 선에서 가부를 결정했으므로 황제 조모는 그야말로 허수아비나 다름없었다. 천하가 자기 손안에 들자 사마소는 서서히 황제 자리까지 차지하려는 야망을 다지기 시작했다. 그러기 위해서 자신에게 절대적으로 충성하는 심복을 키우고 아울러 자신의 병권에 도전할 만한 인사들은 과감히 제거해버릴 필요가 있었다.

사마소에게는 가충賈充이라는 뛰어난 심복 모사가 있었다. 그는 죽은 건위장군 가규의 아들이었는데 가규가 조휴보다 사마의와 가까웠던 탓에 가충과 사마소는 자연스럽게 가깝게 지내는 사이가 되었다. 사마소는 전권을 장악한 이후 가충을 승상부에서 장사로 일하게 했다. 그 역시 허울뿐인 황제를 폐위하고 사마소를 천자 자리에 올리는 꿈을 꾸고 있었다. 그러던 중에 가충이 사마소에게 간언했다.

"주공, 이제 주공의 대권에 불만을 가지고 민심을 흔드는 자들을 제거하고 필요한 사람은 남겨 철저하게 주공의 편에 서도록 하는 전략을 쓰셔야 할 때입니다."

기다리던 말을 들은 사마소는 반가운 듯 웃음 띤 얼굴로 말했다.

"내 생각도 마찬가지네."

"그렇다면 주공께서 제일 먼저 만나 심중을 알아볼 사람은 누구라고 생각하십니까?"

"안서장군 등애는 내 사람인 것이 확실하고 제갈탄에 대해서는 확신이 서지 않는단 말이야. 돌아가신 우리 형님은 제갈탄을 각별히 생각해서 지금은 오나라 침입을 책임지고 있는 진동장군이 되어 있지 않은가? 군사적으로 볼 때 바로 내 밑인 셈이지. 그러니 그가 내 편이 되면 내겐 큰 힘이 되겠지만 그렇지 않다면 아주 치명적인 인물이 될 수도 있단 말일세. 말이 나온 김에 공이 제갈탄을 만나 표나지 않게 의중을 한번 떠보게."

사마소의 명을 받은 가충은 진동대장군 제갈탄이 주둔하고 있는 회남으로 갔다. 제갈탄은 제갈량의 집안 동생뻘이라는 이유로 오래전부터 위를 돕고 있었는데도 등용되지 못했다. 그러다가 제갈량이 죽은 후 사마사의 총애를 받아 고평후高平侯에 봉해져 중임을 맡게 되었으며 이때는 회남의 군마를 총감독하고 있었다. 사마소의 사자인 가충이 사마소를 대신해서 회남의 군사들을 위로하기 위해 내려오자 제갈탄은 크게 잔치를 베풀어 그를 접대했다. 술자리의 분위기가 한창 무르익자 가충이 제갈탄의 마음을 떠보기 위해 말을 꺼냈다.

"요즘 낙양은 전반적으로 천자를 못 미더워하는 분위기가 퍼져 있습니다. 조모는 아직 어린데다 대위국을 책임질 만한 소양을 갖추지 못했다는 것이지요. 반면 사마장군께선 이미 3대에 걸쳐 나라를 돌보는 중임을 이어받으셨으니 공으로 따지자면 천자를 능가하는 것 아니겠습니까? 제 생각에는 위의 창달을 위해서는 사마장군께서 위의 대통을 이어받는 것이 옳다고 보는데 장군의 생각은 어떠십니까?"

가충의 말에 제갈탄의 표정이 굳어졌다.

"아니, 그게 무슨 말씀입니까? 어린 천자는 시간이 가면 장성하는 것이고 나라를 다스리는 능력도 커가는 법입니다. 그리고 조정 대신들이 할 일이 무엇입니까? 폐하를 잘 보필해서 나라의 위용을 높이는 것 아닙니까? 게다가 공은 예주 목사 가규의 아드님으로 대대로 위나라 녹을 먹고 살았으면서 이 무슨 망발이란 말이오!"

가충은 얼굴을 붉히며 사과했다.

"너무 노여워 마십시오. 저는 그저 남들이 하는 말을 공께 말씀드려보았을 뿐입니다."

제갈탄은 여전히 노기 띤 음성으로 말했다.

"그런 말을 하고 다니는 자가 누구인지는 모르겠으나 조정에 무슨 일이 일어나면 나는 목숨을 바쳐 나라의 은혜에 보답할 것입니다."

가충은 아무 말도 없이 듣고만 있었다. 그는 며칠 더 회남에 머물며 그곳 정황을 살핀 후 낙양으로 돌아왔다. 그는 곧 사마소를 찾아가 제갈탄과 나눈 이야기를 그대로 전했다. 가충의 말을 들은 사마소는 머리 끝까지 화가 나 중얼거렸다.

"쥐새끼 같은 놈이 나 들으라고 감히 그렇게 지껄이더란 말이지!"

가충이 덧붙였다.

"제갈탄은 회남에서 상당히 인심을 얻은 듯 보였습니다. 그는 돌아가신 사마사 장군의 사람이 될지는 몰라도 주공의 사람은 결코 되지 않을 것입니다. 더 크기 전에 제거하는 것이 일찌감치 우환거리를 없애는 일이 될 것입니다."

가충의 충언을 받아들인 사마소는 천하를 얻기 위해 먼저 제갈탄을 제거할 계책에 몰두했다. 그는 양주 자사 악침에게 밀서를 보내 은밀하게 군 동원을 지시하는 한편, 황제에게 조서를 쓰게 하여 제갈탄에게 사공의 벼슬을 내리고 낙양으로 불러들이게 했다. 가충이 다녀간 뒤로 제갈탄은 머지않아 사마소의 음험한 술수가 다가오리라는 것을 짐작하고 있었다. 그러던 중에 황제의 조서를 받고 보니 올 것이 왔다는 생각이 들었다. 조서가 사마소에 의해 작성된 것임을 뻔히 알지만 형식적으로는 황제가 보낸 것이므로 명을 어길 수는 없는 일이었다. 그렇다고 선뜻 낙양으로 가는 것은 사지로 뛰어드는 것이나 다름없었다. 잠시 망설이던 제갈탄은 위 조정을 배신할 수는 없다는 자기의 의지가 가충을 통해 이미 사마소에게 전해졌음을 알고 차라리 정면 승부를 하자고 마음을 정했다. 그는 조서를 가지고 온 사자를 불러 칼을 들고 다그쳤다.

"너는 황제가 보낸 사자가 아니라 사마소의 명을 받고 왔다. 내 말이 맞느냐!"

사자는 제갈탄의 위협에 기가 질려 있는 대로 털어놓았다.

"예, 그렇습니다."

제갈탄은 한 걸음 더 나아가 사자를 떠보았다.

"이 일을 돕는 자가 있다. 네가 알고 있는 대로 말하지 않으면 당장 이 자리에서 네 목을 칠 것이다."

"양주 자사 악침이 사마장군의 지령을 받은 것으로 알고 있습니다."

사마소가 악침에게 군사를 동원하도록 했다는 말을 들은 제갈탄은 크게 노하여 사자의 목을 베어 낙양으로 보내고 곧바로 휘하 군사 1천여 명을 이끌고 수춘에 있는 악침의 집으로 쳐들어갔다.

한편 악침은 사마소에게 '제갈탄을 제거하라'는 은밀한 밀서를 받고 몹시 부담스러워하며 제대로 잠을 이루지 못했다. 이 일을 성공적으로 해내면 사마소에게 그 공을 인정받겠지만 제갈탄을 죽이는 일이 그리 만만하지 않을 뿐 아니라 자신의 아버지 악진은 조조의 충신이었는데 자기 대에 와서 위 조정을 배반하게 되었으니 썩 내키지 않았던 것이다. 악침은 이래저래 불편한 마음으로 며칠을 보내다 사마소의 명령을 거역할 수 없어 마침내 기회를 봐서 제갈탄을 죽이기로 마음먹었다. 그런데 그날 저녁 제갈탄이 친위군을 이끌고 양주성으로 쳐들어오고 있다는 보고를 받았다.

제갈탄이 양주성에 도착해보니 성문은 굳게 닫혀 있고 적교도 올려진 상태였다. 제갈탄은 날쌘 부하 장수들을 시켜 연못을 건너 성 위로 올라가 성문을 열도록 지시했다. 그의 부하 장수 10여 명은 성을 뛰어넘어 문지기를 죽이고 성문을 열었다. 성안으로 들어온 제갈탄은 악침의 집으로 바로 쳐들어갔다. 미처 몸을 피하지 못한 악침이 당황해서 누각으로 피신하자 제갈탄은 그를 뒤쫓아 올라가 칼로 위협하며 소리쳤다.

"지난날 네 아버지 악진은 위 조정의 크나큰 은혜를 입은 사람인데 네놈은 어째서 그 은혜에 보답할 생각은 하지 않고 사마소를 도와 역적질을 하려 든단 말이냐?"

악침이 뭐라 대답하기도 전에 제갈탄은 그의 목을 치고 사마소의 죄상을 낱낱이 밝힌 표문을 써서 낙양의 황제에게 올렸다. 이와 동시에 제갈탄은 사마소와 본격적으로 맞서기 위한 준비에 들어갔다. 그는 먼저 회수의 남북 지역에 흩어져 있는 관병들을 최대한 불러모아 5만 군사를 만들고 이들이 1년 동안 먹을 양식을 비축했다. 아울러 장사 오강吳綱에게 작은아들 제갈정諸葛靚을 오나라에 볼모로 데리고 가서 구원병을 요청하도록 명령했다.

이 당시 오나라는 승상이었던 손준이 병으로 죽고 그의 사촌동생 손침孫綝이 정권을 장악하고 있었다. 손침은 성격이 포악해서 대사마 등윤과 장군 여거呂據·왕돈王惇 등 자신의 입신을 위해 걸림돌이 된

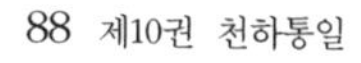

다고 생각되는 자들은 지위고하를 막론하고 모조리 죽여 없앴다. 그러나 총명하고 영민하기로 소문난 소년 황제 손량은 이를 보고도 어쩔 도리가 없었다.

제갈탄으로부터 구원 요청을 받자 손침은 즉시 전역全懌 · 전단全端 · 우전于詮 · 주이朱異 · 당자唐咨 등에게 3만여 군사를 주며 제갈탄을 구원하게 했다. 오강이 수춘으로 돌아와 제갈탄에게 이 사실을 알리자 제갈탄은 몹시 기뻐하며 군사를 일으킬 준비를 했다.

한편 제갈탄이 올린 표문이 낙양의 황제 조모에게 전해지자 사마소는 펄쩍 뛰며 바로

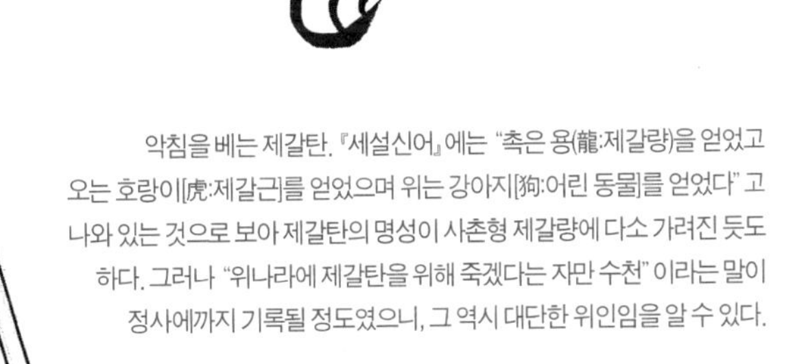

악침을 베는 제갈탄. 『세설신어』에는 "촉은 용(龍:제갈량)을 얻었고 오는 호랑이[虎:제갈근]를 얻었으며 위는 강아지[狗:어린 동물]를 얻었다" 고 나와 있는 것으로 보아 제갈탄의 명성이 사촌형 제갈량에 다소 가려진 듯도 하다. 그러나 "위나라에 제갈탄을 위해 죽겠다는 자만 수천" 이라는 말이 정사에까지 기록될 정도였으니, 그 역시 대단한 위인임을 알 수 있다.

군대를 일으켜 회남으로 쳐들어가려 했다. 그러자 가충이 말렸다.

"주공께서는 부친과 형의 중임을 물려받으셨으나 아직 위명이 천하에 알려진 상태는 아닙니다. 그러니 군사를 움직이는 데 신중하셔야 합니다. 주공께서는 현실을 바로 보셔야 일을 성취할 수 있기 때문에 드리는 말씀이니 마음 상해하지 말고 들으십시오. 제갈탄은 인망이 매우 높은 사람입니다. 부하들을 자기 몸처럼 아끼고 일을 처리하는 데 공정함을 잃지 않아 그 아래 있는 장수와 병사들은 하나같이 충심으로 그를 따른다고 합니다. 그리고 회남 땅의 백성들 중에서도 그를 추종하는 이들이 많아 무슨 일이 생기기라도 하면 그를 위해 기꺼이 목숨을 내놓을 자들이 수천 명이라고 합니다. 지금 군사를 일으키는 것은 아무런 명분을 얻지 못하는 일이니 자칫 일을 그르칠 수 있습니다."

"그렇다고 가만히 앉아 있을 수만은 없는 일이 아니오?"

"그러니 제갈탄이 꼼짝 못하도록 방법을 쓰셔야지요. 태후께 청해 천자와 함께 출정하도록 하십시오. 그러면 제갈탄이 모반을 한 명분이 없어지게 됩니다."

사마소는 연신 고개를 끄덕이며 만면에 웃음을 띠고 말했다.

"참으로 좋은 생각이오."

사마소는 바로 곽태후를 찾아가 말했다.

"제갈탄이 반란을 일으켰습니다. 조정 대신들과 대책을 협의한 결과 천자를 직접 모시고 정벌길에 올라 선제의 유업을 잇고자 하니 재가해주십시오."

곽태후는 사마소가 형식적으로 자신을 찾아온 것을 알면서도 다른 말을 하지 못하고 순순히 허락했다. 다음날 사마소는 조모를 찾아가 정벌길에 함께 갈 것을 간청했다. 조모가 의아해하며 물었다.

"대장군은 우리 위국의 병권을 주관하고 있는 사람이니 장군의 재량으로 처리하면 될 일이지 내가 직접 가야 할 이유가 무엇입니까?"

사마소가 한층 차가운 표정을 지으며 말했다.

"지난날 무후께서는 위국의 기업을 다지기 위해 사해에 이르지 않은 곳이 없었으며 명제께서는 천하를 아우르기 위해 적을 만날 때마다 친정하신 선례가 있습니다. 폐하께서는 선제들의 뜻을 이어받을 뿐인데 무엇을 망설이십니까?"

조모는 사마소를 보며 더 이상 그의 말을 거절할 용기를 내지 못했다. 그는 결국, 자기를 위해 군사를 일으킨 제갈탄을 제거하는 원정길에 함께 하겠다는 뜻을 밝혀야 했다. 아직 어린 나이였지만 이 일로 조모는 사마소에 대해 내심 분개하고 있었다. 사마소는 곧바로 조서를 내려 낙양 · 허창 · 장안 등에서 20여만 명의 군사를 뽑아올려 진남장군 왕기를 선봉장에, 안동장군 진건陣騫을 부선봉장에, 감군 석포를 좌군에, 연주 자사 주태를 우군에 세우고 천자의 수레를 경호하며 회남으로 향했다.

선봉장인 왕기는 군대를 이끌고 수춘을 포위했다. 제갈탄은 사마소가 이끌고 오는 군대에 천자가 함께 한다는 소식을 듣고 놀라고 당황하지 않을 수 없었다. 자신은 천자를 위해 사마소와 싸우려 했던 것인데 전쟁을 시작하고 보니 어이없게도 자신의 적이 천자가 되어버렸기 때문이다. 더구나 이 전투를 위해 오나라를 끌어들였으니 자신의 명분은 더욱 약화될 수밖에 없었다.

여름 더위가 시작된 6월, 사마소의 군사 20여만 명은 회수에 도착해 수춘성을 겹겹이 포위해 들어갔다. 사마소는 참호와 보루를 높게

쌓아서 공격하고 석포와 주태 등에게 정예병사를 선발해서 외부 침입을 막으라고 명령했다.

오나라 장수 주이는 대군을 이끌고 제갈탄이 포위당해 있는 수춘을 뚫으려 위군을 공격했으나 위나라 장수 주태가 이를 격퇴했다. 뒤로 밀린 주이는 결국 50리 밖까지 후퇴하여 진을 쳤다. 제갈탄은 이 사실을 알고 직접 본부의 정예 부대를 이끌고 오나라에서 온 문흠과 그의 아들 문앙·문호文虎와 협력하여 사마소를 치기 위해 나섰다. 사마소는 제갈탄이 오군과 함께 진격하고 있다는 말을 듣고 산기장사散騎長史 배수裵秀와 황문시랑 종회를 불러 이들을 격퇴할 계책을 논의했다. 종회가 말했다.

"제갈탄과는 달리 오나라 군은 자신들의 실리를 생각해서 이 전쟁에 가담한 것입니다. 그러니 그들은 전의가 그리 높지 않을 것입니다. 우리도 이들에게 눈앞의 이익을 제시하며 현혹시킨다면 쉽게 무너뜨릴 수 있을 것입니다."

사마소는 종회의 의견을 받아들여 석포·주태에게는 석두성으로 가서 양쪽에 매복해 있으라 명령하고 왕기·진건에게는 정예병을 이끌고 후군을 맡게 했다. 또한 편장 성쉬成倅는 수만 군사를 이끌고 앞으로 나가 적을 유인하도록 했다. 그리고 진준陣俊에게는 수많은 군마와 나귀·노새 등을 주어 적이 진군해오면 이들을 풀어 적을 혼란에 빠뜨리라고 지시했다.

한편 제갈탄은 주이에게는 좌군을 이끌게 하고 문흠에게는 우군을 거느리게 하여 사마소를 향해 진군해갔다. 위군의 진영 가까이 이른 제갈탄은 그들이 싸울 태세를 갖추고 있지 않은 것으로 여기고 곧 공격을 명령했다. 군사를 이끌고 나와 기다리고 있던 위장 성쉬가 패한 듯 도망치기 시작하자 제갈탄이 그 뒤를 바짝 따라붙었다. 제갈탄의 부하들이 위군을 쳐부수며 진격해가는데 위군이 물러간 자리에 우마 · 노새 · 나귀들이 가득 널려 있었다. 이를 본 오군들은 그것들을 하나라도 더 차지하기 위해 뛰어다니느라 싸울 생각을 하지 않았다.

이때 천지를 진동하는 포소리와 함께 성 양쪽에서 위의 매복군들이 쏟아져나왔다. 당황한 제갈탄이 우왕좌왕하는 군사들을 물리려 하는데 위장 왕기 · 진건이 정예병을 이끌고 와 퇴로를 차단해버렸다. 위의 복병과 정예병이 총공격에 나서자 제갈탄의 군사들은 풍비박산이 나고 말았다. 이때 사마소도 접응하기 위해 군사를 거느리고 진군해왔다. 중과부적으로 위군을 당할 수 없었던 제갈탄은 수춘으로 도망가 성문을 굳게 닫아걸었다.

사마소는 사방에서 성을 완전히 포위하고 집중적으로 공격해 들어가라고 명령했다. 이때 오군은 안풍安豊에 주둔하고 있었고 위주 조모는 항성에 머물고 있었다. 계속되는 공격에도 불구하고 수춘성이 꼼짝하지 않자 종회가 사마소에게 간언했다.

"제갈탄이 패하긴 했지만 수춘성에는 아직 군량이 풍부하고 거기다 오병이 안풍에 진을 치고 있습니다. 그러니 만일 우리가 성을 계속 조여 들어가면 놈들은 성을 지키기 위해 필사적으로 싸울 것입니다. 그 틈을 타서 오군이 우리를 공격할 수 있으니 우리에게 좋을 게 없습니다. 사방에서 공격하기보다는 한쪽 문을 터서 적이 달아날 여지를 만들어준 다음 적이 도망가면 뒤에서 쳐부수는 것이 좋겠습니다. 그리고 오군은 원정을 온 상태이기 때문에 군량미 조달에 애를 먹고 있을 것입니다. 우리가 날쌘 기병을 거느리고 가 저들의 후미를 기습하면 힘들이지 않고 적을 격퇴할 수 있습니다."

사마소는 몹시 흡족한 웃음을 지으며 종회에게 말했다.

"공은 나의 둘도 없는 참모요."

사마소는 즉각 왕기에게 남문을 지키는 군사를 퇴군시키도록 지시했다. 한편 안풍에 머물고 있던 손침은 주이를 불러 질책했다.

"여태까지 수춘성 하나도 확보하지 못했으니 도대체 어떻게 된 일인가? 이래 가지고서야 어떻게 중원을 넘볼 수 있겠는가! 이번에 나가 싸워 이기지 못하면 죽음을 면치 못할 것이니 그렇게 알라!"

주이는 우전 등 오군의 여러 장수들을 불러 수춘성을 구할 대책을 세웠다. 우전이 말했다.

"위군이 지금 수춘성 남문을 지키고 있던 진지를 거두었습니다. 내가 군사를 이끌고 남문을 통해 수춘성으로 들어가 제갈탄과 합류하겠습니다. 장군께서는 성밖에서 위군들에게 싸움을 거십시오. 그러면 저는 제갈탄과 함께 성안의 군사들을 이끌고 나와 양쪽에서 협공하여 위군을 격파하겠습니다."

우전을 따라 수춘성으로 들어가겠다고 자원한 장수들은 전역·문흠·전단 등이었다. 이들은 곧바로 남문을 통해 수춘성 안으로 들어갔다. 이 사실은 곧 사마소에게 전해졌다. 사마소는 오군이 협공하리라는 계책을 알아차리고 왕기·진건을 불러 지시했다.

"공들은 5천 군마를 이끌고 가 오장 주이의 진로를 끊고 뒤를 공격하라."

이렇게 하여 주이는 왕기·진건이 이끄는 위군의 공격을 받고 또 한번 대패하고 말았다. 소식을 들은 손침은 분해 이를 갈며 주이를 불러 꾸짖었다.

"싸울 때마다 지는 장수가 장수이더냐!"

손침은 그 자리에서 주이의 목을 베고 나서 전단과 그의 아들 전위全褘에게 말했다.

"만일 제갈탄을 구하지 못하면 너희 부자는 다시는 내 앞에 나타나지 말라!"

그런 뒤에 손침은 혼자서 건업으로 돌아가고 말았다. 한편 수춘성에 갇힌 제갈탄의 군사들은 식량도 떨어지고 외부에서 구원병도 오지 않자 갈수록 사기가 떨어졌다. 여름에 시작된 싸움이 어느새 겨울까지 이어져 날씨마저 추워졌다. 심신이 모두 지친 병사들은 위군이 황제를 앞세워 투항을 권고하자 무더기로 성을 이탈하는 상황이 벌어졌다. 사태가 심각해지자 제갈탄의 심복 장군 장반蔣班과 초이焦彝가 간언했다.

"장군, 지금 오나라 대장 손침은 주이를 죽이고 건업으로 돌아가버렸습니다. 그러니 더 이상 오나라를 믿을 수 없게 되었습니다. 적은 우리가 이처럼 악조건 속에 있다는 것을 알고 방심하고 있을 것입니다. 더구나 저들도 오랜 원정으로 지쳐 있을 것이니 오히려 지금이 적을 격파할 수 있는 기회인 듯합니다."

그러자 문흠이 이의를 제기했다.

"약한 우리가 가만있는 적을 건드리는 것은 자칫 사태를 불리하게 만들 수 있습니다. 적들이 회남으로 온 지 벌써 반 년이 넘었어요. 그동안 위국은 어느 한 해라도 변란이 없었던 적이 없으니 저들도 오래가지는 못할 것입니다. 스스로 거두어갈 날이 머지않았을 것이니 기다려보십시다."

장반이 다시 반대하고 나섰다.

"아닙니다. 지금 우리의 남은 군량을 생각해보세요. 그리고 적들은 군대를 교대할 수 있는데다 황제까지 모시고 있으니 우리는 싸울 명분을 잃은 것이나 다름없습니다. 이 상황을 그대로 끌고 갈 이유가 없습니다."

장반 · 문흠은 서로 자기들의 의견을 굽히지 않았다. 제갈탄은 문흠의 말대로 농성을 하면서 겨울을 넘기면 사마소는 자연 물러갈 것이라 보고 수성을 결심했다. 그러자 장반 · 초이는 겨울의 한파를 틈타 사마소에게 투항해버렸다. 이 사건으로 성안의 분위기는 더욱 지리멸렬 속으로 빠져들었다.

서기 258년 1월.

제갈탄과 문흠의 예상과는 달리 해를 넘기고도 사마소의 군대는 움직이지 않았다. 그러자 제갈탄은 위군의 포위망을 뚫기 위해 문흠 · 당자와 더불어 장비와 무기를 총동원해 다시 한번 위군을 공격했다. 그러나 이미 고지대를 점거한 왕기가 높은 곳에서 제갈탄의 군사를 향해 불화살과 투석기로 집중 공격을 해대는 바람에 제갈탄은 포위망을 넘지 못하고 성안으로 퇴각할 수밖에 없었다. 한겨울이라 사방이 꽁꽁 얼어 붙은데다가 비축해둔 식량마저 바닥을 드러내자, 제대로 먹지 못하고 추위에 시달린 수만 명의 병사들이 밤마다 성을 넘어 달아나기 시작했다. 이를 보다못한 문흠이 제갈탄을 독촉했다.

"우리 오나라 군사들은 어차피 이쪽 출신들이 아니니 투항할 의사가 없는 사람들입니다. 차라리 북방 군사들을 성밖으로 내보내 군량미를 아끼는 것이 좋겠습니다."

"그럴 수는 없습니다. 저들이 성밖으로 나가면 죽을지 살지 모르는 판국에 어떻게 등을 떠민단 말입니까?"

두 사람은 이 문제로 몇 번이나 설왕설래하다 갈수록 궁지에 몰린 제갈탄이 참지 못하고 화를 내며 말했다.

"겨울이 다가도록 적은 꼼짝하지 않고 있는데, 공은 북방 군사들을 다 내보내고 나서 모반이라도 하려는 속셈이오?"

제갈탄이 이렇게 몰아붙이자 기가 막힌 문흠이 소리쳤다.

"장군은 명분도 없는 싸움에 우리 오나라를 끌어들여 군사적 손실만 입혔을 뿐입니다. 나라면 차라리 이 자리에서 자결이라도 하고 말겠소!"

문흠의 말에 머리끝까지 화가 난 제갈탄은 부하들에게 문흠을 끌고 가 목을 베어버리라고 명령했다. 성안에서 아버지가 피살되자 문앙·문호는 칼을 빼들고 주변의 군사들을 닥치는 대로 죽여버리고 성을 넘어 사마소에게 투항했다. 사마소는 지난날 문앙이 구리채찍을 휘두르며 위군을 격파했던 것을 떠올리며 당장 문앙을 참수하려 했으나 종회가 이를 말렸다.

"지난날 문앙의 죄를 생각하면 죽여 마땅하지만 따지고 보면 그것은 아버지 문흠의 죄입니다. 더구나 투항해온 장수를 죽인다면 수춘성 안의 군심을 하나로 뭉치는 결과를 낳을 것입니다."

사마소는 종회의 말에 따라 문앙·문호를 자신의 군막 안으로 불러들였다. 그는 두 형제에게 부드러운 음성으로 위로하며 좋은 말과 비단옷을 선물로 주고 관내후의 벼슬을 내렸다. 문앙·문호는 사마소의 권고에 따라 수춘성으로 달려가 성 위를 올려다보며 소리쳤다.

"우리는 사마소 대장군으로부터 죄를 용서받고 작위까지 받았다. 항복해도 죽이지 않으니 모두 투항하라!"

군사들 사이에는 심한 동요가 일었다. 이날부터 제갈탄을 추종하는 무리들만 남고 대부분 밤을 틈타 성밖으로 나가 투항했다. 위장 종회는 수만을 헤아리던 제갈탄의 군대가 이제 1천 명도 남아 있지 않다는 것을 알고 사마소에게 말했다.

"성안의 군심과 민심이 흔들리고 있으니 지금 성을 공격하면 반드시 손에 넣을 수 있을 것입니다."

사마소가 여러 곳에 진채를 내리고 있는 위군을 끌어모아 수춘성을 공격하자 성을 지키던 수문장 증선曾宣이 북문을 활짝 열고 위군을 맞이했다. 성안으로 위군이 입성했다는 보고를 들은 제갈탄은 더 이상의 항전은 무모하다고 판단하고 심복들을 불러 말했다.

"적이 성안으로 들이닥쳤다니 일단 여기를 빠져나가는 게 좋겠소. 내가 앞장서서 성을 빠져나갈 테니 장군들은 한 걸음 물러서서 따라오도록 하시오. 그리고 적교를 건널 때는 모두 전속력으로 말을 달리시오."

말을 마친 제갈탄은 단기로 작은 성문을 빠져나가는데 적교를 건너기가 무섭게 화살이 빗발쳤다. 제갈탄이 탄 말이 화살에 맞아 쓰러지자 위장 호준이 달려와 땅바닥에 곤두박질친 제갈탄의 목을 단칼에 베어버렸다. 위군의 공격이 제갈탄에게로 쏠려 있는 사이 다른 장수들은 날쌔게 적교를 건너 성을 빠져나갈 수 있었다. 그러나 중도에 화살을 맞고 죽는 이도 부지기수였다. 위장 왕기는 서문쪽으로 말을 몰아 들어오다 오나라 장수 우전과 마주쳤다. 왕기가 우전을 향해 소리쳤다.

"어서 투구를 벗고 항복하지 않고 뭘 꾸물거리느냐!"

우전은 가소롭다는 듯 웃으며 말했다.

"나라의 명을 받아 난국에 처한 사람을 도와주러 왔다가 목적을 이루지 못한 마당에 투항이라니, 그것이 의로운 장수가 택할 길이더냐!

사나이로 태어나서 전장에서 죽음을 두려워하지 않고 싸우다 죽는 일은 영광스러운 일이다."

우전은 바로 칼을 치켜들고 왕기에게 달려들었다. 그는 있는 힘을 다해 싸웠으나 이미 사람도 말도 지친 상태라 싸움 중에 죽고 말았다. 사마소는 성안에 남아 있는 제갈탄의 병사 수백 명을 잡아 무장을 해제하고 연병장에 몰아넣었다. 이들은 싸울 힘도 잃었지만 그렇다고 투항할 것 같지도 않았다. 제갈탄은 이미 죽고 모든 것이 끝난 상황이었으므로 사마소는 이들에게 군문에 복귀하거나 고향으로 돌려보내 주겠다고 회유했다. 그러나 이들은 하나같이 투항을 거부했다. 몹시 화가 났지만 주군을 위해 목숨을 바치려는 병사들의 의리에 감복한 사마소는 왕기에게 명해 투항을 받아내라고 했다. 왕기가 제갈탄의 병사들을 성밖으로 끌어낸 다음 마지막으로 투항을 권유했다.

"너희들은 대역무도한 제갈탄의 꼬임에 빠져 반역을 도모했다. 그러나 우리 사마소 대장군께서는 이를 불문에 부치고 너희들의 죄를 사면해주려 한다. 모두 투항하여 위나라의 창달을 위해 새 출발을 하도록 하자!"

왕기의 구슬림에도 불구하고 투항할 의사를 밝히는 제갈탄의 병사들은 한 명도 없었다. 결국 수백 명의 병사를 한 줄로 세워놓고 한 사람씩 목을 베는 사형이 집행됐다. 그러나 그 상황에서도 투항하겠다고 나서는 사람은 하나도 없었다. 그 모습을 보며 충격을 받은 사마소는 이들의 주검을 예를 갖추어 정중히 매장하라고 지시했다.

한편 제갈탄을 도와주기 위해 왔던 오의 장수들은 제갈탄이 패하여 죽자 오로 돌아가기보다 위에 투항하는 쪽을 택했다. 전단의 아들 전위가 아버지와 숙부 전역에게 말했다.

"아버님 그리고 숙부님. 손침은 어질지 못하니 이대로 돌아가면 반드시 죽임을 당할 것입니다. 차라리 위군에 투항하는 것이 어떻겠습니까?"

세 사람이 또 다른 장수 당자에게 자신들의 결심을 밝히자 당자 역시 손침을 두려워해 귀국하기를 포기했다. 오의 장수들이 위군의 진영을 찾아와 투항하자 사마소는 크게 기뻐하며 오의 장수들에게 편장군의 벼슬을 주고 그들이 데리고 온 부하들도 융숭히 대접했다.

이렇게 해서 257년 여름부터 258년 2월까지, 거의 1년에 걸쳐 벌어졌던 제갈탄의 거병은 실패로 돌아갔다. 사마소가 낙양으로 돌아왔을 때 문무백관들이 모두 나와 그와 천자를 환영했다. 사마소는 위나라에 남아 있던 제갈탄의 삼족을 멸하고 자신의 지지 기반을 더욱 든든히 했다. 이제 그는 천하에 두려울 것이 없었다. 위 황제 조모는 곧 사마소를 상국相國으로 임명하고 구석의 예를 더했다.

사마소의 시대

제갈탄의 거사가 실패로 돌아가고 제갈탄을 구하러 갔던 동오의 장수들이 떼지어 위나라에 투항했다는 소식을 들은 손침은 몹시 화가 나 장수들의 가족을 있는 대로 잡아 죽였다. 이때 오나라 황제 손량은 겨우 열여섯밖에 안 된 소년이었지만 손침이 도가 지나칠 정도로 포악하게 굴며 사람들을 너무 쉽게 죽이자 그에 대한 불만이 커졌다. 손량은 어려서부터 매우 영민하고 총명해서 대신들의 신뢰와 기대를 한몸에 받았다. 그러나 나이가 어려 손침을 극복하기란 쉬운 일이 아니었다.

하루는 손량이 서쪽 후원에 나가 매실을 먹으려고 내관에게 꿀을 가져오게 했다. 그런데 꿀 항아리를 가만히 보니 쥐똥이 몇 개 들어 있었다. 손량이 꿀을 저장하는 관리를 불러서 꾸짖자 관리는 어찌할 바를 모르고 변명했다.

"신이 하루도 빠짐없이 이를 점검하고 바늘구멍만한 틈도 없이 봉해두었는데 쥐똥이 들어 있을 리 있겠습니까?"

손량이 다시 물었다.

"혹시 최근에 너에게 내관이 꿀을 달라고 한 적이 있느냐?"

"며칠 전에 한 내관이 꿀을 좀 달라고 한 적이 있긴 합니다. 그러나 이 꿀은 폐하께서 드시는 것이라 줄 수 없다고 했습니다."

"그 내관이 누구더냐?"

"예, 최규崔圭입니다."

"꿀을 달라는 요구를 자네가 거절해서 그가 앙심을 품고 꿀단지에 쥐똥을 넣은 것이 틀림없다."

손량은 당장 최규를 불러오라고 명령했다. 불려온 최규는 의아하다는 표정을 지으며 자신은 죄가 없음을 강조했다. 손량이 말했다.

"그렇다면 사실을 밝혀보도록 하자. 만일 오래전에 쥐똥이 꿀단지 속에 빠졌다면 쥐똥은 속까지 젖어 불어 있을 것이고 최근에 들어간 것이라면 겉은 젖어 있어도 속은 아직 딱딱할 것이다. 확인해보도록 하라."

손량이 보는 앞에서 관리가 꿀단지 속의 쥐똥을 꺼내 쪼개어보니 속이 단단하게 굳어 있었다. 그제야 최 내관은 죄를 자백하며 잘못을 빌었다.

손량은 이처럼 총명하기는 했지만 나라의 병권을 손침과 그 일가가 모두 장악하고 있었으므로 손침의 손아귀에서 벗어나지 못했다. 손침의 횡포는 날이 갈수록 도를 더해 대전 곳곳에 자신의 혈족을 심어놓고 손량을 압박했는데 손침의 동생인 손거孫據 · 손은孫恩 · 손간孫幹 · 손개孫闓 등은 각각 위원장군威遠將軍 · 무위장군 · 편장군 · 장수교위長水校尉 등의 직책을 하나씩 꿰차고 대궐 여러 곳에 진을 치고 있었다. 한창 의기 넘치는 나이가 된 손량은 손침의 전횡을 보고 있자니 더는 견딜 수가 없어 하루는 자신의 장인인 황문시랑 전기全紀를 불러 말했다.

"손침은 사람을 함부로 죽이며 전권을 휘둘러 대전을 어지럽히고 있어요. 이대로 계속 두다간 후환이 생길 것입니다."

전기가 말했다.

"손침의 전횡이 하늘의 노여움을 살 만한 것임을 알면서도 사방이 그의 심복들에 둘러싸여 있으니 어쩔 도리가 없었습니다. 그러나 폐하께서 견디기 어려운 어려움에 처해 계시니 저에게 일을 맡겨주시면 목숨을 걸고 그 일을 성사시키겠습니다."

"장인어른께서는 오늘 밤 금군에게 내 친서를 보이고 내일 오후 무렵에 각 성문을 걸어잠가 다른 부대의 진입을 막으세요. 그 동안에 내가 직접 가서 손침을 죽일 것입니다."

전기는 반드시 일을 이행할 것이라고 손량에게 다짐했다. 그런 다음 곧바로 금군의 장수인 유승劉丞을 만나 일의 진행을 협의한 후 집으로 돌아왔다. 전기는 워낙 큰 일이라 아버지 전상全尙에게 이 일을 귀띔하지 않을 수 없었다. 전상은 만일 일이 성공하지 못하면 멸문지화를 당할 것이어서 밤새 수심에 찬 표정을 지우지 못했다. 그러자 손침의 누나이기도 한 전상의 부인이 무슨 일인가 궁금해 까닭을 캐물었다. 아내가 꼬치꼬치 물어보자 안 그래도 심사가 답답했던 전상은 자초지종을 모두 털어놓고 말았다.

"손침은 사흘 이내에 황제의 손에 죽게 될 것이오."

손부인은 손침의 잘못을 알고 있기는 했지만 막상 동생이 죽임을 당할 일을 생각하니 마음이 무거웠다. 그러나 남편을 안심시키기 위해서 먼저 이렇게 말했다.

"국정을 농단하고 황제를 우롱했다면 마땅히 죽어야지요!"

다음날 아침 일찍, 손부인은 아무도 모르게 사람을 보내 손침에게 밀고를 하고 말았다. 분개한 손침은 눈앞에 보이는 것이 없었다. 그는 즉시 이 사실을 네 명의 형제들에게 알리고 정병을 뽑아 대궐을 포위한 뒤 전상과 유승의 가족을 모두 잡아들였다. 아침 일찍부터 대궐 밖에서 북소리가 시끄럽게 울려대자 손량은 몹시 놀라 내관을 불러 영문을 물었다. 그러자 사정을 알아보러 나간 내관이 파랗게 질린 얼굴로 달려와 말했다.

"손침이 군사를 몰고 와 내원을 완전히 포위했습니다."

손량이 전황후를 향해 절망에 찬 목소리를 내뱉었다.

"그대의 아버지가 일을 그르치고 말았어요. 이제 나 혼자서라도 저 놈을 죽이고야 말겠어요!"

손량이 칼을 빼들고 나갈 태세를 하자 전황후와 내관들이 손량의 곤룡포를 붙잡고 울며 말렸다. 이때 손침은 조정으로 문무백관들을 불러들인 후 갑사 수백 명의 호위를 받으며 말했다.

"지금 주상은 출신이 미천한데다 극악무도한 여태후를 본받으려다 죽임을 당한 어미의 자식이오. 게다가 심신이 나약해서 호랑이 같이 벼르고 있는 중국놈들을 막아내기에는 역부족이오. 뿐만 아니라 밤낮으로 주색잡기에 빠져 있으니 어찌 올바른 군주라 할 수 있소? 따라서 우리는 지금의 주상을 폐위하기로 결정했으니 만일 이의를 다는 이가 있다면 즉시 역모죄로 다스릴 것이오."

문무백관들은 손침의 서슬에 주눅이 들어 아무 말도 못하고 우두

커니 서 있었다. 그때 상서 환의桓懿가 나서서 노기 띤 얼굴로 손침을 꾸짖었다.

"폐하께서 언제 주색잡기에 빠졌으며 나약하다는 것은 또 무슨 망발이냐? 폐하께서는 비록 보령은 많지 않으시나 그 총명함과 영민함은 우리 오나라의 자랑거리인데 네놈은 신하가 되어 감히 군주를 우롱하고 천자를 폐위한다고 하니 청사에 길이 더러운 이름을 남길 역도이다. 내 몸이 갈기갈기 찢겨 죽는 한이 있더라도 네놈의 명을 따르지는 않겠다."

손침은 무서운 얼굴을 하고 직접 칼을 뽑아 그 자리에서 환의의 목을 베어버렸다. 환의의 목은 피를 뿜으며 바닥으로 떨어지고 그 모습을 본 다른 대신들은 할 말을 잃고 고개를 숙인 채 떨고 있었다. 손침은 조회장에 떨어져 있는 환의의 얼굴에 침을 뱉고는 바로 손량에게 달려갔다. 손침이 칼을 들고 들이닥치자 손량은 심장이 멎는 것 같았다.

"이 무도한 혼군아, 내 너를 당장 죽이고 싶다만 선제의 체면을 생각해서 너를 황제 자리에서 폐위시키고 회계왕會稽王으로 삼겠다."

손침은 중서랑 이숭李崇을 보며 말했다.

"이 무도한 자에게서 황제의 인수를 거두어라!"

손량은 억울하고 분한 마음을 가눌 길 없어 통곡을 하며 대궐을 떠났다. 손침은 손량을 내쫓은 후 종정宗正 손해孫楷와 중서랑 동조董朝를 호림虎林으로 보내 낭야왕 손휴孫休를 모셔오게 했다. 손휴는 손권의 여섯째 아들로 손량의 이복 형이었으며 전공주의 모함을 받고 태자의 자리에서 물러나 자진한 손화의 동생이기도 했다. 그가 황제위에 오를 때는 23세로 손량보다 두세 살 많았다.

새롭게 오나라 황제가 된 손휴는 문무백관들의 하례를 받고 대사면령을 내렸으며 손침을 승상의 자리에 앉히고 형주 목사를 겸임하게 했다. 또한 자신의 형인 손화의 아들 손호孫皓를 오정후烏程侯에 봉했다. 이때 손침의 집안사람들 중에는 그의 동생을 비롯해 다섯 명이나 후侯의 자리에 올라 모두 금군을 거느리고 있었으므로 손휴는 실제로 허수아비 황제나 다름없었다. 그러나 손휴는 가만있기만 하는 허수아비는 아니었다. 비록 손침이 자신을 황제로 옹립한 사람이긴 하지만 그의 교만과 전횡에 대해 강한 불만을 갖고 언젠가는 손침의 세력을 궤멸시키리라 다짐하고 있었다.

서기 258년 겨울의 어느 날, 손침은 관례적으로 내려온 행사로 황제에게 쇠고기와 술을 바치며 만수무강을 비는 예를 올리려 했다. 그러나 손휴는 몸이 불편하다는 핑계를 대고 이를 거절해버렸다. 몹시 마음이 상한 손침은 들고 왔던 음식들을 모두 거두어 좌장군 장포張布의 부중으로 가지고 가서 함께 먹고 마셨다. 장포는 손휴가 낭야왕으로 있을 때부터 친하게 지내던 사람이었으나 손침은 그 사실을 자세히 알지 못했다. 술기운이 거나하게 오르자 손침이 장포에게 말했다.

"사실 따지고 보면 나도 황실의 일가족으로 얼마든지 제위에 오를 수 있는 사람이네. 우리 증조부 손정께서는 오나라 건국에 지대한 공을 끼친 사람 아닌가? 지난번 내가 회계왕을 폐위시켰을 때, 주변에서는 나를 보고 황제 자리에 오르라고 권했지. 그러나 금상이 어질다고 해서 그를 옹립한 것이네. 그런데 그가 오늘 한 짓을 보면 나를 영 우습게 아는 처사가 아닌가? 내가 만수무강을 비는 술을 올렸는데 나를 무시하고 거절했다 이 말이네. 조만간 그의 정신이 번쩍 들도록 해주어야겠네."

장포는 이를 가는 손침을 보며 온몸이 오싹해졌다. 손침이 돌아간 후 장포는 이리저리 밤잠을 설치며 그가 했던 말을 떠올렸다.

'신하가 황제의 정신을 번쩍 들게 한다? 권력이 아무리 강해도 10년을 가는 법이 없다고 했는데 손침은 온 나라를 손아귀에 쥐고 마음대로 농간을 하고 있으니…….'

다음날 장포는 손휴를 찾아가 전날 있었던 일을 은밀하게 일러바쳤다. 손휴는 손침에 대한 분노와 불안함으로 일이 제대로 손에 잡히지 않았다.

이 일이 있은 지 며칠 후, 손침은 중서랑 맹종孟宗에게 중영소中營所 관할에 있는 정예병 1만 5천을 거느리고 무창에 주둔하라 지시하고 무기고에 있는 무기들을 모두 꺼내주었다. 장군 위막魏邈과 무위사武衛士 시삭施朔이 이 사실을 알고 손휴에게 은밀하게 고했다. 손휴는 손침이 자신을 견제하기 위해 무력 시위를 하는 것으로 여기고 등골이 서늘해졌다. 그는 황급히 장포를 불러 상황을 이야기하고 대책을 물었다. 장포는 미리 생각해둔 바가 있었던 듯 바로 계책을 내놓았다.

"폐하, 너무 걱정하지 마십시오. 손침을 죽이기만 하면 그 일족들의 세력은 하루아침에 무너져내릴 것입니다."

"저 방자한 손침을 어떻게 죽인단 말인가?"

"지모가 뛰어난 노장군 정봉을 불러 사정을 설명해보십시오. 그는 대제大帝(손권) 때부터 오나라를 위해 봉사한 사람이니 반드시 폐하를 도울 것입니다."

손휴가 은밀히 사람을 보내 정봉을 대궐로 불러 도움을 청했다. 그러자 정봉이 즉석에서 충성을 다짐하고 막힘없이 계책을 내놓았다.

"며칠 후면 나라의 제삿날인 납일臘日입니다. 이를 위해 조회를 하신다며 문무대신들을 부르십시오. 그때 손침도 분명 참석할 것이니 제가 기회를 보아 반드시 주살하고 말겠습니다. 폐하께서는 그때까지 아무 일이 없는 듯 태연하게 손침을 대하십시오."

정봉과 장포는 어전을 물러나와 거사 준비를 완벽하게 해둔 뒤 납일이 되기만을 기다렸다. 납일 하루 전날 밤, 바람이 몹시 사납게 불어 길가의 나무들이 뿌리째 뽑혀 넘어지고 돌이 길 위를 굴러다녔다. 바람은 날이 밝아서야 잦아들었다. 손침은 납일 행사에 참석하기 위해 여느 때보다 조금 일찍 일어났다. 그런데 자리에서 일어서는 순간 뒤에서 누군가 떠밀기라도 하듯 앞으로 넘어졌다. 이것을 본 손침의 부인이 말했다.

"영감, 간밤에 바람이 유별나게 불고 꿈자리도 몹시 사나웠습니다. 그런데다 영감이 이렇게 이유도 없이 넘어지시니 제가 마음이 놓이지 않습니다. 아무래도 좋지 않은 징조이니 오늘은 적당한 핑계를 대고 집에서 그냥 쉬도록 하세요."

손침이 대답했다.

"명색이 승상의 자리에 있는 내가 꿈자리가 좋지 않다고 나라의 큰 행사에 어떻게 빠질 수 있겠습니까? 그리고 내 동생들이 금군을 모두 손에 쥐고 있는데 무슨 큰일이 난단 말이오. 주상은 일을 도모할 인물이 못 되니 부인은 쓸데없는 걱정 마시오. 혹 무슨 일이 생기면 내가 부중에 불길을 올려 알리도록 하겠소."

겨울바람이 궐 안을 휘젓고 다니는 가운데 오나라의 모든 문무백관들은 조정에 들어 하례하고 공경들은 모두 당상에 올랐다. 손침은 납일인데다 나라의 모든 공경 대신들이 한자리에 모였으니 별 일 없겠거니 생각하고 호위군들에게 당 밖에서 대기하라고 일렀다. 손침이 두어 명의 경호병만을 데리고 공경들의 예를 받으며 당 위에 올랐다. 그 순간 장포의 명을 받은 무사들이 달려들어 손침의 경호병을 칼로 베어 죽였다. 눈앞에서 자신의 경호원이 죽는 것을 본 손침은 큰 소리를 질러 당 밖에 대기하고 있던 호위군들은 불렀다. 하지만 손침의 호위군들은 이미 장포의 부하들에게 무기를 모두 빼앗긴 뒤였다. 당황하는 손침 앞으로 정봉이 칼을 빼들고 다가왔다. 그러자 손침은 손휴의 발 아래 무릎을 꿇고 목숨을 구걸했다.

"폐하, 목숨만 살려주신다면 시골로 내려가 조용히 밭이나 갈면서 살겠습니다."

손휴가 당차게 손침을 꾸짖었다.

"너는 네놈의 사촌인 손준의 환심을 사기 위해 온갖 더러운 짓을 다했다. 네놈이 죽인 오나라의 충신들이 얼마나 많은지 너는 이제 기억도 하지 못하느냐? 손준이 제갈각을 주살하더니 너는 등윤 · 여거 · 왕돈 · 환의 등 오나라 인재들의 씨를 말렸다. 천하를 도모할 수도 있었던 인재들을 오로지 네 권력을 위해 죽였으니 이 어찌 오나라의 손실이 아니겠는가? 그러고도 살아남기를 바라느냐!"

손휴는 당장 손침을 끌어내 참수하라고 명령했다. 장포는 바로 손침을 궁전 동쪽으로 끌고 가 목을 베고 궐을 메우고 있는 대신들과 군사들을 향해 황제의 조칙을 공표했다.

"폐하의 뜻을 받들어 죄는 손침과 그의 형제들에게만 묻고, 다른 사람들은 본의가 아니었던 점을 참작해 그간의 죄를 모두 불문에 부치겠다."

이 말을 들은 대부분의 문무관리들은 안도의 숨을 쉬며 장포와 정봉의 편으로 넘어갔다. 손휴는 장포 · 정봉에게 지시해 손준의 묘를 파헤쳐 부관참시하고 손침의 형제와 그 일가족을 시장바닥에 끌어내 모두 목을 베도록 했다. 이때 손침과 그 형제들은 삼족이 처형됐다. 일거에 사태를 수습한 손휴는 손준과 손침에게 죽임을 당한 제갈각 · 등윤 · 여거 · 왕돈 등의 집을 중건하고 묘를 단장하여 이들의 충의를 기렸다. 뿐만 아니라 그로 인해 억울하게 귀양갔던 사람들을 고향으로 돌아가게 했다. 그리고 일을 성공적으로 끝내는 데 공이 많았던 장포 · 정봉에게는 후한 상을 내려 치하했다.

손권의 죽음 이후 계속 흔들리던 오나라 조정은 실로 오랜만에 안정된 모습을 찾기 시작했다. 그러자 손휴는 자신의 등극을 알리는 편지를 촉의 수도인 성도로 보냈다. 오나라 황제의 편지를 받은 유선은 손휴의 등극을 축하하는 사절단을 보냈고 손휴는 다시 설후薛珝를 사자로 보내 유선의 축하에 답례했다. 손휴의 이런 행동에는 촉과의 우의를 다져 위나라를 견제하고자 하는 의도가 없지 않았다. 손휴는 촉을 다녀온 설후를 불러 물었다.

“촉의 분위기가 어땠습니까? 들리는 말로는 중상시 황호黃皓라는 자가 국사에 깊이 개입하고 있다는데.”

“몇 해 동안 강유가 위 정벌에 나섰으나 계속 패해서 돌아오는 바람에 촉 황제는 강유를 신뢰하기보다 중상시 황호의 간언에 더 많이 의지하는 것 같았습니다. 황호와 그 곁에 붙어 있는 공경대부들은 정벌보다는 나라를 평안하게 보전하자는 쪽으로 여론을 몰아가고 있어 강유가 매우 애를 먹고 있는 듯했습니다.”

설후의 말을 유심히 듣고 있던 손휴가 다시 물었다.

“그렇다면 촉 황제 유선이 갈수록 정치는 멀리하고 주색잡기에 빠져 환관인 황호가 정권을 좌지우지한다는 말이 모두 사실이군요.”

"촉 황제는 결코 무능하다 할 수 없습니다."
오나라의 군신이 촉나라 유선을 평한다. 유선은 흔히 우둔한 군주로 알려져 있으나 이러한 견해에는 의심의 여지가 많다. 제갈량 · 강유의 원정은 비장한 것이었지만 그 동기는 '한 황실의 부흥' 이라는 시대착오적 이념이었다. 유선은 다만 불필요한 희생을 줄이고 싶어한 현실적인 정치가일 수도 있다.

"촉 황제가 무능해서 신하들의 입김대로 움직인다고들 하지만 제가 보기에는 꼭 그렇지만도 않습니다. 제갈량이 살아 있을 때도 황제의 재가 없이 군사를 일으킨 적이 없었으며 강유의 경우도 마찬가지입니다. 또 촉한을 건국한 유비가 죽은 지 35년이 지난 지금까지 촉에는 단 한 번도 정변이나 모반이 일어나지 않았습니다. 이를 보더라도 촉 황제는 결코 무능하다 할 수 없습니다. 겉으로 보이는 것이 나약하다고 해서 속까지 비어 있는 것은 아닙니다. 확신하건대 그는 완고한 성품이 아니니 서로의 이해득실을 잘 따져 설명하고 명분을 세워준다면 어렵지 않게 우리 뜻을 이룰 수 있을 것입니다."

그러자 손휴가 다시 말했다.

"하지만 유선을 둘러싸고 있는 대부분의 공경들이 위와 싸우는 것보다 안정을 원한다고 하니, 이것은 우리에게 좋은 일이 아니지요."

"아직은 강유가 병권을 맡고 있으니 그에게 기대를 해보는 것이 좋을 듯합니다."

설후의 말에 손휴는 고개를 끄덕였다. 이때 오나라 조정은 손침의 권력을 와해시키는 데 절대적인 공훈을 세운 장포가 좌장군의 벼슬에 올라 손휴를 보좌하며 국정에 간여하고 있었다. 손휴가 장포를 절대적으로 신뢰하고 있었으므로 나라의 중요한 정책을 결정할 때는 항상 그를 불러 의견을 물었다. 손휴가 장포에게 촉과 동맹을 맺고 위를 막고자 한다는 뜻을 밝히자 장포는 황제의 정책을 칭송했다.

손휴는 곧 문무백관들을 모아 촉과의 동맹을 선포하고 친서를 써서 다시 성도의 유선에게 보냈다. 위의 사마소가 머지않아 오와 촉을 공략하려 들 것이니 두 나라가 힘을 합쳐 이를 격파하자는 내용이었다. 유선은 손휴가 보낸 편지를 받고 곧 강유를 불러 상의했다. 강유는 몹시 기뻐하며 오나라의 지지가 있으니 다시 출사해 위를 정벌하겠다는 표문을 황제에게 올렸다. 그러자 그 소식을 들은 중산대부中散大夫 초주焦周가 「구국론仇國論」을 써서 유선에게 바쳤다.

신이 듣건대 큰 나라는 걱정이 없어 태만히 하다가 변란을 당하고 작은 나라는 항상 근심에 싸여 있어 그것을 해결할 방도만 궁리한다고 합니다. 이 말을 곰곰이 생각해보면, 지나치게 태만하다가 망하고 마는 대국보다 난관을 해결하기 위해 지혜를 모으는 소국이 더 잘 다스려지는 것을 알 수 있습니다. 그런데 어찌하여 폐하께서는 중원 정벌을 거듭 나서시는 것입니까? 주나라 문왕과 전국시대의 구천勾踐은 자신들의 나라가 작은 나라였지만 백성을 보살피는 일에 전념했기 때문에 오히려 천하를 얻을 수 있었습니다. 문왕이나 구천과는 또 다른 예로, 한고조 유방은 항우에 비해 세력이 크게 약했는데도 홍구鴻溝를 경계로 맺은 강화를 스스로 깨트리고 항우를 공격하여 중원을 취했습니다. 그때는 진나라가 망하여 천하의 인심이 흉흉해지고 각처에서 호걸들이 날뛸 때였습니다. 하지만 지금 이 시대는 진나라 말기처럼 여러 세력이 다투는 때가 아니고, 제齊 · 초楚 · 연燕 · 한韓 · 조趙 · 위魏 여섯 나라가 나란히 병립하던 시대와 같으니, 문왕이나 구천이 다시 살아난다고 해서 한고조처럼 될 수 있는 세상이 아닙니다. 그러므로 군사를 움직이는 것을 신중히 하여 국력을 쌓고 천시를 기다려 일거에 중원을 수복해야 합니다. 은殷나라의 탕왕湯王과 주나라의 무왕武王이 단 한 번 싸워서 하夏나라의 걸왕桀王과 은나라의 주왕紂王을 이기고 두 번 거병하지 않은 것은 다 이와 같은 이치입니다. 부디 백성들의 노고를 깊이 헤아리시어 무력에만 의지하여 정벌에 나섰다가 불행을 당하는 일이 없도록 하십시오. 아무리 지혜가 출중한 자라 하더라도 한번 나라가 기울어지고 나면 다시는 일으켜세울 수 없습니다.

황제에 이어 초주의 「구국론」을 읽게 된 강유는 크게 역정을 내어 소리쳤다.

"책 속에 코를 빠트리고 사는 유생놈이 한 치 앞도 내다보지 못하는구나!"

서기 258년 겨울, 촉의 대장군 강유는 또 한번 북벌길에 올랐다. 그는 요화 · 장익을 선봉으로 삼고 왕함王含 · 장빈蔣斌에게 좌군을, 장서蔣舒 · 부첨傅僉에게 우군을 맡겼다. 그리고 자신과 하후패는 중군 5만을 이끌고 한중으로 향했다. 한중에 도착한 이들은 전략을 협의하기 위해 군막에 모여 머리를 맞댔다. 하후패가 말했다.

"기산으로 먼저 나가는 것이 어떻겠습니까? 돌아가신 제갈승상께서 여섯 번이나 이곳을 위 정벌의 거점으로 삼으셨으니 거기엔 다 이유가 있을 것입니다."

하후패가 기산의 지형적 이로움을 설명하자 강유도 그 말에 동감했다. 강유와 하후패는 곧 3군을 거느리고 기산을 향해 진군해 계곡 입구에 진지를 세웠다. 이때 위의 등애 역시 기산에 진지를 설치해두고 적의 침입에 대비하고 있었다. 그가 농우의 군사를 점검하고 있는데 보초병이 급히 달려와 보고했다.

"촉군들이 몰려와 기산 계곡에 진을 치고 있습니다."

"진의 규모가 어떠하더냐?"

"이미 3곳에 진영을 설치해놓았습니다."

등애는 직접 말을 몰고 높은 곳에 올라가 촉군의 진지를 살폈다.

진지로 돌아온 그는 웃음 띤 얼굴로 말했다.

"내가 예상했던 대로다."

옆에 있던 등애의 아들 등충이 말했다.

"아버님께서는 가시는 곳마다 지형과 길이 난 곳을 살피시며 어디에 군사를 주둔시킬 것인지, 어느 곳에 군량미를 쌓아둘 것인지, 만일 군사를 매복시킨다면 어디가 적당한지를 살피시더니 적의 전략까지 꿰뚫어보게 되셨군요."

"유능한 장수가 되려면 무예도 뛰어나야겠지만 전략적인 면에서도 앞서야 한다. 그러기 위해서는 끊임없는 노력이 필요하다. 생각없이 전쟁에 임하면 백전백패는 불을 보듯 뻔한 일이다."

아버지의 말을 들으면서 등충은 연신 고개를 끄덕였다. 등애는 촉군이 쳐들어온다면 언젠가 반드시 기산을 거점으로 삼을 것이라는 것을 예측하고 촉군이 진을 칠 만한 곳을 남겨두고 미리 땅굴까지 파놓은 상태였다. 한편 기산에 도착한 강유는 세 곳에 진지를 세웠는데 왼쪽 진채 바로 아래 등애가 파놓은 땅굴이 있었다.

등애는 등충과 사찬에게 각각 군사 5천을 이끌고 가 왼쪽과 오른쪽에서 촉군을 일제히 공격하라 이르고, 부장 정윤鄭倫에게는 땅굴을 파는 굴자군 500명을 주어 공격 당일 밤 10시경에 땅굴을 통해 왼쪽 진지로 나가 촉군의 막사 뒤를 공격하라고 명령했다.

반면 강유는 위군이 진지를 급습할 것에 대비하여 장수들에게 밤에 잘 때에도 갑옷을 벗지 말라고 일러두었다. 촉군이 진영을 거의 완성해가던 어느 날 밤, 갑자기 좌우 언덕에서 말발굽 소리와 함께 함성이 들려왔다. 촉장 왕함 · 장빈은 잠에서 깨어난 즉시 무기를 갖추고 말에 올라 주변을 살폈다. 군사를 몰고 온 등충이 진지를 에워싸고 공격해 들어오고 있었다. 왕함 · 장빈은 있는 힘을 다해 싸웠으나 위군이 이미 진영 안팎을 어지럽히며 공격하는 바람에 이겨내지 못하고 진영을 버리고 도망쳐버렸다. 이때 막사 안에 있던 강유는 적이 몰려온 것을 알고 급히 장막 밖으로 나와 사태를 파악했다. 위군의 공격은 예상보다 적극적이었다. 그는 말을 돌려 전군에게 명령했다.

"누구든 적군과의 싸움에 태만한 자가 있으면 참형에 처하겠다. 적군이 진지 가까이 다가오면 활과 쇠뇌로 총공격하라!"

강유는 다시 오른쪽 진영으로 가서 똑같이 명령했다. 위군들은 수차례 진영을 습격했지만 그때마다 빗발치듯 날아드는 촉군의 화살 공격을 뚫지 못한 채 날이 밝았다. 등애는 하는 수 없이 군의 퇴각을 명령했다. 막사로 돌아온 등애가 심각한 표정으로 말했다.

"강유는 제갈량의 전법을 그대로 물려받은 자이다. 밤의 기습에도 그같이 일사불란하게 군을 통솔하는 것을 보니 과연 대장군답구나!"

그날 진채를 버리고 도망갔던 왕함과 장빈이 패잔병을 거느리고 나타나 강유 앞에 무릎을 꿇고 엎드려 빌었다. 강유가 이들을 내려다보며 말했다.

"선봉에 선 장수가 진지를 버리고 도망가는 것은 있을 수 없는 일이다. 그러나 이번에는 지형을 잘못 살피고 진지를 세운 내 잘못이 크므로 너희들의 죄를 묻지 않겠다."

며칠 후 양쪽 군사는 다시 기산 앞에 진을 쳤다. 강유는 제갈량에게 전수받은 팔진법을 써서 군사를 여덟 곳으로 나누어 포진했다. 등애 역시 강유에 맞서 팔괘진을 구축하자 양군의 왼쪽과 오른쪽 출입구가 똑같은 모양을 이루게 됐다. 강유가 진지 맨 앞으로 나와 마주 있는 등애를 향해 소리쳤다.

"너는 내 진법을 그대로 도용하여 팔진법을 썼구나. 네 능력이 겨우 그 정도이더냐?"

등애가 지지 않고 쩌렁쩌렁한 목소리로 대답했다.

"너는 세상의 진법이 팔진법밖에 없는 줄 아는 모양이다만 내가 변진법變陣法을 보여주마."

등애가 말 머리를 돌려 진지로 돌아가 군사들을 향해 뭔가를 지시했다. 그와 동시에 위군의 집법관執法官이 흔드는 깃발이 좌우로 절도 있게 오가고 팔진이 일목요연하게 움직여 64개 출입구로 변모했다. 진의 모습이 완벽하게 갖추어지자 등애가 다시 강유를 향해 소리쳤다.

"나의 변진법이다. 두렵지 않으면 공격해라 !"

강유는 회심의 미소를 지으며 촉군에게 공격을 명령했다. 양쪽 군사는 하나같이 절도 있게 대오를 만들어갔다. 등애는 중군을 지키면서 양쪽 군사가 맞물려 싸우는 진법을 썼는데 조금의 혼선도 없었다. 이때 갑자기 강유가 중간에 나와 깃발을 흔들었다. 그러자 촉군의 움직임이 일사불란하게 모양을 바꾸더니 어느새 등애가 포위되어버렸다. 강유는 등애가 미처 알지 못했던 '장사권지진張蛇券地陣'으로 그를 꼼짝못하게 얽어맸던 것이다. 예상치 못한 사태에 몹시 당황한 등애는 좌충우돌 포위망을 뚫기 위해 애를 썼으나 강유의 진법은 한 치의 빈틈도 없었다. 촉군들이 등애를 조여오며 소리쳤다.

"등애는 빨리 항복하라!"

등애는 하늘을 보며 한탄했다.

'내가 강유의 용병술을 너무 가볍게 생각했구나!'

이때 갑자기 서북쪽에서 한 떼의 군마가 달려왔다. 사마부의 아들이자 사마의의 조카인 사마망司馬望이 이끌고 온 위군이었다. 장성을 지키고 있던 그는 촉군이 쳐들어왔다는 소식을 듣고 등애와 합세하기 위해 장수 왕진王眞과 이붕李鵬을 거느리고 달려왔던 것이다. 등애는 사마망의 구원으로 겨우 목숨을 구했지만 촉군에게 기산의 아홉 진지를 모두 빼앗겨버렸다. 그는 패잔병을 이끌고 위수 남쪽으로 퇴각해서 다시 진을 쳤다. 정신을 차린 등애가 사마망에게 물었다.

"강유의 진법은 난생 처음 접한 것입니다. 공은 그 진법의 허점을 어떻게 알고 나를 구하셨습니까?"

"오늘 강유가 이용한 진법은 '장사권지진'이라고 합니다. 이 진법은 완벽해서 진의 머리를 빼고는 그 어떤 곳을 공격해도 무너지지 않습니다. 오래전에 내가 형남荊南에서 수학한 일이 있는데 그때 최주평·석광원이라는 자들과 교우를 맺으며 그 진법에 대해 공부한 적이 있습니다."

등애는 사마망에게 고맙다고 말하고 이렇게 덧붙였다.

"공께서 변진법을 터득하셨으니 그 진법을 써서 빼앗긴 기산의 진지를 되찾는 것이 어떻겠습니까?"

"내가 진법을 알고 있기는 하지만 강유를 능가할 수 있을지 걱정입니다. 보아하니 강유는 제갈량으로부터 변진법을 완벽하게 전수받은 것 같은데 말입니다."

등애가 머리를 끄덕이더니 말을 이었다.

"공은 내일 적의 진지로 가서 강유와 진법으로 대결하세요. 나는 은밀하게 군사를 이동시킨 다음 기산 뒤쪽을 공격해 공과 강유가 싸우는 동안 그 쪽의 진지를 되찾겠습니다."

사마망이 이에 동의하자 등애는 곧바로 강유에게 사람을 보내 내일 다시 진법으로 겨뤄보자는 내용의 편지를 전했다. 전령이 이에 응하겠다는 강유의 답신을 가져오자 등애는 즉시 군사를 이끌고 기산 뒤쪽으로 향했다. 한편 등애의 편지를 받은 강유는 여러 장수들을 불러모아 말했다.

"내가 승상 공명으로부터 전수받은 진법에 의하면 이 진법을 달리 응용하는 방법에는 365가지가 있는데 천문의 주기를 바탕으로 한 것이오. 지난번에 등애가 몇 가지 변진법을 구사하긴 했으나 그 수는 아주 기본적인 것이었소. 등애 자신이 그것을 알 것인데 굳이 진법으로 겨뤄보자고 나서는 것으로 보아 뒤에 분명 음모가 숨어 있을 것이오."

강유의 말이 끝나기가 무섭게 요화가 말했다.

"진법으로 우리를 현혹해놓고 사실은 우리의 뒤를 치려는 수작입니다."

"바로 그것이오."

강유는 장익 · 요화에게 군사 1만을 주어 기산 뒤로 가 매복하고 있으라고 명령했다. 다음날 강유는 기산에 자리하고 있는 아홉 진지의 군사를 총동원해 기산 앞에 포진시켰다. 사마망도 위군을 이끌고 와 진을 치고 강유와 대치했다.

강유가 소리쳤다.

"너희들이 먼저 진법을 제의했으니 너희가 먼저 포진하라!"

사마망은 팔진법으로 포진했다. 이를 본 강유가 가소롭다는 듯 웃으며 말했다.

"그것은 진법에 어두운 등애도 이용할 줄 아는 나의 팔진법이다. 남의 것을 훔쳐놓고도 그것이 자랑거리라고 내보이는 것이냐?"

"너 역시 남의 것을 훔친 것이다."

"그렇게 자신이 있다면 이것의 변진법이 몇 가지나 되는지 말해보라!"

사마망이 너털웃음을 지으며 답했다.

"거기에는 81개의 변진법이 있다. 이제 내가 그것을 보여줄 테니 똑똑히 보거라."

사마망은 진 안으로 들어가 능숙하게 변진시켜 보이고는 다시 진 앞으로 나와 물었다.

"보았느냐? 너는 이 진법이 무엇인지 알기나 하느냐?"

강유는 어이없다는 듯 웃으며 대답했다.

"너는 반문농부班門弄斧(분별없이 작은 재주를 뽐내는 것)라는 고사도 모르느냐? 너는 수가 얕은 81개의 변진법을 겨우 익혔을 뿐이다. 내 진법은 하늘의 주기에 따라 365가지로 변화시킬 수 있으니, 감히 네가 어떻게 그 진법의 묘미를 알겠느냐?"

사마망은 처음부터 진법으로는 강유를 이길 수 없다는 것을 알고 있었으므로 등애가 공격할 시간을 벌기 위해 딴소리를 했다.

"네놈의 허장성세를 믿을 수 없으니 내 앞에서 너의 그 잘난 진법을 보여봐라."

"나는 등애를 상대하러 온 사람이다. 등애를 끌고 와 내 앞에 세운다면 포진해 보이겠다."

뭔가 이상한 낌새를 눈치챈 사마망이 당황하며 대충 답했다.

"등장군은 진법 따위는 좋아하지 않는다. 그는 자기만의 계책으로 싸우는 분이다."

강유가 크게 웃으며 말했다.

"그래, 너를 내 앞에 보내 진법으로 겨루게 하고 자기는 따로 군사를 거느리고 와서 산 뒤쪽을 기습하는 계책 말이더냐!"

순간 사마망은 강유가 자신들의 계략을 이미 꿰뚫고 있다는 것을 알고 바로 공격태세를 갖추었다. 강유도 이를 놓치지 않고 채찍을 들어 신호를 보냈다. 그러자 양쪽에 진을 치고 있던 군사들이 일제히 달려나와 위군을 공격했다. 급습을 당하다시피 한 위군은 창과 칼을 내던지고 달아나기 바빴다. 이때 위장 등애는 선봉장 정윤에게 산 뒤쪽으로 가 촉의 진을 기습하라고 명령했다. 정윤이 신속하게 군사들을 이끌고 산모퉁이를 돌아가는데 갑자기 포소리 · 북소리가 연이어 들리더니 촉장 요화가 복병을 거느리고 여기저기서 뛰어나왔다. 요화는 욕을 퍼부으며 달려드는 정윤을 한칼에 베어 넘어뜨렸다. 이것을 본 등애가 급하게 군사를 후퇴시키려 하는데 다시 장익이 군사를 몰고 와 등애의 앞을 막았다.

앞뒤에서 협공을 받은 위군은 대패하여 달아났으며 그 와중에 등애는 화살을 네 대나 맞고 간신히 적 진영을 빠져나왔다. 패잔병을 이끌고 위남에 진을 치고 있던 등애에게 뒤늦게 쫓겨온 사마망이 합류했다. 촉군에게 기선을 제압당한 등애는 사마망과 더불어 군사적 손실 없이 퇴병할 수 있는 대책을 찾았다. 사마망이 말했다.

"제가 수집한 정보에 의하면 근래 들어 촉주 유선은 강유에 대한 신뢰를 깨고 환관 황호의 농간에 놀아나고 있다고 합니다. 이미 상당히 틈이 벌어진 강유와 유선 사이를 완전히 이간시킨다면 이번 위기는 쉽사리 넘길 수 있을 것입니다."

"그럴듯합니다. 당장 실행에 옮기도록 합시다."

등애는 곧바로 참모들을 불러 자신의 계책을 말하고 촉의 황호와 접촉할 인사를 구했다. 그때 양양 사람 당균黨均이 촉으로 가겠다고 나섰다. 등애는 그를 격려하고 갖가지 보물들을 챙겨주며 일렀다.

"촉의 성도로 가서 황호와 내통한 다음 이 금은보화들로 그를 현혹시키시오. 그리고 강유가 황제를 원망하고 다니니 머지않아 위나라에 투항할 것이라는 말을 전하고 그 말이 성도 사람들 사이에 퍼지도록 하시오."

당균은 계획대로 촉의 황호를 만나 강유에 대한 거짓 정보를 주고 이것을 유선의 귀에 자연스럽게 들어가게 해달라고 부탁했다. 황호는 평소에 강유를 몹시 경계하고 있었으므로 당균의 부탁이 반갑지 않을 수 없었다. 강유가 위국에 투항할 것이라는 소문이 삽시간에 성안 백성들에게까지 퍼져나가고 황호는 몹시 긴급한 듯 유선에게 이 사실을 알렸다. 유선은 황호의 말만 믿고 이날 밤 당장 사람을 보내 강유에게 서둘러 입조하라는 명을 내렸다.

한편 강유는 며칠째 등애의 진지를 향해 싸움을 걸었지만 등애는 꼼짝도 하지 않았다. 마침내 강유는 적의 진영에 무슨 계책이 숨어 있는 것은 아닌가 의심하며 잔뜩 신경을 곤두세우고 있는데 성도로부터 사자가 왔다는 보고가 들어왔다. 사자는 강유를 보자 다급한 듯 숨을 몰아쉬며 말했다.

"천자께서 이곳의 군사들을 하루빨리 성도로 철수시키라는 명을 내리셨습니다."

강유는 군사들의 사기가 한껏 높아 있는 마당에 철수하라는 명이 내려진 것이 매우 아쉬웠지만 황제의 명을 거역할 수는 없었으므로 그날로 군사들을 물릴 준비를 했다. 강유의 움직임을 계속 관찰하던 등애와 사마망은 그가 군사를 이끌고 돌아가려는 것이 분명해 보이자 철군하는 촉군의 뒤를 기습하기 위해 군사들을 준비시켰다. 강유가 각 진영에 전령을 보내 성도로 퇴군할 것을 명하자 요화가 와서 말했다.

"장군이 적과 싸우기 위해 밖에 나와 있을 때는 임금의 명이라도 받지 않을 수 있다고 했습니다. 비록 조서가 오기는 했지만 지금은 군사를 물릴 때가 아닙니다."

옆에 있던 장익이 요화의 말에 반대 의견을 내놓았다.

"지금 이대로 철수하는 것이 아쉽기는 하나 요 몇해 동안 장군께서 계속 군사를 일으킨 탓에 백성들의 원성이 적지 않습니다. 그런데 천자의 조서를 받고서도 돌아가지 않는다면 장군께 결코 이롭지 않을 것입니다. 차라리 이번 승세를 안고 돌아가 민심을 추스린 다음 좋은 방법을 찾는 것이 나을 것입니다."

"장익의 말을 따르도록 하자."

강유는 각 군에게 대오를 잘 갖추어 질서정연하게 철군하라는 영을 내리고 요화·장익에게는 후군을 맡아 혹시 있을지도 모르는 위군의 추격을 막으라고 지시했다. 이들의 뒤를 쫓아오던 등애는 강유의 군대가 한 치의 빈틈도 없이 철군하는 모습을 보고 추격을 멈춘 채 서서 탄식했다.

"강유는 또 하나의 제갈공명이구나!"

한편 성도에 도착한 강유는 즉시 유선을 찾아가 군대를 철군시킨 이유를 물었다. 유선이 별 할말이 없어 대충 얼버무렸다.

"장군이 너무 오래도록 변방에 머무르고 있어 군사들의 노고를 생각해서 부른 것입니다."

너무 태연하게 말하는 유선의 모습에 강유는 기가 찼다.

"신은 기산에 있던 위군의 아홉 진지를 빼앗고 막 적의 마지막 방어를 무너뜨리려던 참이었습니다. 그런데 폐하의 명이 있어 어쩔 수 없이 군사를 물렸습니다. 아무래도 폐하와 저의 사이를 이간질해 위기를 넘기려는 등애의 계략에 넘어간 것 같습니다."

유선은 더 이상 아무 말도 못하고 앉아만 있었다. 잠시 후 강유가 유선에게 절실한 음성으로 말했다.

"신은 작고하신 승상 공명의 유지를 받들어 목숨을 바쳐 나라의 은혜에 보답하기로 맹세한 몸입니다. 폐하께서는 자신의 이익만을 쫓는 간악한 자들의 말에 귀 기울이지 마시고 저를 믿어주십시오."

강유의 말을 들은 유선은 군색하게 우물거렸다.

"내가 장군을 믿지 못해서가 아니라 장군을 우선 한중으로 돌아오게 하고 위나라에 무슨 변고가 있을 때 정벌하는 것이 더 좋을 것이라는 생각이 들어서 그렇게 한 것입니다."

강유는 허탈한 심정을 감추지 못하고 한중으로 돌아갔다. 한편 당균이 기산에 있는 등애의 진지로 돌아가 촉의 분위기를 자세히 보고하자 등애가 사마망을 돌아보며 말했다.

"앞으로 촉이 시끄러워지겠습니다."

등애는 당균을 시켜 이 모든 사실을 사마소에게 보고하라고 일렀다. 당균의 말을 들은 사마소는 촉을 토멸할 기회가 왔다고 생각하고 몹시 기뻐하며 중호군中護軍 가충을 불러 의논했다.

"지금이 촉을 칠 때가 아니겠습니까?"

사마소의 물음에 가충은 의외의 대답을 했다.

"아직 촉을 칠 때가 아닙니다. 먼저 안을 들여다보십시오. 천자께서는 주공을 의심하고 계십니다. 지금 장군께서 낙양을 떠나셨다가는 반드시 변란을 당하십니다. 지난해에 영릉의 어느 우물에서 황룡

이 두 번이나 그 모습을 보였는데, 중신들이 길조라고 하며 천자를 치하하는 표를 올렸습니다. 그런데 천자께서 중신들에게 말씀하시기를 '이것은 길조가 아니다. 용은 임금의 상징인데 용이 하늘에 있지도 않고 밭에 있지도 않으며 우물 속에 있다는 것은 유폐될 징조가 아니냐' 고 했습니다. 그러면서 용에 대한 시를 한 수 지으셨는데 그 내용을 읊어볼 테니 들어보십시오.

고통 당하는 용의 아픔이여
깊디 깊은 우물에 갇혀 날아오르지 못하는구나.
한나라의 하늘 위를 날지도 못하고
밭 아래로 내려와 기어다니지도 못하네.
우물 아래 용처럼 살아가는데
미꾸라지와 두렁허리가 앞에 나서서 춤추고 있네.

어떻습니까? 이 시에는 분명 주공을 두고 한 말이 들어 있지 않습니까?"

가충이 읊은 시와 그의 말을 듣고 몹시 화가 난 사마소가 탁자를 치며 소리쳤다.

"그자가 조방 꼴이 되고 싶어 입을 함부로 놀리는구나! 그래, 내가 확실하게 춤을 춰 보이겠다."

가충이 말했다.

"걱정 마십시오. 허락하신다면 주공을 위해 제가 나서서 일을 꾸며 보겠습니다."

"아니네. 이런 일은 단호히 대처하지 않으면 오히려 종잡을 수 없게 되니 내게 맡겨두게."

서기 260년 여름 4월, 황제와 문무백관들이 조회를 하고 있는데 느지막이 나타난 사마소가 칼을 빼어들고 전단에 올랐다. 조모는 황급하게 일어나 그를 맞이했다. 황제에 대한 사마소의 방자한 태도가 하루 이틀이 아니었으므로 관리들은 머리를 조아린 채 잠자코 그가 하는 양을 지켜보기만 했다. 그런데 이날은 다른 때와 달리 사마소가 천자에게 뭔가를 따지려는 인상이 짙어 보였다. 마침내 사마소가 조모를 보며 물었다.

"나의 부친과 형제 세 사람은 위국을 위해 세운 공이 크니 이제 내가 진공晉公이 되어 구석의 예를 받는 것이 순리가 아니겠습니까?"

조모는 들릴 듯 말 듯한 소리로 대답했다.

"그렇게 하셔야지요."

사마소는 한층 더 조모를 얕잡아보며 소리쳤다.

"그런데 폐하께서는 신하들 앞에서 어쭙잖은 잠룡시潛龍詩를 지어 보이며 나를 미꾸라지와 두렁허리에 비유했단 말입니까? 그것이 나에 대한 예우입니까!"

조모는 할말이 없었다. 사마소가 냉소를 지으며 당을 내려가자 문무백관들의 얼굴에는 긴장하는 빛이 역력했다. 조회가 흐지부지 끝나고 조모는 무거운 발걸음으로 후궁으로 갔다. 그곳에서 한나절이 지나도록 꼼짝 않던 조모는 오후가 되어 내관 몇을 거느리고 종묘에 나아갔다. 그는 선제들의 위패를 차례대로 둘러보며 잠시 생각에 잠겼다. 다시 후궁으로 돌아온 조모는 시중 왕침王沈과 상서 왕경王經, 산기 상서 왕업王業 세 사람을 불러들였다. 그들이 들어오자 조모는 앉기를 권한 후 비장한 음성으로 말했다.

"그대들이 보아서 알겠지만 사마소는 조정을 자기 손바닥에 놓고 마음대로 농락하고 있습니다. 머지않아 황제 자리도 찬탈하려 들겠지요. 내가 비록 아직 어리지만 가만히 앉아서 치욕을 당할 수는 없어요. 곧 내가 직접 나서서 사마소를 퇴치하려 하니 그대들이 나를 도와주시오."

왕경이 조모에게 말했다.

"폐하의 억울한 심정을 이해 못하는 바는 아니나, 지금 사마소와 대적하시는 것은 큰 화를 초래할 뿐입니다. 저 옛날 노魯나라 소공은 계씨季氏를 토벌하려다 패하여 나라를 잃은 적이 있습니다. 지금 사마소가 대권을 쥐고 전횡을 저지르고 있으니 잘못된 일인 줄 알면서도 안팎의 관료들이 그를 거역하지 못하고 있습니다. 또한 그의 그늘 아래 몸을 낮추고 영화를 누리는 자가 한둘이 아닙니다. 대세가 이와 같으니 저희들이 나서서 폐하를 돕는다 한들 큰 힘이 못될 것은 자명한 일입니다. 마음이 불편하여 견디기 어려우시더라도 서두르지 마시고 서서히 때를 기다리십시오."

조모의 얼굴에 어두운 그림자가 잠시 스쳤으나 그는 다시 표정을 고치고 단호하게 말했다.

"더 이상 어떻게 참으라는 말입니까? 나는 종묘에 나아가 선제들 앞에서 사마소를 처단하여 사직을 구하겠다고 결심했습니다. 그러니 죽음도 두렵지 않습니다."

조모는 곧 자리에서 일어나 태후에게 알리겠다고 나가버렸다. 남은 세 사람은 한동안 난감한 표정으로 서로를 바라보았다. 그러다 왕침이 입을 열었다.

"천자께서는 아직 세상 보는 눈이 어리고 보위에 오른 지 얼마 되지 않아 대세를 판단하는 데 서투십니다. 지금 천하는 사마소에게 집중되어 있는데 어떻게 이 미약한 힘으로 대세의 흐름을 돌이킬 수 있겠습니까? 우리가 괜히 멸족을 당할 필요는 없습니다. 차라리 사마소에게 가서 사실을 알리고 목숨이나 보전합시다."

왕업도 한마디했다.

"그렇습니다. 지금 사마소 한 사람을 죽인다 해서 달라지는 것이 뭐가 있겠습니까? 세상은 사마씨의 것이나 다름없는데 말입니다."

두 사람의 말에 왕경이 몹시 화를 내며 반문했다.

"여러분들의 주인은 도대체 누구입니까? 주인이 근심에 처하면 신하가 욕을 당하고 주인이 욕을 당하면 신하는 죽임을 당하는 것인데 어떻게 그런 말들을 할 수 있단 말입니까?"

왕침 · 왕업은 더 이상 입을 다문 채 그곳을 나와 바로 사마소에게 달려가 좀 전에 있었던 일을 그대로 고했다. 사마소는 가충을 불러 이 사실을 알리고 적절한 대책을 세울 것을 명령했다. 다음날, 날이 밝기가 무섭게 위주 조모는 호위 초백焦伯에게 명령해 전중숙위殿中宿衛 창두蒼頭 · 관동官僮 등 자신의 친위병 300여 명을 거느리고 북을 울리며 사마소가 있는 남쪽 대궐로 나가게 했다. 그리고 자신도 직접 칼을 차고 수레에 올라 이들을 선두에서 지휘하려고 나섰다. 이때 왕경이 나와 수레 앞에 엎드려 통곡하며 말했다.

"폐하, 절대로 안 됩니다. 지금 폐하께서 수백 명으로 사마소를 치려는 것은 양을 몰고 호랑이 굴로 가는 것이나 다름없습니다. 이렇게 해서 해결될 일이 아니니 제발 거두어주십시오. 헛된 죽음만 있을 뿐 어떤 이익도 찾을 수 없는 일입니다."

조모는 뜻을 굽히지 않았다.

"내 군사들이 이미 나섰으니 더 이상 막지 마시오!"

왕경은 황궁 남쪽으로 멀어져가는 천자를 바라보며 탄식했다.

"이제 사직은 무너지고 마는구나!"

한편 황제가 직접 군사들을 이끌고 사마소를 죽이러 온다는 보고를 받은 가충은 바로 1천여 명의 무장한 군사들을 거느리고 이에 맞서기 위해 나갔다. 가충의 군사들이 조모가 이끌고 온 군사들을 포위하자 조모가 수레에서 일어나 말했다.

"나는 천자다! 누가 감히 내게 칼을 겨누려 하느냐?"

황제가 나서서 꾸짖자 군사들은 아무도 나서지 않았다. 가충이 좌우에 서 있던 성쉬와 성제成濟를 꾸짖었다.

"사마 대장군께서는 오늘 같은 날을 위해 그대의 뒤를 돌봐준 것 아닌가?"

성제는 그제야 창을 바로잡으며 물었다.

"죽일까요, 사로잡을까요?"

"사로잡아 봤자 후환을 만들 뿐이다. 사마공께서는 바로 죽이라는 영을 내리셨으니 주저 말고 죽여라. 그러면 자네의 공이 적지 않을 것이다."

성제는 가충의 말에 용기백배해서 곧바로 천자의 수레 앞으로 달려나갔다. 그러자 조모가 소리쳤다.

"네가 지은 죄는 길이 남아 네 이름을 욕되게 할 것이다!"

조모가 말을 마치기도 전에, 성제는 빨리 일을 끝마치려는 듯 들고 있던 창으로 조모의 가슴을 찔렀다. 황제가 앞으로 쓰러지자 성제는 다시 그의 등을 찔렀다. 조모의 가슴과 등에서 쏟아져나온 피가 곤룡포를 검붉게 적셨다. 이때 황제를 호위하던 초백이 성제를 죽이기 위해 달려나왔지만 뒤따라온 성쉬가 단칼에 목을 베어 죽였다. 황제가 단창에 찔려 죽는 것을 목격한 친위군들은 무기를 버리고 뿔뿔이 흩어져 달아났다. 사방으로 흩어지는 군사들을 헤집고 왕경이 헐레벌떡 달려와 황제의 시신 앞에 엎드려 통곡했다. 그러다가 가충을 돌아보며 큰 소리로 꾸짖었다.

"이 역적놈아, 황제를 어찌 이리도 처참하게 살해할 수 있단 말이냐!"

가충은 표정 하나 바꾸지 않고 군사들에게 명해 왕경을 포박하게 했다. 이어 그는 사마소에게 가서 방금 일어난 일들을 모두 보고했다. 사마소는 대궐 안으로 들어와 천자 조모의 주검을 확인하고 몹시 당황하는 척하며 대성통곡하더니 곧 대신들에게 알리라고 영을 내렸다. 조금 후에 사마의의 동생이자 태부 벼슬에 있는 사마부가 달려와 죽은 황제의 허리에 엎드려 통곡하며 말했다.

"폐하, 모든 것이 소신이 잘못해서 일어난 일입니다."

사마부는 조모의 시신을 거두어 관에 넣은 후 편전 서쪽에 모셨다. 사마소는 내전으로 가서 문무백관들을 불러 사후 처리에 대한 회의를 하려 했다. 모든 대신들이 나왔는데 상서복야尙書僕射 진태의 모습이 보이지 않았다. 사마소는 진태의 외숙인 상서 순의荀顗를 보내 그를 불러오게 했다. 순의가 진태를 찾아가자 진태가 울분을 참으며 외숙을 질타했다.

"세상 사람들이 흔히 말하길 저를 외숙과 비길 만하다고들 했는데 이제 보니 외숙께서는 저만 못하십니다."

진태는 삼베로 만든 상복을 입고 바로 조모의 영전으로 갔다. 그가 영전 앞에 꿇어 엎드려 통곡하는데 사마소가 옆에 와서 함께 곡을 하며 진태에게 물었다.

"이 일을 어떻게 처리하면 좋겠습니까?"

"앞장선 이가 가충이니 먼저 그를 붙잡아 목 베어 죽이고 천하에 용서를 빌어야 할 것입니다."

"천자를 죽인 사람은 성제입니다. 죄를 따지자면 그의 목부터 베는 것이 마땅하지 않습니까?"

"더 이상 생각해본 바 없습니다."

사마소는 자칫하다가는 일이 커지겠다 싶어 한시 바삐 일을 마무리 지어야겠다는 생각을 하고 영전 밖으로 나가 부하들에게 명령했다.

"성제는 대역무도한 죄를 범했으니 능지처참하고 삼족을 멸하라!"

무리들 속에 있던 성제가 새파랗게 질려 떨리는 목소리로 사마소에게 따졌다.

"이 일을 사주한 자는 바로 네가 아니냐? 나는 가충의 명을 받았고 가충은 너의 명을 받았을 뿐이다!"

순간 사마소는 주위를 둘러보더니 사나운 표정을 지으며 영을 내렸다.

"당장 저놈의 혀를 잘라버려라!"

성제는 죽는 순간까지 사마소와 가충에게 저주어린 욕을 퍼붓다 형장의 이슬로 사라졌다. 사마소는 성제의 동생 성쉬를 비롯한 그의 일가족을 모두 참수하고 삼족을 멸했다. 이어 왕경의 일가도 모두 끌고와 옥에 가두라고 명령했다. 왕경은 어머니가 묶인 채 끌려오는 모습을 보고 달려가 땅바닥에 엎드려 통곡하며 말했다.

"어머니, 이 불효한 자식 때문에 환란을 겪으십니다."

그러자 왕경의 어머니는 태연하게 웃으며 말했다.

"사람은 나면 누구를 막론하고 한 번은 죽는 법이다. 이렇게 의롭게 죽게 되었는데 무슨 여한이 있겠느냐? 나는 네가 오히려 자랑스러울 뿐이다."

왕경의 일가족은 참수를 당하고 시장거리에 효수되었다. 낙양의 백성들은 조모의 죽음을 슬퍼하며 왕경 일족을 측은하게 생각했지만 누구 하나 입밖에 내어 말하는 사람이 없었다. 공경대부들은 물론 백성들까지 이 모든 일이 사마소에 의해 저질러진 것이라는 사실을 알고 있었지만 사마소에게로 대세가 기운 것을 알고 아무도 이의를 제기하지 않았다. 태부 사마부가 조모의 장례식을 황제의 예에 따라 치르자고 청하자, 사마소는 자신의 죄를 덮기 위해 얼른 이에 동의했다. 장례가 무사히 치러지고 나서 가충이 사마소를 찾아가 말했다.

"이제야말로 주공께서 보위에 오르실 때입니다."

사마소의 대답은 의외였다.

"옛날에 문왕은 천하의 3분의 2를 다스렸지만 은殷나라를 섬겼으므로 후세 사람들이 그를 덕있는 사람이라고 했소. 그리고 무제(조조)께서도 주변에서 제위에 오르라고 권했지만 끝까지 오르지 않으셨소. 나도 그렇게 할 것이니 더 이상 그 문제를 거론치 마시오."

사마소의 말을 들은 가충은 그가 좀더 확실하게 터를 닦은 후 아들 사마염에게 제위를 물려줄 의향이 있음을 알아차리고 더 이상 말하지 않았다. 그해 6월, 사마소는 상도향공常道鄕公 조황曹璜을 황궁으로 불러들여 황제의 위에 오르게 했다. 조황은 제위에 오른 뒤 이름을 조환曹奐으로 바꾸었다. 그는 위 무제 조조의 손자인 연왕 조우曹宇의 아들이었다. 조환은 사마소를 승상 진공晋公에 봉하고 10만 전을 내렸으며 비단 1만 필을 하사했다.

강유와 등애의 대결

한중에 있던 강유는 사마소가 조모를 죽이고 조환을 제위에 앉혔다는 소식을 듣고 위를 칠 명분을 얻었다며 기뻐했다. 강유는 즉시 군사를 일으킬 준비를 하는 한편, 동오에 편지를 보내 사마소가 임금을 죽인 죄를 묻자고 제의했다. 그리고 유선에게 표를 올려 5만 군사를 거느리고 기산을 공략하겠다는 뜻을 밝혔다. 강유는 곧 군사를 정비하고 수천 대의 수레에 군수품을 가득 실어 출전 준비를 갖췄다. 그러고 나서 요화 · 장익을 선봉에 세우고 각각 자오곡과 낙곡을 향해 진군하도록 한 다음 자신은 야곡을 공략하기로 했다. 모든 준비를 끝낸 촉군은 기산을 향해 세 갈래로 쳐들어갔다.

이때 등애는 기산에 진을 치고 군사와 군마를 훈련시키고 있다가 촉군이 세 갈래 길로 진군해오고 있다는 보고를 받고 바로 장수들을 불러모아 대책을 물었다. 참군 왕관王瓘이 말했다.

"저의 성이 왕가이니 제가 왕경의 조카로 둔갑하여 적의 진지로 가 투항을 하면 어떻겠습니까? 강유에게 가서 '저의 숙부께서 사마 대장군의 손에 참수당하셨으니 제가 원수를 갚겠다' 며 거짓 투항을 한다면 강유는 저를 믿고 받아들일 것입니다. 그렇게 해서 적의 기밀을 낱낱이 빼내겠습니다."

등애가 몹시 기뻐하며 대답했다.

"좋은 생각이오. 그런데 투항은 목숨을 걸고 하는 것인 만큼 공의 목숨이 위태로울 수도 있는데 괜찮겠습니까?"

왕관은 자부심에 넘치는 표정으로 말했다.

"나라를 위해 싸우다 죽는 것은 장수된 자의 영광입니다. 목숨을 걸고 나가겠습니다."

등애는 왕관의 어깨를 다독이며 말했다.

"그대는 반드시 큰 공을 세울 것이오."

등애는 즉시 3천 군사를 왕관에게 내주며 촉의 진영으로 나아가라고 명령했다. 왕관은 일부러 밤을 이용해 야곡으로 나가다가 촉의 정찰군에게 발각되었다. 왕관은 큰 소리로 외쳤다.

"나는 위국의 군사로 촉에 투항하고자 하니 장군에게 알려주시오!"

정찰군이 강유에게 가서 보고하자 강유는 군사를 대동하지 않고 장수들만 나오라고 명령했다. 왕관은 자기가 이끌고 온 군사들에게 무장해제를 지시하고 자신은 앞으로 나와 강유 앞에 무릎을 꿇고 말했다.

"저는 위의 사마소에게 죽임을 당한 왕경의 조카 왕관입니다. 얼마 전에 사마소가 임금을 시해하고 저의 숙부 가족을 모두 죽여 원한이 가슴에 사무칩니다. 이번에 반갑게도 장군께서 사마소의 죄를 묻기 위해 군사를 이끌고 기산으로 오신다는 소식을 듣고 은밀하게 본부 군사 3천을 거느리고 투항하고자 이렇게 왔습니다. 저에게 무도한 역적 무리들을 소탕하여 원수를 갚을 기회를 주십시오."

강유는 몹시 기뻐하며 왕관에게 말했다.

"그대가 진심으로 투항해왔으니 내가 어떻게 그대를 받아들이지 않을 수 있겠는가? 우리 군의 가장 큰 걱정은 군량미가 부족한 것이다. 우리 군량미가 지금 천구에 있으니 그대가 그것을 기산으로 옮겨주면 좋겠다. 우리는 기산에 있는 적의 진지를 점령하러 갈 것이다."

강유가 이렇게 나오자 왕관은 그가 자신의 계책에 완전히 넘어갔다고 확신하며 속으로 몹시 흐뭇해했다. 그러나 짐짓 태연한 얼굴로 대답했다.

"장군의 영을 반드시 수행하겠습니다."

왕관의 대답을 들은 강유는 다시 한 가지를 덧붙였다.

"군량미를 운반하는 데는 그대가 거느리고 온 3천 군마가 다 필요한 것은 아닐 것이니 2천 명만 거느리고 가고, 천 명은 이곳에 남겨 우리가 기산을 공격할 때 길을 안내하도록 하라."

왕관은 자신의 군사를 남기는 것이 마음에 걸렸으나 혹 강유가 의심할지도 몰라 그의 영에 따랐다. 왕관이 군사를 거느리고 떠난 후 강유는 부하 부첨에게 은밀하게 지시했다.

"남아 있는 위군 천 명을 이끌되 내 영을 주의해서 듣고 그대로 따르도록 하시오."

이때 하후패가 다급한 듯 달려와 말했다.

"장군, 제가 위나라에 있을 때 왕경에게 왕관이라는 조카가 있다는 말은 들어보지도 못했습니다. 어떻게 그렇게 쉽게 위군의 투항을 받아들이신 것입니까? 틀림없이 적의 계책이 숨어 있을 것이니 장군께서는 각별히 조심하시고 잘 살펴야 할 것입니다."

강유가 빙긋 웃으며 말했다.

"중권仲權(하후패의 자)께서 잘 보셨습니다. 나도 벌써 왕관이 속임수를 쓰고 있다는 것을 알고 일부러 군사를 나누어 보냈어요. 그들이 속임수를 쓴다면 나도 그들을 속여 갚음을 해야지요."

하후패가 안도의 숨을 쉬며 말했다.

"그런데 속임수라는 것을 어떻게 눈치채셨습니까?"

강유가 말했다.

"사마소가 바보가 아니라면 왕경을 죽이고 삼족을 멸했으면서 친조카를 살려두고 그것도 모자라 군사를 주어 성밖으로 내보내겠습니까? 등애가 생각이 모자라는건지, 우리를 우습게 아는 것인지는 모르겠지만 그들이 스스로 함정을 팠다는 사실은 분명합니다."

강유는 야곡으로 나가지 않고 표나지 않게 군사를 매복시켜 왕관의 움직임을 주시하고 있었다. 이때부터 10여 일이 지나 매복해 있던 촉병들이, 왕관이 등애에게 보내는 밀서를 숨기고 가던 첩자를 생포해왔다. 강유는 당장 첩자의 몸을 뒤져 밀서를 찾아냈다.

8월 20일 샛길을 통해 기산의 진지로 군량미를 운반할 것이니, 담산曇山 골짜기로 군사를 보내 접응하시기 바랍니다.

밀서를 읽은 강유는 첩자를 죽이고 편지의 내용을 바꾸었다. 8월 20일을 15일로 고치고 대군을 이끌고 직접 접응하라는 편지를 다시 써서 자신의 군사를 위군으로 변장시킨 다음 위의 진지로 보냈다. 이어 수레에 가득 실려 있던 군량미를 모두 내리고 대신 마른 풀과 볏짚을 싣고 푸른 보자기로 덮은 후 장수 부첨에게 명령했다.

"항복한 위군 천 명을 거느리고 군량미를 운반하라."

이어 장서에게는 야곡에서 진군하라고 하고 요화 · 장익에게도 기산을 공격하라는 명령을 내렸다. 명을 마친 강유는 하후패와 함께 자신의 군사들을 거느리고 계곡에 매복했다.

한편 왕관으로부터 밀서를 받은 등애는 만족한 웃음을 띠며 바로 회답을 써서 보냈다. 마침내 8월 15일이 되었다. 등애는 2만의 정예군사를 거느리고 담산 계곡에 올라가 촉의 움직임을 살폈다. 계곡 저 너머에서 군량미를 실은 수레들이 줄지어 오는 모습이 가물가물하게 보였다. 등애가 실눈을 뜨고 더욱 자세히 보니 군량미를 운반하는 군사들의 옷차림이 분명 왕관이 거느리고 간 위군들이었다. 옆에 있던 장수들이 등애에게 말했다.

"곧 해가 질 테니 빨리 왕관과 합류해서 계곡을 빠져나가야 하지 않겠습니까?"

"앞에 보이는 계곡은 지형이 험해 만일 적이 복병을 심어놓았다면 군사를 물리기 힘들다. 그러니 좀더 두고보자."

등애의 말이 떨어지기가 무섭게 기병 둘이 말을 몰고 올라와 급하게 알렸다.

"왕장군께서 군량미를 싣고 이곳을 지나고 있는데 뒤에서 촉병이 쫓고 있다고 합니다. 구원병을 빨리 보내달라는 연락이 왔습니다."

등애는 더 이상 적의 동정을 살필 겨를이 없이 군사들에게 진격 명령을 내렸다. 아직 해가 지지 않아 사방이 환했다. 등애가 군사들을 이끌고 왕관이 있는 계곡을 향해 치닫는데 갑자기 산 뒤에서 함성이 몰아쳤다. 당황한 등애가 산 뒤쪽으로 말 머리를 돌리는데 숲속에서 부첨이 한 떼의 군사를 이끌고 나와 등애를 막았다.

"어리석은 등애놈아, 너는 우리 장군의 계략에 속아넘어갔다. 당장 말에서 내려 목을 내놓아라!"

등애는 재빠르게 달아나려고 했지만 수레에서 갑자기 불길이 치솟더니 이 불길을 군호로 양쪽의 산비탈에서 촉군이 어지럽게 쏟아져 내려왔다. 이들은 조금의 틈도 주지 않고 등애가 이끄는 위군들을 시살해나갔다. 그 와중에 어디선가 외치는 소리가 들렸다.

"등애를 붙잡는 자에게는 천금의 상을 내리고 만호를 거느릴 후에 봉하겠다."

촉군들이 등애를 붙잡기 위해 기를 쓰고 덤벼들자 등애는 더 이상의 대항을 포기하고 갑옷과 투구를 벗어 자신의 신분을 감춘 채 보병들 틈에 끼어 도망쳐버렸다. 강유는 군사들 중에 누군가가 틀림없이 등애를 붙잡아오리라 기대했는데 그가 보병들과 함께 달아났다는 보고를 받고 왕관의 군량미를 거두기 위해 갔다. 이때 왕관은 모든 준비를 마치고 등애에게서 소식이 오기만을 기다리고 있었다. 그런데 보병 하나가 급하게 달려와 보고했다.

"중간에 비밀이 새어나가 등장군이 크게 패하셨는데 지금은 어디에 계시는지 알 수 없는 상황입니다."

왕관은 너무 놀라 심장이 멈추는 것 같았다. 그는 다시 정신을 차리고 다른 병사에게 상황을 정확하게 파악하여 보고하라고 지시했다. 그러나 잠시 후 돌아온 병사의 소식은 왕관을 더욱 절망스럽게 했다.

"장군, 우리 군이 촉군에게 기습을 당하고 완전히 포위되었는데 뒤에서 또다시 적이 몰려오고 있어 빠져나올 길이 없는 상황이었습니다."

왕관은 일이 끝장났음을 알고 양곡을 실은 수레에 모두 불을 질러 버리라고 지시했다. 주변은 순식간에 마른 풀과 곡식들이 타들어가는 냄새로 코가 매울 지경이었다. 왕관이 다시 명령했다.

"더 이상 여유가 없다. 너희들은 죽기를 각오하고 싸워라!"

왕관은 자신이 한중 방면으로 달아나면 촉군이 등애를 추격하지 못할 것이라고 판단하고 병사들을 이끌고 한중 방면으로 달아났다. 강유는 왕관이 위나라로 달아날 것이라고 생각했는데 대담하게도 한중으로 도망가자 한중을 지키기 위해 등애를 포기하고 지름길을 통해 한중으로 치달았다. 왕관은 촉군의 추격을 늦추기 위해 자기가 지나온 길의 잔도와 관애에 모조리 불을 질렀다. 하지만 얼마 되지 않아 지름길로 달려온 강유의 군사들에게 완전히 포위당하자 왕관은 더 버티지 못하고 흑룡강에 몸을 던져 죽었다. 그러자 왕관을 따라왔던 위군들은 모두 강유에게 항복했다.

이 싸움에서 강유는 등애에게 큰 해를 입히기는 했으나 촉군이 입은 피해도 적지 않았다. 한중으로 향하는 계곡의 잔도와 관애의 대부분이 왕관에 의해 파손되었으며 군량미의 손실도 컸다.

한편 강유에게 대패하고 기산으로 돌아온 등애는 죄를 물어달라는 표문을 올리고 스스로 벼슬을 깎았다. 표문을 받은 사마소는 등애가 지금까지 쌓은 공을 헤아려 벼슬을 깎지 않고 격려하는 의미에서 더 많은 물품을 보냈다. 등애는 사마소의 배려에 감동하며 받은 물품을 군사들에게 모두 나눠주었다. 사마소는 이기고 돌아간 촉군이 다시 쳐들어올 것을 염려해 등애에게 군사 3만을 보내주고 촉군을 막으라고 명령했다.

이후 1년 동안 위와 촉 사이에 큰 전쟁은 없었다. 위의 사마소는 아들 사마염에게 제위를 물려줄 속셈으로 정권의 안정과 민심을 얻기 위해 노력했다.

한편 또 한번의 북벌이 좌절된 강유는 갈수록 강도가 심해지는 반전론에 부딪혔다. 그는 제갈량이 죽은 후 여러 차례 위나라를 공격했으나 대세를 변화시킬 만한 공적을 낳지 못한 탓에 조정의 대신들로부터 국력만 낭비했다는 비난을 사고 있었다. 뿐만 아니라 촉 황제 유선이 환관 황호와 가까워지면서 강유와 유선의 사이가 예전 같지 않았다. 하지만 조정으로부터 고립되면 될수록 그는 북벌에 매달릴 수밖에 없었다.

강유가 강한 반전론에 당면해 있을 때, 사마소는 천하통일에 대한 꿈을 실현시키려는 의지를 차츰 표면화시키고 있었다. 아들 사마염에게 제위를 물려줄 확실한 명분을 만들기 위해 사마소는 빠른 시간 안에 삼국 통일의 대업을 이루어야만 했다. 사마소는 등애에게 기산을 기점으로 일차적으로 한중을 무너뜨리라고 명령했다. 위군은 이미 기산까지 진출해 건위와 무도를 압박하고 있었다. 그런데 이 두 지역이 위군에게 넘어가면 한중 땅을 지키기가 더 힘들어지고 만일 한중이 무너지면 성도의 함락은 시간문제였다. 촉의 황제 유선도 이 점을 너무나 잘 알고 있었다. 강유는 군사를 일으켜 북을 공략할 때가 왔다고 설파하며 오나라에도 편지를 보내, 두 나라가 함께 연합해서 위의 남쪽 정벌을 막아내자고 제의했다.

강유는 밤낮을 가리지 않고 지난번 전투에서 왕관이 불태워 없앤 잔도를 보수했다. 군량미를 비축하고 군마를 정비하여 만반의 준비를 갖춘 강유는 유선에게 출사표를 바쳤다.

> 신은 여러 차례에 걸쳐 북벌에 나섰으나 아직까지 크게 성공하지 못하고 위군에게 약간의 손실만 주었을 뿐입니다. 신은 다시 한번 북벌을 완수하기 위해 일찍부터 군사를 훈련시키고 군량미를 비축했습니다. 원래 병사들은 오래 싸우지 않으면 게을러지고, 게을러지고 나면 다시는 싸우려 들지 않습니다. 다행히도 지금 군사들은 목숨을 걸고 나가 싸우기를 바라고 있으며 많은 장수들 또한 폐하의 영이 떨어지기만을 기다리고 있습니다. 이번에도 신이 위를 쳐서 이기지 못한다면 죽음으로 그 동안의 실패를 사죄하겠습니다.

강유의 표문을 받은 유선은 어떻게 해야 할지 몹시 망설였다. 지금까지 계속되어온 북벌정책으로 국가의 재정이 어려워졌을 뿐 아니라 백성과 관료 할 것 없이 여기저기서 전쟁을 반대하는 소리를 내고 있었기 때문이다. 그러나 한편으로는 촉을 위협하는 위국의 움직임을 그대로 보고만 있을 수도 없는 노릇이었다. 유선이 마음의 결정을 미루고 있는데 대표적인 반전론자인 초주가 유선에게 간언했다.

"신이 지난 밤에 하늘을 보니 서촉에 걸쳐 있는 장군별이 빛을 잃고 희미하게 떠 있었습니다. 그러니 이번 북벌은 매우 불길하게 여겨집니다. 폐하께서 조서를 내리시어 그의 출사를 막으십시오."

유선은 깊이 생각하는 듯하더니 초주에게 말했다.

"강유 장군의 의지가 그 어느 때보다도 강하고, 위국이 우리를 위협해오는 정도가 예전과 다르니 이번에는 그를 출전시키는 것이 좋을 것이오. 만일 무슨 일이 생기면 그때 가서 적절한 조치를 취하면

되지 않소."

초주가 재삼 출사를 만류하도록 권했지만 유선은 이미 마음의 결정을 내리고 뜻을 거두지 않았다. 한편 강유는 전쟁을 앞두고 작전을 논의하기 위해 요화를 비롯한 여러 장군들을 불러 말했다.

"이번 원정은 반드시 성공해야 합니다. 먼저 어디를 취하는 것이 좋을지 말해보십시오."

요화가 말했다.

"우리는 매년 정벌길에 오르지 않은 적이 없습니다. 이에 대해 군사들은 물론 백성들 사이에서도 말들이 많습니다. 내부의 지지를 받지 못하는 상태인데다 위나라에는 용맹과 지모가 뛰어난 등애가 버티고 있습니다. 출사를 하려는 마당에 제가 이런 말을 하는 것이 경우에 맞지 않음을 알지만 장군께서는 다시 한번 숙고하시길 바랍니다."

강유는 표정이 굳어지더니 요화를 꾸짖었다.

"제갈승상께서 살아 생전에 편안함을 찾아 현실에 안주하셨다면 지금의 촉나라는 존재하지도 않았을 것이오. 촉은 한 황실 중흥의 기치를 내걸고 세워진 나라입니다. 내가 목숨을 걸고 지금까지 여덟 번이나 정벌길에 오른 것도 나라를 위한 것이지 나를 위한 것이 아니었어요. 정벌하지 않으면 정벌당합니다. 그래도 전쟁에 대한 명분이 없다고 생각하는 사람은 당장 이 자리를 떠나시오."

하후패가 말했다.

"이미 사마소는 기산에 진을 치고 건위와 무도를 넘보고 있는 상황입니다. 이렇게 되면 한중도 안전하지 못합니다. 이런 마당에 가만히 앉아서 나라를 보전하겠다고 하는 것은 어불성설입니다. 등애가 뛰어난 장수이기는 하지만 우리에겐 강유 장군이 있습니다. 조금도 두려울 것이 없으니 당장 작전을 세워 진군합시다."

하후패의 말이 끝나자 요화와 다른 장수들은 더 이상 아무 말도 없었다.

"이번에는 먼저 조양洮陽을 취하겠소. 지금부터 누구라도 명을 거역하거나 군의 사기를 떨어뜨리는 자가 있으면 엄벌에 처할 것이오."

서기 262년 10월, 강유는 요화에게 한중을 지키라고 지시하고 자신은 하후패와 함께 조양으로 향했다. 그는 하후패에게 전군을 맡기고 자신은 후군을 맡았다. 강유가 진군한 지 얼마 되지 않아 천구에 나와 있던 위의 정찰병들이 이 사실을 기산에 있는 등애에게 보고했다. 등애는 사마망과 이 일을 협의했다. 사마망이 등애에게 물었다.

"강유는 제갈무후의 전법을 전수받아 지모가 뛰어난 인물이니 겉으로는 조양으로 진격하는 듯이 보이면서 실은 기산으로 향하는 것이 아닐까요?"

"그렇지 않을 것입니다. 이번에는 틀림없이 조양으로 향하고 있습니다."

"왜 그렇게 생각하십니까?"

"강유는 그 동안 군량미가 많이 비축되어 있는 곳을 공격했습니다. 이것은 그들이 진군해오는 지역의 지세가 워낙 험난해 군량미 조달이 어렵기 때문입니다. 그런데 이번에 그가 군량미가 없는 조양을 취하려는 것은 우리가 그곳 방비에 소홀할 것이라 여기기 때문이지요."

사마망이 다시 물었다.

"그렇다고 조양을 취해서 그들이 무슨 이득을 보겠습니까?"

"강유가 자주 그래 왔듯이 조양에 기반을 두고 강족 기병을 끌어들이려는 속셈입니다. 그러니 우리는 지금 군을 두 부대로 나누어 조양을 방어해야만 합니다. 조양에서 25리 정도 떨어진 곳에 후하候河라고 하는 작은 성이 있습니다. 이곳은 조양의 목구멍과도 같은 곳이지요. 우리 군의 일부를 즉각 그곳으로 옮겨 매복시킨 다음 적을 쳐부순다면 반드시 승리를 거둘 것입니다. 후하성 방어는 사마장군께서 맡아주십시오."

등애는 군대를 두 부대로 나누어 신속하게 후하로 가라고 명을 내린 후 사마망을 따로 불러 작전을 일러주었다.

"성을 비우고 오직 매복으로 적을 섬멸하는 것이 좋을 듯합니다. 성을 비워두면 그들의 예측이 맞아떨어진 것처럼 보일 테니 말입니다."

한편 조양성으로 향한 하후패는 성이 가까워지자 척후병들을 보내 성의 분위기를 살피게 했다. 얼마후 성으로 갔던 척후병들이 돌아와 보고했다.

"성 위에는 꽂혀 있는 깃발이 하나도 없었고 네 개의 성문이 모두 열려 있었습니다."

그러나 하후패는 의심이 생겨 선뜻 성안으로 들어가지 않고 장수들을 돌아보며 말했다.

"무슨 계책이 숨어 있는 것이 아닐까?"

장수들이 이구동성으로 말했다.

"조양성은 본래 허술한 곳으로 알려져 있습니다. 거기다 장군께서 쳐들어온다는 말을 듣고 모두 성을 버리고 간 것일 테니 시간을 지체하지 말고 빨리 성안으로 들어가 성을 차지하십시오."

그래도 마음이 놓이지 않은 하후패는 직접 말을 달려 성 남쪽으로 가서 다시 살펴보니 많은 사람들이 성을 떠나고 있었다. 그는 그제야 의심을 풀고 군사들에게 성안으로 진격할 것을 명령했다. 하후패를 선봉으로 촉군들이 벌떼처럼 성을 향해 돌진했다. 그런데 성문 앞에 도착하자 갑자기 동서남북 네 개의 문이 모두 닫히고 적교가 올려졌다. 순간 사방에서 북소리와 피리소리가 귀를 어지럽히더니 성문 위에서 위군들이 일제히 몸을 드러내고 화살을 퍼붓기 시작했다.

하후패는 몹시 당황하며 급하게 후퇴를 명령했다. 그러나 성 위에서 소나기처럼 쏟아진 화살은 하후패와 그가 거느렸던 군사 500명을 그 자리에서 몰살시켜버렸다. 하후패가 죽자 촉의 전군이 무너지기 시작했다. 이어 성안에 있던 사마망이 촉군의 주검을 짓밟으며 군사들을 이끌고 성밖으로 떼지어 나왔다. 나머지 촉군들은 대항해 싸울 엄두도 못내고 모두 도망쳤다.

촉군이 많은 사상자를 내고 후퇴하고 있는데 강유가 이끄는 중군이 조양성을 향해 들어왔다. 이들이 사마망의 군사들과 마주치자 강유는 대대적인 공세를 가하며 사마망의 군사를 성안으로 몰아붙였다. 사마망은 다시 수세에 몰려 성안으로 들어가 성문을 걸어 잠가버렸다. 강유는 문이 잠긴 조양성을 올려다보며 생각했다.

'적이 이렇게 철통같이 수비하고 있을 줄 몰랐구나. 일단 성 아래 진을 치고 성을 포위하여 공격하는 수밖에 없다. 최대한 빨리 조양성을 손에 넣지 않으면 안 된다.'

강유가 군사들에게 진을 치라고 지시하려 하는데 장수 하나가 와서 알렸다.

"하후패 장군이 적의 화살을 맞고 전사하셨습니다."

순간 강유는 가슴이 철렁 내려앉는 것 같았다. 하후패는 본래 위나라 출신으로 누구보다 북쪽 지리와 사정에 밝아 강유의 북벌에 없어서는 안 될 참모였기 때문이다. 그런데다가 하후패는 사마씨 일족에 대한 복수심으로 늘 강유의 북벌을 지지해주었다. 강유는 하후패를 보낸 아쉬움과 슬픔에 잠겼다.

이날 밤 11시경, 군 정비를 마칠 때 쯤 갑자기 하늘 높이 불화살이 오르고 사방에서 뿔피리 소리가 귀를 어지럽히더니 위장 등애가 군사를 몰고 와서 촉의 진지를 공격했다. 예상치 못한 적의 기습에 놀란 강유는 신속하게 대응할 방법을 찾지 못해 순식간에 진영이 무너져내렸다. 거기다 성안에 있던 사마망이 다시 문을 열고 나와 등애군과 합류하여 협공하기 시작했다. 조양성 방어를 위해 등애가 동원한 군을 보니 안서장군의 신분으로 거느릴 수 있는 거의 모든 군을 동원한 것 같았다. 큰 부담을 느낀 강유는 전군에게 퇴각 명령을 내리고 밤새 후퇴에 후퇴를 거듭했다.

다음날, 거의 30리나 후퇴한 강유는 다시 진지를 구축하고 병력을 점검했다. 한중을 떠날 때 거느렸던 군사의 3분의 1을 잃은 상태였다. 이 사실은 남은 군사들의 사기를 바닥에 떨어뜨렸다. 군사들 사이에 동요가 이는 것을 본 강유가 장수들을 불러 엄정하게 말했다.

"싸움에 이기고 지는 것은 병가지상사요. 지금 우리는 많은 군사적 손실을 입었지만 싸움은 끝난 것이 아니라 지금부터입니다. 여러분들은 조금도 동요하지 말고 승전만을 생각하시오. 만일 물러서는 자가 있다면 참형에 처할 것이오."

강유가 말을 마치자 장익이 나서서 말했다.

"보아하니 지금 등애는 자기가 동원할 수 있는 모든 군사들을 이곳 조양에 끌고 온 것 같습니다. 그러니 기산은 비어 있을 것이 틀림없습니다. 장군께서는 등애를 상대해 조양과 후하를 공략하십시오. 그 동안 저는 군사를 이끌고 가 기산을 손에 넣겠습니다. 기산을 취하면 곧바로 장안으로 달려가는 것입니다."

강유는 장익의 말이 일리가 있어 자신은 후하성으로 나가 등애와 맞부딪쳐 싸우기로 하고 장익은 기산으로 보냈다. 다음날 강유는 후하성으로 가서 등애에게 싸움을 걸었다. 등애도 군사들을 거느리고 나왔다. 위와 촉의 군사들이 둥그렇게 진을 치자 강유와 등애는 말을 달려 앞으로 나와 서로 칼을 겨누었다. 이들은 서로 어우러져 수십 차례를 싸웠지만 승부가 나지 않았다. 두 장군이 조금도 지치는 기색이 없자 싸움을 중단하고 각자 군사를 거느리고 진지로 돌아갔다.

다음날, 강유는 다시 등애의 진지로 가서 싸우려 했다. 그러나 등애는 진지 안에서 움직이지 않았다. 강유는 군사들에게 욕을 퍼부으라고 명령했다. 진지 밖의 소란을 들으며 등애는 뭔가 번개처럼 머리에 떠오르는 것이 있었다. 기산이었다.

'지금 기산은 사찬이 지키고 있기는 하지만 군사 수가 많지 않아 만약 강유의 또 다른 군이 그곳을 공격한다면 상당히 위태로워질 것이다. 이러고 있을 때가 아니라 내가 직접 가야겠다.'

등애는 아들 등충을 불러 당부했다.

"너는 정신을 똑바로 차리고 이 성을 지킬 것이며 적들이 계속 싸움을 부추겨도 함부로 나가 싸워서는 안 된다. 적이 기산으로 가고 있을지도 모르니 나는 오늘 밤 그곳으로 가겠다."

등애가 일련의 군사를 이끌고 진지를 빠져나간 사실이 강유에게 전해졌다. 강유는 등애가 기산으로 갔음을 확신하고 즉시 부첨을 불러 지시했다.

"나는 지금 군사를 이끌고 기산으로 가겠소. 장군은 여기 남아 성을 지키되 함부로 나가 싸우는 일이 없도록 하시오."

강유는 다시 한번 이곳 진지를 둘러보고 군사들을 거느리고 기산으로 향했다. 이때 기산에서는 촉의 장익과 위의 사찬이 접전을 벌이고 있었다. 그런데 군사 수가 적은 사찬이 장익에게 계속 밀려 기산은 장익에게 거의 함락되기 직전이었다. 이때 등애가 군사를 이끌고와 대대적인 공세를 가하자 장익은 곧 불리해지기 시작했다. 그는 함락 직전의 기산을 포기한 채 위군에게 포위되어 빠져나갈 구멍을 찾고 있었다. 사태가 급박하게 돌아가고 있는데 멀리서 해일이 밀려오듯 함성이 일더니 한 떼의 군마가 사방에서 달려오는 모습이 보였다. 이들이 위군들을 시살해 들어오자 위군들은 뿔뿔이 흩어져 달아났다. 장익이 어떻게 된 일인가 하고 앞으로 나아가려는 순간 병사 하나가 쫓아와 말했다.

"대장군께서 도착하셨습니다!"

순간 힘을 얻은 장익은 다시 군사를 몰아 양쪽에서 접응했다. 앞뒤에서 협공을 받은 등애는 군사의 반 이상을 잃고 급하게 기산으로 올라가 내려오지 않았다. 강유는 군사들에게 기산을 완전히 포위하도록 했다.

한편 성도의 유선이 기산으로 출정한 강유의 소식에 신경을 곤두세우고 안절부절못하자 환관 황호는 황제를 위로한다는 구실로 연일 성대한 연회를 열었다. 유선은 황호가 준비한 연회를 멀리하려고 했지만 미녀들의 웃음소리와 악사들의 음악에 차츰 빠져들었다. 연일 이어진 연회와 황호의 아부에 판단력이 흐려진 유선은 어느 때부터인가 국정을 돌보는 일과 전황에 대한 관심을 놓아버렸다.

그러던 중 유선이 관료들의 불만을 사는 일이 일어났다. 조정의 대신 가운데 유염劉琰의 처 호胡씨는 절세미인으로 알려져 있었다. 하루는 호부인이 다른 대신의 부인과 함께 궁에 들어가 황후를 만날 일이 있었는데 황후는 호부인에게 큰 호감을 가지게 되었다. 황후는 그 뒤로도 자주 호부인을 불러 말벗을 삼더니, 어느 때는 열흘씩이나 곁에 잡아두고 집으로 돌려보내지 않았다. 궐 안으로 들어간 부인이 열흘 이상 돌아오지 않자 유염은 자기의 처가 황제와 사통한 것으로 의심하고 집으로 돌아온 부인을 다그쳤다. 부인이 사실을 이야기해도 유염은 곧이 들으려 하지 않고 시종들을 시켜 호씨를 결박짓게 한 다음, 집안의 노비들이 보는 앞에서 수십 번이나 뺨을 때려 기절시켰다.

이 일이 성도 사람들에게 퍼져나가 유선의 귀에까지 들어가자, 유선은 유염을 잡아오게 해서 죄없는 아내를 결박지어 때린 죄를 물었다. 유염은 평소 황제의 눈과 귀를 흐리는 황호의 작태를 두고 볼 수 없다며 벼르던 사람이었다. 황호는 내심 크게 기뻐하며 이 일을 빌미로 유염을 완전히 제거해버리기로 마음먹었다. 그는 자신의 권력을 미끼로 취조관들을 자기 편으로 회유해서 유염을 참형에 처해야 한다고 의견을 모으도록 했다. 유선은 취조관들의 말을 듣고 유염을 참형에 처하고 이후부터 부녀자들은 일체 황궁 출입을 금한다는 명을 내렸다. 이 일은 관료들 사이에 와전되어 황제가 대신의 부인을 황음한 것으로 알려져 유선에 대한 관원들의 신뢰가 땅에 떨어지게 됐다.

당시 아무런 공도 능력도 없이 황호의 입김으로 우장군이라는 높은 작위를 받은 염우閻宇라는 인물이 있었다. 그는 강유가 기산에서 등애를 공격하고 있으며 촉군이 승세를 타고 있다는 소문을 듣고 황호를 찾아가 부탁했다.

"우리 군이 기산을 점령할 날이 머지않았다고 합니다. 공께서 천자께 잘 말씀드려 강유를 철군하게 하고 제가 공을 세울 수 있도록 선

처해주시면 그 은혜를 잊지 않겠습니다."

황호는 강유가 군공을 세우는 것보다 자신이 마음대로 조정할 수 있는 염우가 공을 세우는 것이 훨씬 낫다고 판단하고 즉시 유선을 찾아가 말했다.

"폐하, 강유는 지금까지 여덟 번이나 위 정벌을 명목으로 군사를 일으켰으나 이제까지 아무런 공도 세우지 못하고 있으니 우장군 염우를 보내 공을 세울 기회를 주시는 것이 좋을 듯합니다."

이때 유선은 강유를 불신하고 있는 상황이었으므로 황호의 말이 보다 쉽게 먹혀들어갔다. 기산에서 등애를 공격하고 있던 강유는 황제로부터 염우에게 군권을 넘기고 입궐하라는 명을 받고 어떻게 해야 할지 고민했다. 지난번 싸움에서도 큰 아쉬움을 안고 철군했는데 또다시 승전을 앞두고 돌아서야 할 일을 생각하니 기가 막혔다. 그러나 황제의 조서를 받은 마당에 이를 거역할 수는 없었으므로 어쩔 수 없이 장익과 함께 기산의 군사를 물린 다음 염우에게 군권을 인계했다. 한중에 도착한 강유는 바로 성도로 가서 철군 명령이 내려진 내막을 캐보았다. 강유는 이 일이 황호의 농간이었음을 알아내고 당장 그를 죽이겠다고 나섰다. 그러자 비서랑 극정郤正이 이를 말렸다.

"대장군께서는 제갈승상의 중임을 이어받으신 분인데 어떻게 함부로 움직이려고 하십니까? 자칫 잘못해서 천자께서 장군을 오해라도 하시게 되면 불미스러운 일이 생길 수도 있으니 몸을 아끼셔야지요. 만일 장군께서 무슨 일을 당하시면 촉이 위태로워집니다."

강유는 극정의 말에 화를 누그러뜨렸다. 그날 이후로 강유는 가끔씩 극정을 만나 나라를 걱정하는 말들을 주고받았다. 그러던 어느 날, 극정이 위를 정벌할 수 있는 한 가지 방법을 강유에게 귀띔했다.

"농서 지방 가운데 답중沓中은 땅이 아주 비옥한 곳입니다. 장군께서는 왜 지난날 제갈승상께서 융중에서 밭갈며 지내시던 일을 상기하지 않으십니까? 거듭 출사표를 올려 거병을 하시는 것보다 천자께 말씀드려 답중으로 가서 위를 칠 준비를 하도록 하십시오. 그렇게 하면 장군께서 얻을 수 있는 이점들이 몇 가지나 됩니다. 첫째, 밀농사로 군량미를 쌓을 수 있을 것이고 둘째, 농우의 여러 고을들을 손에 넣을 수 있을 것이며 셋째, 위가 함부로 한중을 넘보지 못할 것이고 넷째, 장군께서 외지에서 병권을 쥐고 계시면 간악한 무리들이 장군을 상대로 일을 도모하지 않을 것이니 몸을 안전하게 보전할 수 있습니다. 한번 생각해보십시오."

강유는 그 자리에서 답중으로 가겠다고 결정하고 계책을 일러준 극정에게 감사를 표시했다. 다음날 강유는 황제 유선에게 답중으로 가서 농사를 지으며 제갈무후의 가르침을 돌이켜 생각해보겠다는 표를 올렸다. 이 당시 유선은 쉬지 않고 계속되는 강유의 북벌책을 몹시 부담스러워하고 있었으므로 오히려 잘됐다고 여기며 그의 청을 허락했다. 강유는 곧바로 한중으로 달려가 휘하 장수들을 불러 말했다.

"나는 작고하신 제갈승상의 유지를 받들어 여러 차례 북벌에 나섰지만 아직 이렇다 할 공을 세우지 못했소. 그것은 한중에서 북으로 연결되는 땅이 워낙 험난하고 멀어 항상 군량미 부족을 불러왔기 때문이오. 그래서 생각한 끝에 나는 이번에 군사 5만을 데리고 답중으로 가서 땅을 일구고 밀농사를 지어 군량을 해결하고 서서히 중원을 취할 방법을 찾기로 했소. 이제 그대들은 손에서 무기를 놓고 그간에 쌓인 피로를 풀며 한중을 지키도록 하시오. 만일 위군이 한중을 넘본다 해도 그들은 천릿길을 걸어오는데다 군량미를 운반하기 위해 험한 산과 깊은 계곡을 넘어와야 하기 때문에 지쳐 있을 게 뻔하오. 그들이 힘을 잃고 물러갈 때 그들의 허점을 공격한다면 승리는 우리 것이 될 것이오."

이어 강유는 장수들에게 명령했다.

"호제 장군은 한수성을 지키고, 왕함 장군은 악성을, 장빈 장군은 한성을, 그리고 장서와 부첨 장군은 관애를 잘 지켜주시오."

모든 준비를 끝낸 강유는 5만 군사를 거느리고 답중으로 향했다. 한편 등애는 강유의 움직임을 주시하고 있다가 그가 답중으로 가서 둔전을 경작하고 있다는 사실을 알아내고 주변 상황을 면밀히 조사했다. 답중으로 간 등애의 첩자들이 돌아와서 보고했다.

"강유는 비록 둔전을 하고 있기는 하지만 연도의 40여 곳에 진을 치고 주변 고을을 하나씩 수중에 넣고 있습니다."

등애의 얼굴이 일그러졌다. 그는 곧 첩자들이 조사해온 그곳의 지형에 대한 정보를 바탕으로 그림을 그린 후 자세한 설명과 함께 사마소에게 표문을 올렸다. 사마소는 등애의 표문을 받아보고는 화를 참지 못하고 소리쳤다.

"강유는 제갈량의 뒤를 이어 수차례 중원을 도모하려 하고 있는데 아직까지 이 작자를 제거하지 못하고 있으니 참으로 답답한 노릇이다. 강유가 살아 있는 한 우리 위국이 피곤함을 면치 못할 것이다."

가충이 옆에 있다가 말했다.

"강유는 제갈량의 신출귀몰한 전법을 물려받은 자로 쉽게 없앨 수 있는 인물이 아닙니다. 차라리 잠입에 능한 자를 골라 자객으로 보낸다면 군사를 움직이지 않고도 그를 처치할 수 있을 것입니다."

가충의 말이 끝나자 종사중랑從事中郎 순욱荀勖이 말했다.

"그건 적당치 않은 방법입니다. 지금 강유가 답돈에서 몸을 낮추고 둔작을 하고 있는 것은 어지러운 촉 조정으로부터 화를 면하기 위해서입니다. 촉의 중앙부는 이미 썩어들어가고 있다는 말씀이지요. 그러니 강유가 막고 있는 변방을 무너뜨리기만 하면 촉 전체를 손에 넣는 것은 시간문제입니다. 이제 우리는 군사를 일으켜 강유를 격파하고 촉을 완전히 제압하는 것을 목표로 삼아야 합니다."

사마소는 흡족하게 웃으며 말했다.

"바로 그것이다. 촉을 무너뜨리기 위해 일차적으로 강유가 이끄는 군을 대파시켜야 한다. 누구를 장수로 보내는 것이 좋겠는가?"

순욱이 말했다.

"등애는 이미 실력을 인정받은 일대의 영웅입니다. 그와 더불어 종회를 부장으로 삼아 촉 정벌을 도모하신다면 반드시 성공할 것입니다."

"내 생각도 그렇다."

사마소는 대신들을 물리고 남쪽 정벌에 대한 생각을 정리한 뒤 종회를 불러 물었다.

"나는 공을 대장에 봉해 동오를 정벌코자 하는데 공의 생각은 어떻습니까?"

"주공께서는 동오가 아니라 촉을 정벌하려는 것 아닙니까?"

사마소가 고개를 끄덕이며 웃었다.

"자성子誠(종회의 자)은 내 마음을 다 읽고 있나 봅니다. 그래 경이 촉을 정벌코자 한다면 어떤 전략으로 나가려 합니까?"

"주공께서 촉 정벌을 도모하실 날이 머지않았다고 여기고 이때를 대비해서 제 나름대로 준비를 해보았습니다. 이 도본을 한번 살펴보시지요."

종회는 미리 가지고 온 그림을 탁자 위에 펼쳐 보였다. 거기에는 촉으로 향하는 길의 특성을 고려해서 진지를 세울 곳과 군량미를 비축할 곳, 그리고 진격하고 퇴군할 길까지 상세하게 표시되어 있었다. 이것을 본 사마소는 내심 놀라움을 금할 수 없었다.

"자성은 참으로 뛰어난 장군이오. 경이 등애와 힘을 합쳐 촉을 섬멸하는 것이 어떻겠습니까?"

"서천으로 가는 길은 험하고도 넓어 한 길로 나가서는 안 됩니다. 등애와 군사를 나누어 진군하는 것이 유리합니다."

사마소는 종회의 말에 따르기로 하고 이때부터 촉 정벌을 공식적으로 천명하기 위해 조서를 만들어 위 황제 조환에게 올렸다. 조환은 사마소의 꼭두각시나 다름없었으므로 아무런 이견 없이 사마소가 준 조서를 내려 촉을 공식적으로 토벌하도록 했다. 이로써 사마소는 천하통일을 위한 첫 발걸음을 내딛게 되었다.

사마소는 종회를 진서장군에 임명하고 관중의 군마를 총괄하게 했다. 그리고 청주 · 서주 · 연주 · 예주 · 형주 · 양주 등의 군사들을 소집하도록 했다. 또한 등애에게는 사절을 보내 그를 정서장군에 임명하고 농상의 군사와 병마를 감독하며 촉을 칠 날에 대비하라는 영을 내렸다. 며칠 후 사마소는 촉을 정벌하는 일을 논의하기 위해 조정에 문무백관들을 불러들였다.

"내가 동쪽을 정벌한 이후 6년 동안 끊임없이 군사들을 훈련시키고 군비를 해온 것은 동오와 촉을 정벌하여 선조들께서 미처 이루지 못한 천하통일의 위업을 달성하기 위함이오. 이제 우리는 삼국 중 어느 나라도 흉내내지 못할 부와 군사력을 가졌으니 남은 것은 나머지

두 나라를 토멸해 통일을 이룩하는 일입니다. 이를 위해 먼저 서촉을 정벌하고, 그 뒤에 여세를 몰아 수륙 양면으로 동오를 친다면 천하는 반드시 우리 수중에 들어올 것이오. 나는 이미 등애 장군에게 관중을 제외한 농상의 군마를 감독하며 답중에 있는 강유를 꼼짝 못하도록 조치했고 종회에게 관중을 맡겨 그곳의 정예 군사 10만을 거느리고 곧바로 낙곡으로 달려가 세 길로 한중을 공격하도록 명령을 내린 상태입니다. 현재 촉은 황호라는 자가 주군인 유선의 눈을 가리고 춤을 추고 있으니 강유만 없애면 나머지는 손가락 하나 까닥하는 것만으로도 무너뜨릴 수 있을 것이오."

조정에 모인 문무백관들은 사마소의 주도면밀한 계책에 놀라 입을 다물지 못했다. 사마소의 계획대로 마침내 진서장군 종회가 군사를 일으켜 촉 정벌길에 나섰다. 그는 출정을 기밀에 부치기 위해 겉으로는 동오를 정벌하는 것으로 하여 청주 · 연주 · 예주 · 형주 · 양주 등에 명을 내려 배를 건조하게 하고, 동오에서 투항한 장수인 당자를 등주登州와 내주萊州 등의 강안으로 보내 배를 모으라고 했다. 사마소는 촉을 정벌하려는 종회가 선박을 만들고 무기를 모으는 일에 힘을 쏟자 이상하게 여기고 종회를 불러들여 물었다.

"경은 지금 촉을 치러 나가는데 배는 왜 만드는 것이오?"

"만일 우리가 촉을 정벌하기 위해 출군했다는 소식이 전해지면 촉은 동오에 원병을 요청할 것입니다. 그러니 겉으로는 동오를 겨냥하고 있는 것처럼 해서 동오가 함부로 움직이지 못하도록 하자는 계책이지요. 서촉 다음은 동오이니 미리 배를 만들어 준비해놓는 것도 괜찮지 않겠습니까?"

사마소는 종회의 기민함에 몹시 기뻐했다. 서기 263년 가을, 드디어 사마소의 명령에 따라 위나라의 10만 대군은 종회를 선봉으로 촉 정벌에 나섰다. 사마소는 직접 성밖으로 나가 종회가 이끄는 대군의 출정을 지켜보았다. 이때 서조연西曹椽 소제邵悌가 사마소에게 나직하게 말했다.

"주공께서는 종회의 재주를 높이 평가하셔서 10만 대군을 거느리고 서촉을 정벌할 기회를 주셨는데, 저의 짧은 소견인지는 모르나, 잘못하면 그것이 나중에 불미스러운 일을 부를지도 모른다는 생각이 듭니다. 종회는 뜻이 높고 큰 인물입니다. 저 사람 하나에게 대군을 맡기는 것은 위험한 일일 수도 있습니다."

사마소는 빙긋이 웃으며 대답했다.

"내가 그것을 생각지 않았겠는가?"

사마소가 다시 말을 이었다.

"조정 대신들은 하나같이 촉을 정벌할 수 없다고 말해왔는데 그것은 자신감을 갖지 못해 그런 것이다. 그러나 종회는 촉을 정벌할 자신감에 차 있을 뿐 아니라 의욕도 대단하다. 그가 혼자서 그처럼 철저하게 촉을 칠 계획을 했다는 것은 그만큼 자신이 있었기 때문이다. 그러니 종회는 분명히 촉을 쳐부술 수 있다. 촉이 무너지면 일은 다 끝난 것이다. '전쟁에서 패한 장군은 더 이상 용맹을 묻지 않고, 나라를 잃은 대부는 살 궁리를 찾지 않는다' 고 했다. 그러니 종회가 설혹 딴마음을 품고 선동한다 한들 촉나라 사람들이 그를 따르겠느냐? 또한 촉을 물리치고 승리감에 차 있는 군사들은 금의환향을 꿈꿀 것인데 걱정할 것이 무엇이 있겠느냐? 오늘 너와 주고받은 말은 우리 두 사람만이 아는 일이니 절대로 입밖에 내어서는 안 된다."

하지만 소제가 말을 퍼뜨리지 않아도 종회의 운명을 알고 있는 사람이 적어도 한 사람은 더 있었다. 종회가 사마소를 비롯한 무수한 문무대신들과 구름처럼 운집한 백성들의 환호를 받으며 낙양성을 나설 때, 그 뒤를 따르던 참군 유실劉實이 자꾸만 입꼬리를 비틀며 실쭉이 웃었다. 그러자 곁에서 함께 말을 타고 가던 태위 왕상王祥이 그의 손을 잡고 물었다.

"종회와 등애가 힘을 합쳤으니 이번에는 촉을 평정할 수 있지 않겠소?"

"촉을 이기는 것은 분명합니다. 하지만 돌아오지 못할까 그게 걱정입니다."

왕상이 그 말을 궁금히 여겨 까닭을 물었으나 유실은 웃기만 할 뿐 더는 대답하지 않았다.

한편 국경을 향해 진군하던 종회는 임시 진영을 구축하고 휘하 장수들을 불러모았다. 이에 모인 장수들은 감군 위관衛瓘 · 호군 호열胡烈 · 대장 전속田續 · 방회龐會 · 전장田章 · 원청爰淸 · 구건丘建 · 하후담夏侯咸 · 왕매王買 · 황보개皇甫闓 · 구안句安 등 80여 명에 달했다. 종회가 말했다.

"지금부터 우리가 진군해가야 할 길은 몹시 험악하다. 높은 산이 가로막고 있는 경우도 많고 수없이 많은 계곡을 건너기도 해야 한다. 그러려면 누군가 선봉에서 길을 만들고 다리를 놓아야 하는데 이 일을 맡아서 할 사람은 없는가?"

종회의 말이 떨어지기가 무섭게 한 장수가 나섰다.

"저에게 맡겨주십시오."

그는 바로 호랑이 같은 장수로 이름을 날렸던 허저의 아들 허의許儀였다. 다른 장수들은 허의라면 충분히 그 일을 해낼 수 있을 것이라며 고개를 끄덕였다. 종회도 만족한 웃음을 띠며 허의를 앞으로 불러 말했다.

"장군의 용맹은 천하가 알아주는 것으로 선친에 못지않다고 들었소. 또한 모든 장수들이 그대를 믿으니 그대에게 선봉장 인을 주겠소. 기마병 5천과 보병 1천을 줄 테니 곧바로 나가 한중을 취하시오. 군사를 세 갈래로 나누어 중군은 장군이 직접 거느려 야곡으로 향하고 우군은 자오곡으로, 좌군은 낙곡으로 진군토록 하시오. 그곳으로 가는 길은 산이 험악하므로 길을 만들고 부서져 있는 잔도를 수리하면서 행군해야 할 것이오. 만일 진군에 차질이 생겨 군 전체에 누를 끼칠 때는 군법으로 다스릴 것이니 최선을 다해 진군하기 바라오."

허의는 종회의 명을 받고 군사를 거느리고 나갔다. 한편 농서에 있던 등애는 서촉을 치라는 조서를 받고 밤을 새워 전략을 짜느라 바빴다. 그는 먼저 옹주 자사 제갈서諸葛緖 · 천수 태수 왕기王頎 · 농서 태수 견홍牽弘 · 금성金城 태수 양흔陽欣에게 전령을 보내 각기 본부의 군사를 거느리고 나와 적을 물리치기 위한 영을 받으라고 했다. 모든 군이 도착하자 등애는 대장들을 한 사람씩 불러 영을 내렸다.

"먼저 옹주 자사 제갈공은 1만 5천의 군사를 거느리고 강유의 퇴로를 끊도록 하시오. 천수 태수 왕공은 역시 군사 1만 5천을 이끌고 왼쪽에서 답중을 공격하고, 농서 태수 견공은 답중의 오른쪽을 공격하시오. 그리고 금성 태수 양공은 감송甘松으로 나가 강유의 배후를 치시오."

대장들이 군사를 거느리고 물러나자 등애 자신은 3만 군사를 이끌고 접응하러 나아갔다. 한편 위군이 촉을 정벌하기 위해 대대적으로 군사를 일으키고 진군을 시작했다는 소식이 답중의 강유에게 전해졌다. 강유는 올 것이 왔다고 여기며 황급히 촉 황제 유선에게 표문을 올렸다.

> 천자께서는 한시 바삐 조문을 내리시어 좌거기장군 장익에게 군사를 이끌고 가 양평관을 지키도록 명령하시고, 우거기장군 요화에게는 음평의 다리를 만들도록 하십시오. 이곳은 절대로 빼앗겨서는 안 될 군사적 요새지이므로 이곳을 함락당하면 한중을 보전하기 어려워집니다. 또한 동오로 사신을 보내시어 구원병을 요청하십시오. 신은 답중에서 군사를 일으켜 적을 막겠습니다.

이 무렵 유선은 시국이 바람 앞의 등불처럼 위태롭다는 것을 깨닫지 못한 채 황호의 말만 믿고 태평한 나날을 보내고 있었다. 그러던 어느 날 그는 강유로부터 위국이 남벌에 나섰으며 국가가 위험에 처해 있다는 표문을 받고 몹시 놀라 황호를 불러 물었다.

"지금 위국의 사마소가 천하의 명장들에게 군사를 주어 우리 촉을 향해 양쪽에서 쳐들어온다고 하니 이 일을 어떻게 하는 것이 좋겠는가?"

황호가 말했다.

"강유의 표문을 전적으로 믿으실 필요는 없습니다. 그는 지금 답중에서 와신상담하는 마음으로 공을 세워 성도로 돌아올 날만 기다리고 있을 것입니다. 그러니 위국이 쳐들어온다는 말은 상당히 과장되었을 가능성이 많습니다. 지난날에도 그는 항상 위국의 침범을 들먹이며 군사를 일으켰으나 결과는 미미했습니다. 폐하께서는 너무 염려 마시고 마음을 편히 가지십시오. 사태의 추이를 지켜보시는 걸로 충분합니다."

유선이 황호의 말을 듣고 나니 일리가 있는 것 같아 강유의 표문은 뒤로하고 평상시와 다름없이 현실에 안주하며 지냈다. 그후로도 강유는 여러 차례 표문을 올렸으나 황호가 중간에 가로채는 바람에 유선은 위기가 밀물처럼 몰려오고 있다는 것을 꿈에도 알지 못했다.

그 동안 종회는 대군을 거느리고 이미 한중 가까이까지 진군해 들어갔다. 전군을 거느리고 험난한 지세를 극복하며 앞장서 왔던 허의는 남보다 먼저 공을 세우고 싶은 욕심에 군사를 재촉하여 남정관南鄭關 앞에 당도했다. 그런 다음 여러 부장들을 불러모아 말했다.

"한중이 눈앞에 있다. 우리는 이 관문만 지나면 한중을 손에 넣을 수 있다. 이 관을 지키는 군사와 병마는 보잘것없으니 우리는 마지막 힘을 다해 남정관을 취하자!"

허의가 자신감에 차서 군사들을 독촉하고 있을 때 그곳을 지키고 있던 촉장 노손盧遜은 위의 군사들이 쳐들어올 것이라는 것을 미리 알고 관 앞 다리 밑에 군사들을 매복시키기 시작했다. 그는 다리 양쪽에 복병을 숨긴 다음 한 번에 열 발의 화살을 쏠 수 있는 십시연노十矢連弩를 나누어주고 위군이 쳐들어오기를 기다렸다. 촉의 군사들이 준비를 막 끝내는데 허의가 군사를 몰고 관을 향해 돌진해 들어왔다. 아무런 대비가 없어 보였던 관 앞에서 화살이 비오듯 쏟아지자 허의는 놀라 당황하여 퇴군을 명령했다. 그러나 이미 수십 명의 위군들이 화살을 맞고 쓰러져 죽었다. 금방이라도 관문을 통과할 것 같았던 허의는 어이없게 촉군에게 완패하여 종회에게로 돌아갔다. 크게 화가 난 종회가 기병 100여 명을 거느리고 관문 앞으로 달려와보니 화살이 소낙비처럼 쏟아졌다.

'적은 군사로 저 같은 효과를 낼 수 있는 것은 제갈공명의 전법이다. 미처 대비하지 못했으니 후퇴하는 수밖에 없다.'

종회가 이런 생각을 하며 군사를 물리려고 하는데 관 위의 노손이 군사 수백 명을 이끌고 몰려나왔다. 급해진 종회가 세차게 말을 몰며 다리를 통과하려고 하는데 갑자기 다리 위의 흙이 무너져내리면서 말발굽이 가로놓인 나무 사이에 끼여 꼼짝할 수 없게 되었다. 종회는 하는 수 없이 말에서 뛰어내려 내달렸다. 이때 뒤를 쫓던 노손이 종회를 향해 창을 겨누는데 이것을 목격한 위장 순개荀愷가 재빠르게 활을 당겼다. 화살을 맞은 노손은 창을 놓치며 말에서 굴러떨어졌다. 간신히 목숨을 건진 종회는 말을 새로 타고 나와 위군을 격려하며 공격을 명령했다. 관문 위에서 활을 쏘던 촉군들은 노손과 함께 나갔던 자기 편 군사들이 다칠까봐 함부로 활을 쏘지 못하고 머뭇거렸다. 종회는 순간을 놓치지 않고 군사를 이끌고 관문을 향해 쳐들어가 관을 빼앗았다. 관문 안으로 들어가 촉군을 제압한 종회는 순개를 불러 즉시 호군에 임명했다. 이어 허의를 장하로 불러 문책했다.

"그대는 공을 세우려는 욕심이 앞서 자기의 할 일을 잊고 관문을 공격하는 바람에 예상치 못한 위험을 초래했으며 군사적 손실을 입혔다. 또한 내가 다리 위를 지날 때 말발굽이 나무 틈에 빠져 큰일을 당할 뻔했다. 다행히 순개가 나를 구해주기는 했으나 그대는 군령을 어겼으니 마땅히 군법으로 처리하겠다. 장수가 자기 자리를 이탈하는 것이 얼마나 위험한 것인가를 모르는 것은 죽음으로 다스려 마땅하다. 여봐라! 당장 허의를 끌고가 참형에 처하라."

종회의 명이 떨어지자 주변에 있던 장수들이 만류하고 나섰다.

"그의 용맹이 남과 다르고 부친 허저는 조정에 공을 많이 세웠으니 도독께서는 특별히 선처해주십시오."

종회는 그 같은 말을 들은 척도 하지 않고 소리쳤다.

"허술한 군법으로 어떻게 이 많은 군사를 다스릴 수 있단 말이냐? 당장 끌고 나가라!"

종회의 서슬 퍼런 명령에 여러 장수들은 더 이상 할말을 잃었다. 종회는 남문관을 취한 승세를 타고 촉 정벌의 거점들을 하나하나 접수해나갔다. 이때 악성을 지키고 있던 왕함과 한성을 지키고 있던 장빈은 위군의 군세에 눌려 감히 나와 싸울 생각을 못하고 성문을 걸어 잠근 채 시간을 끌고 있었다. 종회는 군사들의 사기가 높아져 있을 때 하나라도 더 성과를 내기 위해 군사들을 독촉했다.

"지금부터 이보 장군은 악성을 포위하고, 순개 장군은 한성을 포위하시오. 나는 군사를 이끌고 양평관으로 갈 것이오."

종회는 바로 양평관으로 군사를 돌렸다. 그곳을 지키고 있던 촉장 부첨은 종회가 군사를 몰고 양평관으로 쳐들어오고 있다는 말을 듣고 부장 장서를 불러 적을 막을 계책을 협의하려 했다. 그러나 장서의 생각은 부첨의 기대를 빗나갔다.

"종회는 우리가 당해낼 수 없는 대군을 이끌고 우리를 공략하러 오고 있습니다. 그들에게 대항하는 것은 계란으로 바위를 부수려는 것과 같으니 그저 관을 굳게 지키는 것 말고 다른 방법이 없을 듯합니다."

부첨이 끓어오르는 화를 참으며 말했다.

"그렇지 않습니다. 위군은 수가 많기는 하지만 멀리서 왔기 때문에 지쳐 있을 것입니다. 그러니 겁먹을 것 없어요. 나가 싸우지 않고 관문을 닫고 지키려고만 한다면 한성과 악성은 바로 무너질 것이오."

장서는 아무 반응 없이 앉아만 있었다. 이때 갑자기 위군이 관문 가까이까지 왔다는 급박한 보고가 전해졌다. 부첨 · 장서는 바로 관문 위로 뛰어올라갔다. 그러자 관문 앞에 말을 타고 기다리고 있던 종회가 채찍을 들고 소리쳤다.

"나의 10만 대군이 두려우면 한시라도 빨리 내려와 내게 항복하라. 너희들이 투항하면 벼슬을 올려줄 것이지만 반항한다면 당장 관문을 쳐부수고 모조리 죽여버릴 것이다."

부첨은 어림도 없다며 장서에게 관문을 맡기고 자신은 직접 군사 수천 명을 이끌고 관문 밖으로 말을 몰아나갔다. 부첨의 대항이 의외로 강하자 종회는 순간 뒤로 말을 물렸다. 부첨이 시간이 없다는 듯 총공세를 가하자 종회는 군사들에게 다시 공격을 명령했다. 대군의 공격을 도저히 당할 수 없었던 부첨은 위급함을 느끼고 관문으로 말을 달렸다. 그러나 관문 위에는 이미 위군의 깃발이 꽂혀 펄럭였고 장서가 서서 부첨을 내려다보고 있었다. 부첨은 터져나오는 분을 참지 못하고 소리쳤다.

"의리를 팔아먹은 이 역적놈아! 너는 무슨 낯으로 천자를 뵈려 하느냐!"

부첨은 장서의 투항에 울분을 터뜨리며 좌충우돌 적을 향해 칼을 휘둘렀다. 하지만 압박해 들어오는 위군의 포위망을 뚫지 못하고 마지막까지 항거하다 적병이 휘두른 칼과 창에 온몸이 찔려 피투성이가 됐다. 말에서 떨어진 그는 지쳐 있는 자신의 말을 쓰다듬으며 스스로 칼을 들어 자결했다. 양평관을 차지한 종회는 그곳에 군량미와 무기가 산처럼 쌓여 있는 것을 보고 몹시 기뻐하며 3군에게 후한 상을 내렸다.

한편 천수 태수 왕기와 농서 태수 견홍도 위군을 이끌고 좌우에서 답중을 압박해 들어갔다. 그 동안 강유는 몇 번이나 성도로 표문을 보냈으나 조정으로부터 어떤 답도 들을 수가 없었다. 그는 촉이 파멸의 길로 들어서고 있음을 직감했으나 자신이 평생을 두고 희망을 걸었던 일을 포기할 수는 없었다. 그는 끊임없이 성도로 표문을 올려 구원병을 요청했다. 그는 자신이 동원할 수 있는 최대한의 군사를 끌어모아 위와 대전을 치르리라 다짐했다. 그러는 가운데 이윽고 위군이 답중으로 들이닥쳤다는 보고가 들어왔다. 강유는 직접 군사를 거느리고 위군과 싸우기 위해 나갔다. 위군을 이끌고 나타난 장수는 왕기였다. 이들은 곧 맞붙어 싸웠으나 왕기는 강유의 적수가 되지 못했다. 그러나 얼마 안 가 또 한 떼의 군마가 구름처럼 몰려왔다. 등애가 군사를 이끌고 의기양양하게 쳐들어오고 있었다. 강유는 이미 등애의 실력을 알고 있었으므로 긴장을 늦추지 않고 위군을 상대했다. 몇 시간째 팽팽히 맞서며 전투가 계속되는데 갑자기 강유의 후군이 달려와 보고했다.

"감송 진지에 위군이 들이닥쳐 성을 모두 불질렀다 합니다."

놀란 강유는 즉시 부장들을 불러 자기가 있는 것처럼 대장기를 앞세워 싸우게 하고 자신은 후군으로 가 직접 군사를 이끌고 감송으로 향했다. 감송을 쑥대밭으로 만든 이는 금성 태수 양흔이었다. 그는 야밤에 생각지도 않았던 강유가 덮치자 미처 대응할 방도를 찾지 못하고 산으로 도망가버렸다. 강유는 이들을 추격했으나 산 위에서 돌덩이와 나무둥치들이 쏟아져내려와 더 이상 추격을 포기하고 말았다. 강유는 다시 답중으로 말을 돌렸다. 그러나 돌아가는 도중에 촉군을 물리치고 기세등등하게 회군하던 등애의 군사에게 그만 포위되고 말았다. 위군은 강유가 거느린 군사들과 비교도 안 될 만큼 엄청난 대군이었다. 그는 끝없이 밀려오는 위군과 싸우며 있는 힘을 다해 포위망을 뚫었다. 하는 수 없이 본진으로 돌아오는 강유의 마음은 처참하기 이를 데 없었다.

'내가 군사를 이끌고 답중으로 온 것은 돌이킬 수 없는 실수다. 이 패배로 힘을 다시 회복할 수 없을지도 모르겠구나. 아, 제갈승상이시여, 내가 만일 죽어 승상을 만난다면 무슨 낯으로 뵐지……. 그러나 아직 싸움은 끝나지 않았다!'

촉의 패망

본진으로 돌아와 애타게 구원병을 기다리던 강유에게 날아든 소식은 그를 더욱 암담하게 만들 뿐이었다.

"종회가 양평관을 공격해 장서는 투항하고 부첨은 전사했습니다. 이제 한중은 적의 손에 완전히 넘어가버렸습니다. 또한 낙성을 지키던 왕함과 한성을 지키던 장빈도 한중이 넘어갔다는 말을 듣고 스스로 성문을 열고 투항했다고 합니다."

강유는 전령의 숨가쁜 보고를 받고 놀라고 당황했으나 한편으로는 전쟁에 대한 투지를 더욱 다졌다. 그는 부하 장수들에게 진지를 거두라는 영을 내리고 군사를 이끌고 밤새 달려 강천 어귀에 도착했다. 그러나 강유가 다음 작전을 짜기도 전에 양흔이 이끄는 위군이 강유의 진을 기습해왔다. 이때 양흔이 거느리고 온 군사들의 대부분은 강족 기병들로 전투력이 워낙 뛰어나 촉군은 금세 뒤로 밀렸다. 양흔은 강유와 싸우며 촉군을 강천구까지 추격했다. 사면초가에 빠진 강유는 위군의 끈질긴 공격을 받자 부장들을 모아 다시 전략을 협의했다. 부장 영수寧隨가 말했다.

"지금 위군들이 음평 다리를 막고 있으니 옹주에는 군사가 별로 남아 있지 않을 것입니다. 장군께서 공함곡孔函谷을 거쳐 옹주를 취하러 나가신다면 음평을 막고 있는 제갈서는 곧바로 군사를 거두어 옹주를 구하러 갈 것입니다. 이 틈을 타서 장군께서는 검각으로 말을 돌려 그곳을 지키신다면 한중을 다시 찾을 수 있을 것입니다."

강유는 영수의 말을 받아들여 바로 군사를 이끌고 옹주를 공격하러 나가는 척하기 위해 공함곡孔函谷으로 향했다. 강유가 옹주로 진군하고 있다는 말이 제갈서에게 전해지자 그는 몹시 놀라며 말했다.

"옹주는 우리 군의 집결지이다. 만일 그곳을 빼앗기면 조정의 문책을 면할 길이 없다."

제갈서는 강유가 바라던 대로 음평다리에 소수의 군사만을 남겨두고 급히 옹주로 떠났다. 강유는 전군과 후군의 방향을 돌려 다리 주변에 남아 있던 제갈서의 진영을 기습하고 모두 불질러버렸다. 위군을 거느리고 옹주로 향하던 제갈서는 강유의 꼬임에 빠진 것을 알고 군사를 돌려 음평 다리로 돌아왔으나 진지는 모두 불에 타버린 뒤였으며 강유도 그곳을 빠져나간 지 이미 오래전이었다.

한편 강유가 다리를 건너 검각으로 향하고 있는데 먼 발치에서 한 떼의 군사가 뿌연 먼지를 일으키며 달려오는 것이 보였다. 그들은 다름 아닌 좌장군 장익과 우장군 요화였다.

"어떻게 된 일이오?"

강유의 물음에 장익이 무거운 표정으로 대답했다.

"장군, 누차 성도로 사람을 보내 변방의 상황을 보고하고 구원병을 요청했으나 조정에서는 들은 척도 하지 않고 있습니다. 알아보니 내시 황호가 중간에서 모든 보고를 차단하고 천자의 눈을 흐려놓고 있었습니다. 한중도 이미 종회에게 완전히 넘어간 것과 다름없습니다. 그런 와중에 장군께서 어려움에 처했다는 말을 듣고 이렇게 달려왔습니다."

강유는 곧 군사를 합쳐 검각으로 향했다. 검각은 성도로 들어가는 입구에 있는 곳으로 촉장 보국장군 동궐이 지키고 있었다. 동궐은 제갈량이 살아 있을 때 영사 벼슬을 지냈으며 제갈량의 신임을 받았던 사람이었다. 강유는 검각으로 입성하여 동궐과 함께 위군과의 마지막 결전을 준비했다.

얼마 후 제갈서가 위군을 이끌고 검각으로 들어오고 있다는 보고가 들어왔다. 이미 단단히 대비를 하고 있던 강유는 군사 5천을 거느리고 위군의 진지로 뛰어들었다. 태풍처럼 몰아치는 촉군의 거센 공격에 위군은 눈 깜짝할 사이에 궤멸돼버렸다. 제갈서는 하는 수 없이 군사를 물려 퇴각했다. 진지로 돌아온 제갈서는 강유에게 천연의 요새지인 검각을 빼앗겼다는 사실에 땅을 치며 통탄했다. 종회가 한중을 취하고 창검과 깃발을 높여 성도로 가던 중 제갈서의 군대와 합류하여 이 상황을 보고받게 되었다. 종회는 얼굴을 붉히며 몹시 화를 내더니 당장 제갈서를 불러 따졌다.

"그대의 할 일은 음평 다리 부근에서 강유의 퇴로를 끊는 것이었소. 그대가 함부로 군사를 움직이는 바람에 검각을 적에게 빼앗겼으니 저 험한 검각을 어떻게 다시 찾는단 말이오? 그대의 실수로 촉 정벌이 열 배는 힘들어지게 된 줄 알기나 하는 거요?"

종회의 질책이 쏟아지자 제갈서는 머리를 조아리며 변명했다.

"제가 강유의 속임수에 넘어갔습니다. 강유가 군대를 이끌고 옹주로 향한다는 말을 듣고 후방이 기습을 받게 될 것 같아 군대를 빼서 달려갔습니다. 그런데 강유의 추격을 받고 관문 앞에 이르러 어이없이 패하고 말았습니다."

종회는 화가 머리끝까지 나 당장 제갈서를 참형에 처하라고 명령했다. 그러자 감군 위관이 나서서 말렸다.

"제갈장군이 큰 과오를 범한 것은 사실이지만 정서장군 등애 휘하 사람이니 여기서 그를 죽일 수는 없습니다."

종회는 위관의 진언을 잘라버렸다.

"나는 나라의 명을 받들어 촉을 정벌하기 위해 특별한 임무를 받고 나선 사람이다. 그 누구든 군령을 어겼을 때에는 군법으로 다스리는 것이 마땅하다. 그가 등애라 할지라도 예외가 될 수 없다."

종회의 단호함에도 불구하고 주변에서는 제갈서를 죽여서는 안 된다며 그의 참수를 만류했다. 장수들이 하나같이 말리고 나서자 종회는 할 수 없이 제갈서를 낙양으로 돌려보내 사마소의 처분에 맡겼다. 그리고 제갈서가 거느렸던 군사들은 모두 자기 휘하에 들게 했다. 이 사실은 곧 등애에게 전해졌다. 자기 휘하 군권을 마음대로 빼앗은 것과 종회의 독단적이고 오만한 언사는 등애를 몹시 불쾌하게 했다. 등애가 주먹으로 탁자를 치며 분을 터뜨렸다.

"나는 그와 관품이 같을 뿐 아니라 오랫동안 변방에서 나라를 지키며 많은 공을 세웠는데 어디 함부로 나서서 내 휘하 장군을 처벌한단 말인가! 한중을 손에 넣었다더니 눈에 보이는 게 없는 모양이로구나!"

등애가 흥분하자 옆에 있던 아들 등충이 달래듯 말했다.

"작은 일을 참지 못하면 큰 일을 그르치기 쉽습니다. 지금 아버님께서 그와 대결하려 드신다면 국가의 대사가 위태로워질 수 있습니다."

등애는 아들의 말을 듣고 잠시 마음을 누그러뜨리기는 했으나 생각할수록 종회가 괘씸하게 여겨져 참을 수가 없었다. 그는 기어이 10여 기의 기병을 대동하고 종회에게 달려갔다. 등애가 왔다는 소리를 들은 종회가 아랫사람에게 물었다.

"등애가 군사를 얼마나 데리고 왔더냐?"

"기병 여남은 명이 되어 보였습니다."

종회는 차가운 미소를 흘리더니, 자기 장막 양쪽에 무사 수백 명을 배열시키라는 영을 내리고 등애를 맞이하러 밖으로 나갔다. 말에서 내린 등애가 종회의 군막 가까이 와서 보니 무사들이 둥그렇게 둘러서서 그를 지켜보고 있었다. 순간 겁이 난 등애는 화제를 딴 데로 돌렸다.

"장군께서 한중을 취하셨으니 참으로 다행스러운 일입니다. 어서 전략을 마련해 검각을 빼어야지요."

등애가 이렇게 나오자 종회도 시치미를 떼고 물었다.

"그래 검각을 취하려면 어떻게 하는 것이 좋겠습니까?"

등애는 특별히 떠오르는 바가 없다며 슬며시 답을 피했다. 그러자 종회가 기어이 답을 듣고야 말겠다는 듯 물고 늘어졌다. 등애는 그 같은 종회의 태도가 더욱 불쾌해 비꼬듯 말했다.

"이제 장군께서는 제갈서의 군대까지 통솔하게 되었으니 10만 대군이 모두 장군 휘하에 놓인 것이나 다름없습니다. 이제까지의 역사를 통틀어봐도 한 사람이 이렇게 많은 군을 통솔한 예를 찾기는 힘들 것입니다. 그러니 무서울 게 뭐가 있겠습니까?"

그러자 종회가 짐짓 겸손을 보였다.

"그건 틀린 말입니다. 위의 10만 대군은 사마장군의 군대이지 어떻게 감히 내 휘하라 할 수 있겠소? 그리고 강유도 만만치 않습니다. 북방 정벌에 이력이 난 사람인데다 군사도 족히 3만을 넘지 않습니까?"

등애는 종회와 시종일관 함께 했다가는 자칫 자기가 피해를 볼 수도 있겠다는 생각이 들었다. 그는 형식적으로 종회에게 자기의 계책을 일러주었다.

"저의 짧은 생각으로는, 일단의 군사를 이끌고 음평의 작은 길로 빠져나가 한중의 덕양정德陽亭을 거쳐 곧바로 성도로 진입하는 것이 좋을 듯합니다. 그러면 강유는 틀림없이 군사를 철수시켜 성도를 구하러 달려갈 것입니다. 그때 검각을 취하면 될 것입니다."

종회는 반가운 듯 기쁜 얼굴로 고개를 끄덕이며 말했다.

"역시 장군은 뛰어난 전략가입니다. 어서 군마를 거느리고 나가세요. 나는 이곳에서 장군의 승전보를 기다리겠습니다."

등애가 돌아가려 하자 종회는 기어이 그를 붙잡아 술대접을 하고 보냈다. 등애가 돌아간 뒤 종회는 자신의 군막으로 여러 장수들을 불러 말했다.

"주변에서 등애를 유능한 장수라고들 하는데 오늘 가까이서 대해보니 그 재주가 별것 아니지 않은가?"

장수들이 이유를 묻자 종회가 말했다.

"등애는 하나는 알고 둘은 모른다. 그가 제안한 대로 음평의 작은 길로 진군하다가는 낭패를 당할 수 있다. 그곳은 길이 좁을 뿐 아니라 지세가 높고 험악해서 만일 촉병이 달려와 매복하고 있다가 군의 뒤를 끊는다면 등애는 지난날 방통이 낙봉파에서 변을 당한 꼴이 되고 말 것이다. 나는 큰 길로 갈 것이다. 누가 먼저 촉을 취하는지 두고보면 알 일이다."

등애가 본진에 도착하자 사찬과 등충 등이 그의 군막을 찾아와 물었다.

"종회 장군에게 가신 일은 어떻게 되었습니까?"

"역시 거만하기 짝이 없더군. 한중을 취한 것에 대해 스스로 큰 공으로 여기고 있는데 내가 만일 답중에서 강유를 저지하지 않았더라면 그자가 어떻게 한중을 쉽게 손에 넣을 수 있었겠느냐? 그가 한중을 취했다면 나는 성도를 취할 것이다."

등애는 그날 당장 밤을 이용해 진지를 모두 거두고 음평 작은 길을 통해 검각으로 향했다. 이 소식은 곧바로 종회에게 전해졌다. 종회가 빙그레 웃으며 주변의 장수들에게 말했다.

"고집만 있고 전략은 없군!"

한편 등애는 어떻게 해서든 종회보다 먼저 성도를 취하고 싶었다. 그는 아무도 몰래 사마소에게 사람을 보내 밀서를 전하고 휘하 장수들을 장막으로 불러 물었다.

"나는 지금부터 성도를 향한 장도에 오르려 하오. 여러분은 그 길이 얼마나 험난한지 잘 알고 있을 것이오. 그러나 나는 반드시 이 일을 성공시켜 역사에 길이 남을 공을 세울 것이오. 여러분들은 나를 따를 의향이 있소?"

그러자 장수들이 일제히 대답했다.

"백만 번 죽는 한이 있더라도 장군과 함께 하겠습니다."

등애는 장수들에게 고마움을 표시하고 아들 등충에게 명령했다.

"너는 정예병 5천에게 갑옷을 입히지 말고 도끼나 괭이를 들려 진로를 만드는 데 주력해라. 최선을 다해 길을 뚫어 진군에 지장이 없도록 해야 한다."

등애는 다시 군사 1만 명을 뽑아 군량미와 밧줄을 맡기고 행군을 시작했다. 이들이 100여 리를 지났을 때 등애가 행군을 멈추게 하고 말했다.

"이곳에 3천 명이 남아 진을 치고 주둔한다."

등애는 다시 100여 리를 나가다가 3천 명을 뽑아 진지를 세우고 주둔할 것을 명령했다. 이렇게 하여 등애는 진군을 시작한 지 20여 일 만에 700여 리를 행군해 나갔다. 이들이 나아가는 수백 리 길은 사람 하나 눈에 띄지 않는 그야말로 황무지와 같은 곳으로 이어졌다. 100리 길마다 진을 치게 하고 마지막에 남은 군사는 2천 명 정도였다. 등애는 이들을 거느리고 또다시 100리 정도를 더 나갔다. 그러자 지칠 대로 지친 이들 앞에 깎아지른 듯이 높고 험한 고개가 모습을 드러냈다. 이 고개는 마천령摩天嶺으로 길이 가파르고 워낙 높아 도저히 말을 타고는 넘을 수가 없었다. 등충이 이끄는 군사들이 먼저 괭이와 삽으로 길을 만들며 기다시피 하여 산을 올랐다. 이어 등애도 군사들을 격려하며 산을 올랐다. 암벽을 타고 오르는 동안 적지 않은 군사들이 절벽 아래로 떨어져 죽었다. 게다가 양식이 모자라 병사들은 허기와 싸워야 했다. 등애가 가까스로 고갯마루에 도착하니 앞에서 길을 내며 가고 있어야 할 등충이 난감한 표정으로 망설이고 있었다. 등애가 등충에게 물었다.

"도대체 무슨 일이냐?"

"아버님, 이제부터는 내려가야 하는데 앞을 보니 깎아지른 낭떠러지입니다. 조금이라도 발을 헛디뎠다가는 끝도 안 보이는 절벽 아래로 굴러떨어질 판입니다."

낭떠러지를 내려다본 등애는 아들을 꾸짖듯이 말했다.

"우리는 여기까지 생사고락을 함께 하며 700리를 왔다. 이곳만 통과하면 강유江油에 도착하는데 여기서 멈출 수는 없는 일 아니냐?"

등애는 다시 부장들을 불러 말했다.

"지금 우리의 고난은 머지않아 영광으로 빛날 것이오. 모두 이곳까지 나를 믿고 따라준 것에 대해 마음속 깊이 감사하오. 이제 우리에 의해 천하의 역사가 새롭게 바뀔 것이니 용기를 내어 이 고비를 넘읍시다. 만일 우리가 함께 해서 성공한다면 부귀도 함께 누릴 것이오."

장수들이 굳게 주먹을 모아쥐며 다짐했다.

"장군의 명에 따르겠습니다."

힘을 얻은 등애가 앞으로 나와 모포로 몸을 감더니 낭떠러지 아래로 몸을 굴렸다. 이것을 지켜본 장수들도 각자 모포로 몸을 감싸고 굴러내렸으며, 모포가 없는 이들은 바위를 쪼개 정을 끼우고 밧줄을 묶어 차례로 그것을 붙잡고 내려갔다. 실로 목숨을 건 진군이었다.

이렇게 해서 등애의 군사들은 10여 일 만에 마천령의 험준한 산을 넘어 강유를 바라보게 되었다. 위험에 비해 살아남은 이들은 의외로 많아 고개를 넘기 전 2천여 명의 군사들이 거의 그대로 남아 있었다. 등애는 더욱 힘이 솟아 강유로 향했다. 그가 거의 맨몸이나 다름없는 군사들을 이끌고 행군을 하고 있는데 앞에서 커다란 진지가 나타났다. 그러자 누군가 나서서 말했다.

"제갈량이 살아 있었을 때는 진지를 세워 이곳을 지키게 했으나, 지금은 촉주 유선이 진지를 이렇게 폐쇄했다고 합니다."

등애는 제갈량의 선견지명과 철저한 대비를 확인하고 속으로 감복했다. 그는 다시 한번 각오를 다지며 장수들을 불러 말했다.

"이제 우리는 전진만 있을 뿐 후퇴는 없다. 돌아가는 길은 오직 죽음만이 기다리고 있을 뿐이다. 우리가 밟을 강유 땅은 곡식이 풍부한 곳이다. 힘을 내어 앞으로 나가 강유를 우리 것으로 만들자. 그것만이 우리가 살길이다."

군사들은 모두 등애의 말을 따랐다. 이렇게 해서 등애는 2천 군사를 거느리고 밤낮으로 걸어 강유성에 도착했다. 이때 강유성을 지키고 있던 이는 마막馬邈이었다. 그는 동천이 함락되었다는 말을 듣고 군사들을 완전무장시켜 큰 길만 지키게 했다. 그리고 강유가 검곡을 지키고 있는 것만 믿고 별 준비를 하지 않았다. 그러는 동안 작은 길과 험준한 마천령을 넘어 위군은 한 걸음 한 걸음 강유성으로 다가오고 있었다. 건성으로 성벽을 시찰하고 집으로 돌아온 마막은 아내 이씨와 마주앉아 술을 마시며 시국에 대한 이야기를 주고받았다.

"아녀자인 제가 듣기에도 변방이 심상치 않은 듯한데 장군께서 이렇게 평상시처럼 계셔도 괜찮은 것입니까?"

"조정은 썩어 있고 변방은 강유 장군이 책임지고 있는데 내가 나서서 무얼 할 수 있단 말이오?"

"그렇다 해도 만일에 대비해서 장군께서는 이 성을 굳게 지킬 방도를 구하셔야지요."

"위군의 수는 엄청나오. 만일 싸움이 시작되었다면 조용히 성을 바치는 것이 상책이오. 조정이 이미 썩었는데 굳이 아까운 목숨 바칠 필요가 있겠소?"

그러자 마막의 부인은 절망스러운 표정을 지으며 남편에게 쏘아붙였다.

“당신은 나라의 녹을 먹고 있는 관리로서 어떻게 그런 생각을 하신단 말입니까? 저는 앞으로 무슨 낯으로 당신을 대할지 걱정입니다.”

마막이 심각한 얼굴로 한숨을 쉬고 있는데 밖에서 어수선한 소리가 들려왔다. 마막이 무슨 일인가 궁금해 문을 열고 나가는데 성을 지키던 군사 하나가 허겁지겁 달려와 보고했다.

“위군이 쳐들어왔습니다.”

마막이 깜짝 놀라며 물었다.

“어떻게 된 건지 상세하게 말하라!”

“위장 등애가 수천 명의 군사를 거느리고 벌써 성안을 침범했습니다.”

마막은 잠시 할 말을 잃고 넋나간 사람처럼 서 있다가 갑자기 방안으로 들어가 관복을 갖춰입고 공당으로 나갔다. 그곳에는 이미 등애의 군사들이 쫙 깔려 있었다. 마막은 등애를 찾아가 무릎을 꿇고 흐느꼈다.

“성안의 백성들과 군사들의 안녕을 보장해주신다면 이 성을 장군께 바치겠습니다.”

등애는 항복을 받아들이고 그곳의 군사들을 모두 자기 휘하로 끌어들였으며 마막을 향도관으로 삼았다. 강유성을 완벽하게 손에 넣은 등애는 그 동안 탈진해 있던 군사들을 배불리 먹이고 편히 쉬며 피로를 풀게 했다. 이후 등애는 마막의 처가 남편의 항복을 치욕스럽게 여겨 목 매어 자결했다는 소식을 들었다. 등애는 비록 자신을 반대하여 죽은 여자였으나 그 뜻을 가상히 여겨 후하게 장례를 치르라 이르고 제사에도 직접 참례했다.

강유성에서 잠시 숨을 고른 등애는 다시 여세를 몰아 부성涪城으로 진격할 준비를 했다. 이때 부장 전속이 진군을 반대하고 나섰다.

"우리 군사들은 험악한 길을 뚫고 하늘 같은 마천령 고개를 넘어오느라 몹시 지쳐 있습니다. 좀더 쉬게 한 후에 출정하는 것이 좋겠습니다."

등애가 화를 내며 말했다.

"나도 그 점을 모르는 바 아니다. 그러나 지금은 적에게 시간을 주어서는 안 될 상황이다. 그대는 부장으로서 그렇게 상황 판단이 어두워 어떻게 군을 올바로 이끌 수 있겠는가!"

전속은 할말이 없어 고개를 조아리고 뒤로 물러났다. 부성으로 간 등애는 미리 항복을 준비하고 있던 성안의 백성과 군사들을 힘 하나 들이지 않고 접수했다. 이 소식은 곧 성도로 전해졌다. 황호에 의해 잘못된 정보만 접했던 유선은 위군이 부성까지 쳐들어왔다는 소식을 듣고 실신할 뻔했다. 황호는 모든 책임이 자기에게 쏠릴 것이 두려워 끝까지 위군의 침입을 부정했다.

"강유편 사람들이 병권을 되찾기 위해 만들어낸 헛소문입니다. 폐하께서는 흔들리시면 안 됩니다."

그러나 날이 갈수록 원근에서 국가의 위기를 알리는 표문들이 쏟아져 들어왔다. 유선은 그제야 사태가 위급함을 알고 조회를 열어 문무백관들에게 대책을 물었으나 뾰족한 방법이 나오지 않았다. 그들 중 대부분은 위와의 전쟁을 반대하며 조용히 나라를 내주어 일신이나 보장받자는 생각을 하고 있었다. 이때 극정이 앞으로 나와 건의했다.

"제갈첨諸葛瞻을 불러 물어보시는 것이 좋을 듯합니다. 그는 돌아가신 제갈승상의 지혜를 그대로 물려받은 사람이니 그와 의논한다면 구국의 길을 찾을 수 있을 것입니다."

제갈첨은 제갈량의 아들로 어려서부터 매우 총명해 유선의 총애를 받으며 부마도위駙馬都尉라는 벼슬에 올랐다. 그 뒤에 부친의 작위를 물려받아 무향후武鄕侯가 되었고 서기 261년에는 행군行軍 호위장군護衞將軍에까지 올랐다. 하지만 황호가 권력을 잡고 조정 분위기를 어지럽히자 벼슬에서 물러나 부성에 머물고 있었다. 유선은 극정의 말을 듣고 곧 조서를 내려 제갈첨을 불러들였다. 제갈첨이 내전으로 들자 유선은 기다렸다는 듯 반가운 얼굴로 그를 맞이하며 앉기를 권했다. 잠시 머뭇거리던 유선이 입을 열었다.

"경도 아시겠지만 지금 나라가 몹시 위태로운 지경에 놓였소. 그 책임을 생각한다면 내가 이런 말을 할 처지는 아니나 어떻게 해서든 촉을 위기에서 구하고 싶습니다. 그래서 경을 부른 것이오. 경이라면 반드시 좋은 방법을 찾을 수 있을 것 같기에……."

유선은 뒷말을 흐리며 흐느꼈다. 제갈첨이 착잡한 얼굴을 하고 말했다.

"저희 부자가 선제의 크신 은혜와 남다른 대우를 받았던 것을 생각하면 제 한 목숨 나라를 위해 내놓는 것이 무엇이 두렵겠습니까? 폐하께서 성도의 군사를 내어 저에게 맡겨주신다면 사력을 다해 적을 물리치겠습니다."

유선은 조금도 지체하지 않고 성도의 군사를 총동원해서 제갈첨에게 넘겼는데 그 군사가 5만에 이르렀다. 제갈첨은 한시가 급하다고 생각하고 곧 군사를 정비하여 출전을 서둘렀다. 그는 여러 장수들을 불러 작전을 짜며 물었다.

"선봉에 설 사람이 있는가?"

제갈첨의 말이 떨어지기를 기다리고 있었다는 듯 아주 젊은 청년 장수 하나가 손을 번쩍 들어 보이더니 일어서서 말했다.

"저에게 선봉장을 맡겨주십시오."

선봉장을 자원하고 나선 사람은 제갈첨의 아들 제갈상諸葛尙이었다. 제갈첨은 흐뭇한 마음으로 그를 선봉에 세우고 출전을 명령했다. 이때 제갈상의 나이는 19세였는데 책읽기를 좋아해서 이때 벌써 병서를 두루 섭렵했으며 무예도 출중했다.

한편 강유성을 등애에게 바친 마막은 등애가 성도로 가는 길을 연구하고 있는 것을 보고 지도를 하나 전해주었다. 그것은 성도를 중심으로 부성과 성도를 연결하는 160리 길 사이에 있는 산과 강, 도로는 말할 것도 없고 험한 계곡에 설치되어 있는 잔도까지 상세하게 표시되어 있는 작전용 지도였다. 등애는 그 지도를 자세하게 들여다보다가 깜짝 놀라며 말했다.

"부성에 오래 있다가는 낭패를 만나겠다. 촉군이 앞산을 점거하고 공격한다면 우리는 몹시 불리해진다."

등애는 사찬과 등충을 불러 지시했다.

"너희 둘은 오늘 밤 군사를 이끌고 신속하게 면죽으로 가서 촉군을 막아라. 나도 곧 뒤따라갈 것이다. 만일 너희들이 머뭇거리다가 요새지를 적에게 빼앗긴다면 너희들의 목을 벨 것이다."

사찬과 등충은 등애의 명대로 밤을 이용해 면죽으로 이동했다. 날이 밝으면서 등충이 주변을 살펴보니 촉병도 팔진법에 의해 진을 세워두고 있었다. 등충 · 사찬은 아직 팔진법을 완벽히 터득하고 있지 못했으므로 내심 긴장하며 군사들에게 전투 준비를 시켰다. 위군이 전투 태세에 들어가자 촉의 진지에서 북소리가 세 번 크게 울리면서 진문이 열렸다. 등충이 지체없이 공격을 명령하자 위군들이 무리를 지어 촉진을 향해 돌격했다. 그러자 촉군이 사방에서 줄지어 나오며 치고 빠지기를 계속해 위군을 혼란 속으로 몰아넣었다. 위군은 어디로 쳐들어가야 할지, 또한 어디로 후퇴해야 할지 방향감각을 잃고 우왕좌왕하다 촉군에게 대패하고 말았다.

등충 · 사찬은 하는 수 없이 퇴각을 명령하고 달아나기 시작했다. 촉병들은 계속 위군을 추격하며 20리 길을 따라갔다. 길가에는 촉병의 칼과 창에 쓰러진 위병의 시체들이 산더미처럼 나뒹굴고 있었다. 이때 달아나는 위군 앞으로 한 떼의 군마가 급하게 달려와 패잔병들을 구하고 촉병을 물리치기 시작했다. 등애가 구원병을 거느리고 나타난 것이다. 양쪽 군사들은 다시 한번 길에서 어우러져 싸우다 해가 지자 각자의 진영으로 철수했다. 진지로 돌아온 등애는 아들 등충과 사찬을 불러 문책했다.

"너희 둘은 싸우기도 전에 패하고 돌아섰다. 도대체 어떻게 된 일이냐?"

"그들은 우리가 미처 생각지 못한 팔진법으로 진을 치고 공격했습니다."

등충이 기어들어가는 목소리로 말하자 등애는 더욱 화가 나 소리쳤다.

"유능한 장수는 용맹도 갖추어야 하지만 진법과 전략에도 밝아야 하는 법이다. 너는 이제까지 병법을 거꾸로 공부했더냐! 그까짓 팔진법에 발목이 묶여 제대로 싸워보지도 못하고 물러서다니, 너희들 때문에 중요한 전투에서 패하고 말았다. 당장 너희들을 군법으로 다스려 목을 베겠다."

등애가 노발대발하자 주위에 있던 장수들 여럿이 나서서 그를 말렸다.

"너희들에게 한 번 더 기회를 주겠다. 이번에 나가서도 이기지 못하고 돌아오면 참형을 면치 못할 것이다."

다음날 아침 등애는 다시 군사 1천을 내주고 등충 · 사찬을 촉의 진지로 내보냈다. 그러나 마지막 기회라 생각하고 달려드는 제갈첨 부자의 전투력은 생각보다 강력했다. 등충은 또 한번 크게 패해 위군의 진지로 돌아왔다. 싸우다 죽은 전사자들도 헤아릴 수 없이 많았을 뿐 아니라 등충 · 사찬도 머리와 온몸이 피로 물들어 있었다. 등애는 두 사람의 부상이 심각한 것을 보고 더 이상 이들을 나무라지 않고 혼잣말을 했다.

'범이 고양이 새끼를 낳았겠는가? 과연 제갈량의 자손답군!'

등애는 하루빨리 이들을 무찌르지 않으면 성도로 진군하는 데 지장이 있을거라 판단하고 장수들을 향해 좋은 의견을 내도록 하명했다. 그러자 감군 구본丘本이 말했다.

"급하면 변절한다고 하니, 그들을 유인하는 글을 보내보는 것이 어떻겠습니까?"

"그들은 결코 유인에 넘어올 사람들이 아니다."

구본이 다시 건의했다.

"그렇다면 장군께서 선불리 나가지 마시고, 기병을 써서 기습하는 것이 어떻겠습니까?"

등애는 구본의 말을 듣고 천수 태수 왕기와 농서 태수 견홍에게 동원할 수 있는 기병을 최대한 동원해서 길 양쪽에 매복하고 있으라는 영을 내리고 자신은 싸움을 돋우기 위해 직접 군사를 이끌고 촉의 진영을 향

제갈첨은 "나라를 위해 죽게 되었으니 영광이 아닌가!" 라는 말을 남기고 최후를 맞는다.
이렇게 하여 제갈량 3대가 촉을 위해 목숨을 바치게 된다. 위쪽에 보이는 신수(神獸) · 우인(羽人) 등이
어우러진 천상계의 모습은 당시 화상석에 근거하였다. 제갈씨 일족은 원래 갈씨 성으로,
후일 제라는 고장을 거치면서 '제(諸) 땅의 갈(葛)씨', 즉 제갈(諸葛)씨가 되었다고 한다.

해 나아갔다. 두 번이나 위군을 물리친 제갈첨은 자신감에 차서 진지를 나와 위군을 맞아 싸웠다.

양쪽 군사는 길 중간에 만나 치열한 접전을 벌였다. 시간이 흐를수록 촉군이 위군을 압도하여, 마침내 위군이 무기를 버리고 달아나기 시작했다. 제갈첨은 기회를 놓치지 않고 그 뒤를 맹렬히 추격했다. 그런데 얼마 가지 못해 갑자기 길 양쪽에서 말을 탄 위군의 복병들이 한꺼번에 쏟아져나와 촉군을 시살하기 시작했다. 순식간에 궁지에 몰린 제갈첨은 군사를 이끌고 면죽으로 돌아가 움직이지 않았다.

얼마 후, 등애가 위군을 거느리고 와서 성을 완전히 포위했다. 위군에게 고립된 제갈첨은 상황이 불리해진 것을 깨닫고 팽화彭和를 시켜 동오의 손휴에게 구원을 요청했다. 손휴는 즉각 노장군 정봉과 부장 손이에게 군사 2만을 내주며 촉을 지원하라는 명을 내렸다. 그러나 예상 외로 오의 지원이 늦어지자 제갈첨은 여러 장수들을 불러놓고 말했다.

"이대로 성을 지키고 있는 것만이 방법은 아니다."

제갈첨은 아들 상과 상서 장준張遵에게 성을 지키게 하고 자신은 군사를 거느리고 성문을 열고 나갔다. 제갈첨이 세 개의 성문을 크게 열고 삼군을 거느리고 나오자 양쪽 군사들은 금세 엉겨붙어 면죽성 아래의 들판에서 일대 혼전을 벌였다. 촉군의 대항이 의외로 완강하자 등애는 날쌘 기병들을 시켜 제갈첨을 집중적으로 포위하라고 지시했다. 등애의 명령을 받은 기병들이 제갈첨을 향해 사면에서 일제히 몰려들었다. 그러자 변변한 호위도 받지 않은 채 앞장서서 싸움을 독전하고 있던 제갈첨은 일시에 위군의 포위망에 갇혀버렸다. 포위에 걸려든 제갈첨이 사력을 다해 출로를 뚫으려 했지만 위의 기병들이 틈을 주지 않고 화살을 쏘아댔다. 제갈첨은 쏟아지는 화살 가운데 한 대를 맞고 말에서 굴러떨어졌다. 하지만 그는 금방 일어나 칼을 치켜들고 소리쳤다.

"나라를 위해 싸우다 죽게 되었으니 영광이 아닌가!"

제갈첨은 말을 타고 접근해오는 위군 속으로 달려가 몇 명을 찔러 죽이고 그도 적군의 칼에 최후를 맞이했다. 성 위에서 장서와 함께 아버지의 죽음을 내려다보던 제갈상이 흥분해서 뛰어나가려고 했다. 그러자 장서가 앞을 가로막으며 말했다.

"장군은 아직 어리시니 좀더 신중히 생각하고 행동하십시오!"

"우리 조부와 아버지께서 모두 적을 맞아 싸우다 돌아가셨어요. 살아남기 위해 몸을 숨기는 것이 무슨 의미가 있습니까?"

제갈상은 장소의 만류를 뿌리치고 성밖으로 나가 싸우다 죽었다. 이어 촉장 장준 · 황숭黃崇 · 이구李球 등도 함께 성문 밖으로 나가 싸웠다. 그러나 워낙 중과부적이라 모두 전사하고 말았다. 이렇게 해서 등애는 면죽성마저 함락시키고 성도를 향해 달려가기 위해 군사를 정비했다.

한편 성도의 유선은 제갈첨 부자가 죽고 등애가 면죽성을 점거했다는 소식을 듣고 아연실색하며 문무백관들을 불러들여 대책을 물었다. 그러자 황호가 가장 먼저 입을 뗐다.

"폐하, 군사적으로 볼 때 적은 우리가 상대할 수 없을 만큼 대규모입니다. 그러니 한시바삐 성도를 버리시고 남쪽 7군으로 내려가셔서 후일을 도모하는 것이 좋을 듯합니다. 그곳은 지형이 험해서 적을 막기가 쉬울 것입니다. 그곳에서 터전을 잡으신 후 주변의 강족들과 교류하며 힘을 키우시는 것이 옳을 것입니다."

그러자 광록대부 초주가 나섰다.

"그것은 안 될 말입니다. 남만은 우리와 오랫동안 반목해왔으며 평소 우리는 그들에게 아무런 이익을 준 일이 없습니다. 우리가 힘이 있어 가는 것도 아니고 패하여 몸을 숨기러 가는 마당에 그들이 우리를 반길 리 만무합니다. 오히려 그들에게 고초나 당하지 않을지 걱정입니다."

또 한 사람이 말했다.

"동오와 우리는 오래전부터 동맹을 맺고 있으니 차라리 잠시 동오로 가셔서 몸을 피하시는 것이 좋겠습니다."

초주가 다시 이 말에 반대의 뜻을 밝혔다.

"폐하, 역사를 돌이켜볼 때 남의 나라에 의탁하고 그 지위를 보장받은 예는 없습니다. 신의 생각으로 위는 동오를 합병할 수 있지만 동오는 위를 정벌할 수 없습니다. 그러니 위가 동오를 평정했을 경우 폐하의 입지는 참으로 곤란한 지경에 놓일 것입니다. 동오에 항복하시느니 차라리 위에 항복하는 것이 옳을 줄 압니다. 위국에 항복하시면 폐하는 물론 군사와 백성들도 평안을 누릴 수 있을 것입니다. 깊이 헤아려주십시오."

유선은 의견이 분분한 것을 보고 마음이 편치 않았는지 별 말 없이 후궁으로 가버렸다. 그는 그곳에서 일곱 명의 아들을 불러 다시 의견을 물었다. 유선의 아들들은 대부분 전쟁을 싫어하는 온유한 성격을 지니고 있어서인지 사력을 다해 싸우기보다는 강자에게 항복하는 쪽을 택하고 싶어했다. 그런데 유독 다섯째인 북지왕北地王 유심劉諶만 이 항복은 절대 안 된다며 부친의 마음을 돌리려 했다.

"지금 강유 장군은 촉의 외곽에서 적들을 막아내기 위해 목숨을 걸고 싸우고 있으며 제갈장군 부자도 촉을 위해 싸우다 전사했습니다. 그런데 성도에서 부귀영화를 누리던 대신들은 자신들의 안위만 추구하느라 치욕도 모른 채 항복하자고 하다니 말이나 됩니까? 이것은 청사에 더러운 이름을 남길 일입니다. 지난날 선제께서 이 나라를 다스리고 계실 때 황호와 같은 환관은 물론이고 입만 살아 있는 초주 같은 자는 아예 국정에 나서지도 못했습니다. 나라가 어지러워지니 언젠가부터 아무나 나서서 함부로 대사를 논하며 이치에도 어긋나는 말로 목청을 높이는데 이것은 용납할 수 없는 일입니다. 지금 조정에는 아부하기 좋아하는 환관들과 썩은 유생들만 남아 있으니 그들의 말을 멀리하시고 충의로써 싸우고 있는 강유 장군에게 물으십시오. 만일 강유 장군이 위군이 성도 앞까지 쳐들어온 것을 안다면 반드시 군사를 이끌고 구원하러 올 것입니다. 그러면 이곳에 있는 군사들과 협공하여 얼마든지 위를 물리칠 수 있습니다."

유심은 끝까지 항전할 것을 절절하게 고했다. 그러나 그 말을 듣는 유선의 표정은 전혀 밝지 않았다. 유선이 만사를 포기한 듯이 한마디 내뱉었다.

"우리는 너무 오랫동안 위와 싸워왔다. 어쩌면 처음부터 이루지 못할 일에 매달려 있었는지도 모르겠다. 이제는 나도 지치고 백성들도 지쳤다."

유심은 끝내 참고 있던 울음을 터뜨렸다.

"제갈승상과 선제께서는 이 나라를 세우기 위해 평생 동안 자신을 내던지셨습니다. 그런데 힘이 다했다고 하루 아침에 이 나라를 버리고 항복하셨다가 후일 무슨 낯으로 선제를 뵐 것입니까?"

유심이 흥분하여 유선을 질책하는 듯하자 유선은 몹시 기분이 상해서 소리쳤다.

"어린 네가 무엇을 안다고 나와 대신들을 욕보이는 것이냐?"

유선은 자리에서 일어나 조정으로 나가 초주를 불렀다.

"방법이 없다. 항복문서를 작성하라!"

초주에게 명을 내리고 내전으로 돌아온 유선은 착잡한 마음을 가눌 길이 없었다. 초주가 문서를 작성해 황제에게 올리자 유선은 시중 장소, 부마도위駙馬都尉 등량鄧良과 초주에게 항복문서를 가지고 성밖으로 나가 위군을 맞으라는 영을 내렸다.

한편 등애는 하루도 빠짐없이 수백 명의 철갑 기병을 거느리고 성도 성문 앞까지 와서 촉의 동정을 살폈다. 언제라도 쳐들어가면 될 일이었지만 촉의 조정 분위기가 항복으로 기울고 있다는 세작의 정보가 있었기 때문이다. 그러나 언제까지 기다리고 있을 수만도 없었다. 검각의 강유가 소식을 알고 군사를 몰고 온다면 또다시 일이 꼬일지도 모르는 일이었다. 등애가 공격 여부를 망설이고 있는데 마침내 성 위에 항복을 알리는 깃발이 내걸렸다.

'나의 힘겨운 원정이 드디어 성공했구나!'

등애는 성문 위의 깃발을 바라보며 감회어린 눈물을 흘렸다. 잠시 후에 성안으로부터 항복문서를 든 세 사람이 왔다는 소식이 전해졌다. 장소 · 등량 · 초주 세 사람은 등애에게 무릎을 꿇고 절하고는 항복문서와 함께 옥새를 바쳤다. 항복문서와 옥새를 받아든 등애는 몹시 기뻐하며 항복 사절들을 후하게 대접했다. 그런 다음 답서를 써서 세 사람에게 전하며 무엇보다 성안의 백성들이 동요하지 않고 안심할 수 있도록 특별히 배려하라고 당부했다.

세 사람이 들고 온 답서를 본 유선은 만족해하며 항복의식을 준비하라고 일렀다. 또한 태복太僕 장현蔣顯을 강유에게 보내 즉시 항복하라는 마지막 칙령을 내렸다. 그리고 다시 상서랑 이호李虎 편에 나라의 문부文簿를 등애에게 보냈다. 등애가 이호가 가지고 온 촉의 문부를 상세하게 살펴보니, 가옥 수는 28만이고 남녀 백성 수는 94만었다. 그리고 동원 가능한 병력이 10만이요, 관리가 4천여 명, 양곡이 10여만 석, 금은이 1천 근, 비단이 10만 필이었다. 등애는 몹시 기뻐하면서 이호를 후하게 대접하고 촉의 사정들을 더 자세하게 물어보았다.

서기 263년 12월 1일.

유선은 태자 및 여러 왕들과 신하 수십 명을 거느리고 등애에게 항복하기 위해 성문을 걸어나왔다. 그는 스스로 자신의 몸을 결박짓고 얼굴을 가린 채 신하들과 함께 관을 들고 위군 진영으로 걸어왔다. 이 광경을 지켜보고 있던 등애는 즉시 앞으로 걸어나와 유선을 맞이하고 그의 포승줄을 풀어주면서 관을 불살랐다.

한편 유선의 아들 북지왕 유심은 촉의 군신 모두가 항복했다는 말을 듣고 분을 참지 못하고 대성통곡하더니 칼을 뽑아들고 궁 안으로 달려가려고 했다. 이때 유심의 처 최崔부인이 그를 잡으며 말했다.

"어떻게 하시려고 그러십니까?"

"아버님께서는 항복을 반대하는 나를 궐 밖으로 내쫓으시더니 끝내 위군에게 항복했다고 합니다. 나는 더 이상 비굴하게 살아남아 남의 나라에 무릎을 꿇지는 않겠어요. 먼저 선제를 만나러 갑니다."

최부인의 얼굴에 잠시 근심의 빛이 스쳐가더니 다시 담담한 표정이 되어 말했다.

"대왕께서는 참으로 옳으신 생각을 하셨습니다. 대왕의 뜻은 곧 제 뜻이기도 합니다. 대왕이 죽기 전에 제가 먼저 죽을 것이니 곧 뒤따라오십시오."

최부인은 이렇게 말하며 순식간에 유심이 들고 있던 칼을 빼앗아 스스로 목숨을 끊었다. 유심은 자기의 세 아들마저 죽여 아들의 목과 부인의 목을 베어들고 유비의 사당인 소열묘昭烈廟에 가서 엎드려 통곡했다.

"선조께서 어렵게 이루신 기업을 남에게 내던지는 것을 차마 볼 수 없어 처자와 제 목숨을 조부님께 바치려 합니다. 조부님이시여, 부디 아버님의 죄를 용서해주시며 이 손자의 마음을 받아주십시오."

피눈물을 흘리며 통곡한 유심은 칼을 빼어 자결했다.

한편 성도의 백성들은 향과 꽃을 들고 나와서 등애와 위군을 맞이했다. 등애는 황궁으로 들어가서 먼저 유선에게 절을 하고 표기장군으로 세웠다. 그리고 촉 태자를 봉거도위로, 나머지 제왕들과 문무백관들에게도 이전의 작위와 벼슬들을 고려해서 각기 벼슬을 내렸다. 이어 유선을 궁에 들게 하고 관리들에게 시켜 창고 안의 곡식들을 풀어 널리 나누어주게 했다. 또한 등애는 태상 장준과 익주 별가 장소에게 영을 내려 각 고을을 돌며 백성들을 안심시켜 동요가 없도록 했다. 뿐만 아니라 유선에게 권해 강유에게 항복을 받아내도록 했으며 낙양으로 사자를 보내 이 사실들을 알렸다.

이제 황궁의 모습은 촉나라 그대로였으나 안에서 실질적으로 사무를 집행하는 것은 등애와 그 휘하 부하들이었으며 촉의 관료들은 모든 결정권을 잃게 되었다. 한편 촉의 태복이었던 장현은 검각으로 가 강유에게 황제의 마지막 칙령을 전했다. 성도에서 황제의 칙령이 내려왔다는 보고를 듣는 순간 강유는 언뜻 불길한 생각이 들었다.

강유의 차도지계

장현은 강유를 보자 차마 입이 떨어지지 않았으나 표정을 고치고 겨우 말을 꺼냈다.

"폐하의 마지막 칙명입니다. 지난 12월 1일, 폐하께서는 위국에 항복하셨습니다."

강유는 아연실색하며 장현이 전한 문서를 뜯어보았다. 거기엔 '위군에게 즉시 항복하라' 는 단 한 줄의 글이 적혀 있었다. 칙령을 든 강유의 손이 사정없이 떨리면서 얼굴이 새하얗게 변했다. 황제가 항복했다는 장현의 말을 들은 장수들은 분노와 허탈감에 빠져 머리를 풀어헤치고 통곡했다. 병사들도 이 소식을 전해듣고는 혹 위국의 포로가 되지는 않을까 하는 불안감에서 벗어나지 못했다. 그날 촉군의 진지에서는 나라의 패망을 전해들은 장수들의 울음이 그칠 줄 몰랐다. 그 울음소리는 진영 밖 산과 나무들까지도 숙연하게 만드는 듯했다.

분노를 삼키며 자신의 군막으로 들어간 강유는 한참 만에야 밖으로 나와 휘하 장수들을 불러모아 말했다.

"여러분들은 너무 실망하지 말라. 촉은 그렇게 쉽게 무너지지 않는다. 내가 있는 한 반드시 한 황실은 부흥될 것이다."

강유는 무슨 생각에서인지 즉시 성루 위에 항복하는 깃발을 세우게 하고 사절단을 종회의 진영에 보냈다. 그리고 장익 · 요화 · 동궐 등의 장수를 거느리고 종회를 찾아가 투항했다. 종회는 내심 크게 기뻐하며 강유를 자기 장막 안으로 안내했다. 종회는 강유가 자신보다 스무 살 정도나 위였으므로 그를 상석에 앉히고 말문을 열었다.

"강유 장군께서 저를 보러 오시는 길이 어찌 이렇게 늦어졌습니까?"

강유는 미소를 머금고 대답했다.

"나는 한 나라의 군사를 책임지고 있는 사람입니다. 오히려 오늘 이렇게 온 것도 빠른 것입니다."

강유는 종회가 자기를 깍듯이 맞아준 것에 대해 고마워하며 종회의 용맹과 지략을 추켜세워 칭찬해주었다. 이들은 처음 만났을뿐더러 수일 전만 해도 서로의 목숨을 빼앗기 위해 칼을 겨누고 대치하던 사람들이었으나, 이런저런 이야기를 주고받다보니 통하는 데가 있는 것 같았다. 종회는 아랫사람에게 술상을 차리라 하여 강유와 함께 온 장수와 병사들에게도 술과 음식을 대접했다. 종회는 강유에게 술을 권하며 선배 장수로서 후배에게 가르침을 달라는 요청을 하기도 했다. 강유는 종회의 이런 태도가 몹시 마음에 들었다. 지나간 전투를 이야기하며 스스럼없이 술잔을 주고받던 강유가 은근히 종회를 떠보았다.

"장군은 아직 나이도 젊은데 정확한 전략과 용맹으로 회남 전쟁 이

후 혁혁한 공훈을 세우고 있습니다. 지금 사마씨가 저렇게 권력을 잡고 허세를 부리는 것도 모두 장군이 있었기에 가능한 일입니다. 내가 이렇게 장군에게 머리를 숙이는 것도 그 때문입니다. 나는 내 마지막 힘을 다해 등애와 겨룰 작정입니다. 장군께서는 내가 투항한 뜻을 아시겠지요?"

그렇지 않아도 등애가 성도를 함락하고 유선의 항복을 받아냈다는 말을 듣고 잔뜩 신경을 곤두세우고 있던 종회는 강유의 말에 솔깃하지 않을 수 없었다. 그는 대번에 화살을 꺾어보이며 강유와 함께 할 것을 맹세했다. 이렇게 해서 강유와 종회는 연합하여 성도로 쳐들어갈 준비에 들어갔다.

한편 성도의 등애는 사찬을 익주 자사에 임명하고 견홍과 왕기에게도 각각 주군을 거느리게 했다. 이어 면죽에서 군사들과 백성을 위해 대대적인 연회를 베풀었다. 이 자리에서 술이 얼큰하게 취한 등애가 여러 사람들을 둘러보며 말했다.

"너희들에게 오늘이 있는 것은 나를 만났기 때문이다. 만일 나 아닌 다른 장수를 만났다면 너희들은 이름도 모를 벌판에서 까마귀 밥이 되었을지도 모른다."

장수들은 등애의 말이 내심 종회나 강유를 의식한 말임을 눈치채고 그의 비위를 맞추기 위해 허리를 굽혔다. 연회가 무르익어가며 면죽은 한껏 축제 분위기에 휩싸였다. 그런데 갑자기 장현이 돌아와 급보를 전했다.

"강유가 종회에게 항복했으며 이들이 서쪽 지역을 완전히 진압했습니다."

다소 들떠 있던 등애는 이 보고를 듣고 술기운이 싹 달아나는 듯했다.

'강유가 종회에게 항복하다니, 이럴 수가!'

늘 종회를 의식하던 등애는 서둘러 사마소에게 편지를 보냈다. 낙양에 있던 사마소가 등애의 편지를 읽어보았다.

신 등애는, 장수란 나라를 위해 큰 공을 세운 다음에라야 그 진가를 인정받을 수 있다고 생각합니다. 지금 제가 촉을 평정했으니 여세를 모아 동오를 친다면 반드시 오나라도 위국에 항복하게 될 것이라 생각합니다. 그러나 지금은 큰 전쟁을 치른 후여서 장수 병사 할 것 없이 모두 피로해 있으니 다시 출정하는 것은 어렵습니다. 먼저 농우의 군사 1만과 서촉의 군사들을 동원해 병기와 선박을 만들게 하고 정기적으로 군사훈련을 하면서 만반의 준비를 갖춘 후에 출정하는 것이 순리에 따르는 것인 듯합니다. 이렇게 우리의 힘을 충분히 갖춘 다음 동오로 사자를 보내 이해득실을 따져 설득한다면 싸우지 않고도 동오를 아우를 수 있을 것입니다. 동오에게 보이기 위해서라도 유선을 후대해야 합니다. 그러므로 유선을 이곳 성도에 머물게 하시고 내년 겨울쯤 낙양으로 부르십시오. 곧 유선을 부풍왕扶風王으로 봉하시고 그를 보좌하는 신하도 두게 하십시오. 또한 유선의 아들에게도 두루 덕을 베푸십시오. 그러면 동오의 백성들도 우리 위국에 대해 안심할 것입니다. 이것은 '동오가 위국에게 종속되는 것은 하늘의 순리이다'라는 인상을 백성들에게 심어주는 일이 될 것입니다.

사마소는 그 내용에 공감하면서도 한편 등애에 대한 강한 의심을 떨칠 수가 없었다.

'등애가 촉을 취했으니 이대로 내버려두다가는 성가신 일이 생길 수도 있겠다. 벌써부터 제멋대로 굴려고 하지 않는가?'

사마소는 당장 천자를 시켜 등애에게 벼슬을 내리는 조서를 쓰게 한 후 자신의 편지와 함께 등애에게 보냈다. 등애는 천자가 보낸 조서를 먼저 읽어보았다.

> 정서장군 등애는 빛나는 전공으로 적의 국경 깊이 들어가 적을 멸하고 유선을 귀향시켰다. 이것은 군사들이 그대를 잘 따라주어 때를 놓치지 않고 용감히 싸웠기 때문이다. 그대의 공은 과거 한신이 이름 없는 장수로 막강한 초나라를 격파하고 조나라를 세운 공에 버금가는 것이다. 그러므로 그대를 태위에 봉하고 2만 호의 식읍을 내리며 그대의 두 아들에게도 정후의 벼슬을 내리겠다.

등애는 이어 사마소의 편지를 읽었다. 지난번 편지로 보낸 건의는 따로 천자의 회답이 있을 때까지 좀더 기다려보라는 내용이었다. 등애는 실망하여 들고 있던 편지를 팽개치듯 내려놓으며 주변에 말했다.

"나는 한 나라를 정복한 장수인데 조정에서는 별로 대수롭지 않다는 반응을 보인다. 전쟁에 나와 있는 장수는 왕의 명이 없이도 자의로 판단해서 움직일 수 있다고 했다. 촉을 취한 장수로서 올린 표문인데 왜 내 의견을 받아들이지 않는지 모르겠다."

등애는 곧 사마소에게 답서를 보냈다. 이때 조정 대신들 사이에서는 이미 등애가 반란을 일으킬 것이라는 소문이 돌고 있었으므로 사마소는 등애에 대해 더욱 촉각을 곤두세우고 있었다. 바로 이 무렵 등애의 답서가 도착했다. 사마소는 몹시 궁금해하며 편지를 펼쳤다.

신 등애는 서촉을 정벌하라는 천자의 명을 받고 이미 적을 복종시켜 제 임무를 마쳤으며 백성들도 마음 편히 생업에 종사할 수 있도록 조치를 했습니다. 이제는 동오를 처리할 일만 남았습니다. 만일 나라의 명을 받들어 일을 진행시킨다면 낙양까지의 길이 너무 멀어 시일이 지체됨으로써 쉽게 끝낼 일을 어렵게 만들 수 있습니다. 『춘추』에 이르기를 '나라 밖에 나간 장수는 사직을 지키고 나라를 위한 일이라면 전권에 의해 일을 처리해도 좋다'고 했습니다. 제가 지금껏 목숨을 아까워하지 않고 해온 일들은 모두 나라를 위한 충정으로 한 것입니다. 촉을 이긴 이 기회를 살려서 반드시 동오도 항복시켜야 합니다. 병법에 '진격해 들어갈 때는 명예를 생각하지 말고 패해서 달아날 때는 죄를 피하려 하지 말라'고 했습니다. 신은 비록 옛사람에 비길 만한 절개는 없을지 모르나 나라에 해가 될 인물은 아님을 믿어주시고 제가 시행하는 일들을 지켜봐주시기 바랍니다.

등애의 편지를 읽은 사마소는 가충을 불러서 물었다.

"등애가 사사건건 자기의 공을 내세우며 폐하의 말을 무시하고 자기 마음대로 일을 처리하려 드는 것을 보니 이 자가 반기를 드는 것은 시간문제인 것 같소. 그러니 어떻게 하면 좋겠소?"

가충이 대답했다.

"등애를 견제하기 위한 가장 좋은 방법은 종회를 이용하는 것입니다."

"나도 그 생각을 했소. 종회가 거느린 군대는 낙양에서 보낸 10여만 명이고 거기에 강유의 군대까지 합하면 12만 이상은 될 것이니 등애를 제압할 수 있을 것이오."

사마소는 곧 종회에게 사자를 보내어 사도司徒로 삼고 위관에게는 은밀히 임무를 주어 등애뿐 아니라 종회의 군대에 대해서도 늘 감시를 하라고 일렀다. 낙양에서 사마소가 친서를 보내오자 종회는 서둘러 편지를 읽어 내려갔다.

진서장군 종회는 뛰어난 용맹과 탁월한 전략으로 이르는 곳마다 적을 무찔렀으니 그대는 참으로 무적이다. 발길 닿는 곳마다 성을 함락하고 적을 격파하니 촉의 여러 영웅호걸들이 스스로 결박지어 투항했다. 그대의 전공이 이와 같으니 그대를 사도로 삼고, 현후에 진봉해서 1만 호의 식읍을 내리며, 두 아들을 정후에 봉하고 각각 1천 호의 식읍을 내린다.

사마소의 편지를 읽은 종회는 강유를 청해 물었다.

"등애는 나보다 공이 많아 태위의 벼슬을 내리긴 했으나, 자세히 보면 사마소는 등애를 의심하고 있는 듯합니다. 위관을 감군에 앉히고 내게는 등애를 없애라는 밀명을 따로 내렸는데 장군은 어떻게 생각하십니까?"

강유가 말했다.

"내가 듣기에 등애는 어려서 부모를 잃고 힘들게 자라면서 남달리 큰 뜻을 품었다고 합니다. 뭔가 꼭 이루어야겠다는 욕심이 깎아지른 듯한 마천령의 절벽을 넘게 했을 것입니다. 그렇기는 해도 만일 장군이 검각에서 저를 막아서지만 않았더라면 등애가 어떻게 그런 공을 세울 수 있었겠습니까? 그가 촉주를 부풍왕에 앉히려고 한 것은 촉나라 백성들의 인심을 한데 모아 반란을 일으키기 위해서라는 걸 충분히 의심해볼 수 있지요. 사마소가 저렇게 나오는 것은 당연한 일입니다. 장군께서도 등애에 대해 절대 긴장을 늦춰서는 안 될 것입니다. 더 나아가 앞으로 우환거리가 될 만한 것은 일찌감치 싹을 자르는 것이 현명한 처사인 듯합니다."

종회는 강유의 말을 듣고 자기의 든든한 지지자를 얻은 것 같아 몹시 기뻤다. 강유가 다시 말을 이었다.

"주변을 물러가게 하십시오. 긴히 드릴 말씀이 있습니다."

종회가 사람들을 내보내자 강유는 품에서 서천의 지도를 꺼냈다. 강유는 펼쳐놓은 지도를 보며 설명했다.

"이 지도는 제갈승상께서 융중의 초려에서 나오실 때 선제께 바친 것인데 그때 승상께서 말씀하시기를 '익주는 옥토가 천 리나 뻗어 있어 백성이 번성하고 나라가 부강해질 수 있으니 패업의 터가 될 만한 곳' 이라고 하셨습니다. 선제께서 이곳에 도읍을 정하신 것은 제갈승상의 탁월한 식견에 기인하며 그 예견은 그대로 들어맞았다고 볼 수 있습니다. 그런 성도를 지금 등애가 움켜쥐고 있으니 그냥 두고볼 일이겠습니까?"

종회의 마음속에는 뿌듯함과 질투가 동시에 고개를 들었다. 그는 산 · 강 · 도로 등의 지형을 하나하나 짚어가며 강유의 설명을 들었다. 그러던 그가 강유에게 물었다.

"어떻게 하면 등애를 없앨 수 있겠습니까?"

"사마소가 등애를 의심하고 있으니 그것에 불을 지르는 겁니다. 등애가 반란을 일으키려 한다는 표문을 올리십시오. 아마 사마소는 장군께 당장 등애를 토벌하라는 영을 내릴 겁니다. 그렇게 되면 등애를 없애는 확실한 명분도 얻고 일도 쉬워지는 것이지요. 그리고 더 엄청난 것은 장군께서 등애의 군사까지 수중에 넣을 수 있다는 겁니다. 생각해보십시오. 대충 어림잡아도 장군은 15만 대군을 거느릴 수 있습니다."

종회는 고개를 끄덕이며 웃음 띤 얼굴로 강유에게 말했다.

"장군을 만난 것은 저의 복입니다."

종회는 강유의 말대로 표문을 써서 낙양의 사마소에게 보냈다. 표문의 내용은 성도를 수중에 넣고 유선의 항복을 받은 등애가 촉군과 결탁해 반란을 일으킬 것이라는 내용이었다. 종회의 표문을 받은 조정은 술렁이기 시작했다. 사마소는 예견했던 일이 일어났다고 생각하며 즉각 종회에게 사람을 보내 등애를 제거하라는 영을 내렸다. 한편 가충에게도 군사 3만을 주어 야곡으로 가라는 영을 내렸다. 그런 뒤 사마소는 위 황제 조황과 함께 어가를 타고 직접 등애를 정벌하러 나가겠다는 뜻을 밝혔다. 그러자 서조연 소제가 건의했다.

"종회가 거느린 군사는 등애보다 여섯 배나 많은데 왜 굳이 직접 가시려고 합니까?"

사마소가 소제를 돌아보며 말했다.

"너도 이미 알고 있을 텐데 나한테 묻느냐? 내가 나가는 것은 등애를 치기 위해서가 아니라 실은 종회 때문이다."

소제가 웃으며 말했다.

"혹 공께서 저와 나누었던 말을 잊으셨나 하여 물어본 것입니다."

사마소가 군사를 일으킬 의사를 보이자 가충도 찾아와 말했다.

"지금 주공께서 신경쓰실 인물은 등애보다 종회입니다."

그러자 사마소가 껄껄껄 웃으며 대답했다.

"역시 공은 앞을 내다보는 눈이 탁월합니다."

사마소가 군사를 앞세워 장안으로 향했다는 소식을 들은 종회는 당황한 빛이 역력했다. 그는 강유를 청해 등애를 칠 계책을 상의했다. 강유가 미리 생각해둔 바를 종회에게 설명했다.

"먼저 감군 위관에게 등애를 사로잡으라는 영을 내리세요. 그러면 등애는 위관을 죽이려고 할 것입니다. 등애가 위관을 죽이게 되면 그가 변란을 획책하고 있다는 증거가 됩니다. 그때 장군께서 자연스럽게 나서서 등애를 토벌하시면 됩니다."

종회는 당장 위관에게 명해 성도로 쳐들어가 등애 부자를 사로잡으라고 했다. 위관이 종회의 명을 따르기 위해 군사 수십 명을 차출하자 그의 부하 하나가 와서 만류했다.

"종회 장군께서 등애를 죽이라고 한 것은 변란을 일으키기 위한 것이니 그것에 휘말리면 안 됩니다. 절대 가지 마십시오."

"나도 생각한 것이 있다."

위관은 부하의 말을 못 들은 체하고 30여 곳에 아래와 같은 격문을 띄웠다.

> 황제 폐하의 조서를 받들어 감군 위군은 등애를 체포하려 한다. 이에 협조하는 이들에게는 벼슬을 올리고 상을 내릴 것이나, 불응하는 자는 삼족을 멸할 것이다.

위관은 이 같은 격문을 띄운 후 죄인을 호송하는 수레 두 대를 준비해서 밤을 새워 성도로 달렸다. 새벽 닭이 울 무렵 등애의 부장들은 그 격문을 읽고 대부분이 위관 앞에 나와서 무릎을 꿇었다. 그러나 등애는 이런 사실을 꿈에도 모른 채 부중에서 깊은 잠에 빠져 있었다. 이때 위관은 수십 명의 부하들을 데리고 등애의 침실로 들이닥쳤다.

"조서를 받들어 죄인 등애를 잡으러 왔다."

등애는 기겁하여 침상에서 굴러떨어졌다. 위관의 군사들은 순식간에 등애를 포박해서 수레에 태웠다. 놀라서 달려온 등충도 붙잡혀 수레에 갇혔다. 부중은 조용한 새벽을 걷어내고 소란에 빠져들었다. 등애의 부하 장수와 관리들이 창과 칼을 들고 감군에게 맞서려고 했다. 이때 부중 밖에서 말발굽 소리가 요란하더니 전령이 황급하게 달려와 보고했다.

"종회 장군이 대군을 이끌고 이곳으로 오고 있습니다."

전령의 말이 끝나기도 전에 종회와 강유가 마당으로 들어섰다. 종회는 밧줄에 결박된 채 무릎 꿇은 등애의 머리를 채찍으로 후려치며 소리쳤다.

"시골에서 소나 치던 애송이놈이 감히 모반을 하려 들었더냐?"

종회는 등애 부자를 수레에 실어 낙양으로 호송시키고 자신은 성도로 말을 타고 들어갔다. 등애 부자를 제거한 종회는 등애 휘하에 있던 대부분의 장수들은 물론 병사와 군마 등을 모두 자기 손아귀에 넣었다. 종회는 기분이 몹시 뿌듯해 강유를 보며 의기양양하게 말했다.

"드디어 제가 전군을 거느리게 되었습니다."

강유가 호응하는 웃음을 지으며 말했다.

"참으로 애쓰셨습니다. 이제 경치 좋은 서천 땅이나 유람하시면서 좀 쉬시지요."

종회가 의아한 표정으로 물었다.

"쉬라니요? 또 유람은 무슨 말씀입니까?"

"옛날에 한신은 괴통蒯通의 말을 듣지 않았기 때문에 미앙궁未央宮에서 참혹한 화를 당했습니다. 그리고 대부 문종文鍾은 범려范蠡를 따라 오호五湖로 가지 않은 탓에 칼로 자살하기에 이르렀습니다. 한신이나 범려가 세운 공은 어디에 내놓아도 모자람이 없습니다. 그러나 이들은 상황 판단에 어두워 죽음을 불렀지요. 공은 이제 위주 조상보다 더한 능력을 가지게 되었습니다. 그러니 반드시 사마소의 시기와 견제를 받게 될 것입니다. 한나라의 개국공신이었던 장량이 한고조의 숙청을 피하기 위해 부귀영화를 모두 버리고 아미령峨嵋嶺에 있는 적송자赤松子(전설상의 신선)를 만나러 떠난 것을 왜 흉내내지 않습니까?"

강유는 종회가 현재에 만족할 인물이 아니라는 것을 알고 그를 부추기기 위해 이 같은 말을 했다. 아니나 다를까 종회는 크게 웃으며 강유의 권유를 거부했다.

"공께서는 연로하셔서 그런 말씀을 하시는군요. 제 나이 이제 40도 되지 않았는데 천하의 대군을 거느리고서도 산과 강을 유람하는 것에 만족해서야 되겠습니까?"

강유는 잘됐다 싶어 종회를 더 추켜세웠다.

"역시 장군의 생각이 이 늙은이보다 낫습니다. 마음을 그렇게 갖고 계시다면 지체하지 마시고 최후의 목적을 달성하기 위해 결단을 내리셔야 합니다."

종회는 몹시 기뻐하며 강유의 손을 잡았다.

"장군께서는 역시 내 마음을 꿰뚫고 계시는군요."

두 사람은 이날부터 매일같이 만나 일을 도모할 궁리를 했다. 그러던 어느 날, 강유는 종회를 만나 작전을 짜고 나오며 혼잣말을 했다.

'제갈승상이시여, 반드시 촉을 되찾을 수 있도록 도와주십시오. 빛을 잃은 해와 달을 다시 밝게 하여 기울어진 한 황실을 부흥시키겠습니다.'

종회가 강유와 함께 모반할 계획을 짜고 있는데 사마소가 보낸 황제의 조서가 내려왔다. 종회는 또 무슨 일인가 하여 조서를 펼쳐보았다.

혹시 그대가 등애를 놓칠까봐 염려되어 군사를 거느리고 장안에 주둔하고 있음을 알린다.

종회는 비웃는 얼굴로 말했다.

"내가 거느린 군사 수가 등애보다 여섯 배나 많은 줄 알면서 등애를 놓칠까봐 두려워하며 군사를 끌고 왔다는 것은 말이 안 된다. 이것은 나를 의심하기 때문이다."

옆에서 강유가 거들었다.

"임금이 신하를 의심하면 그 신하는 반드시 죽음을 당하게 됩니다. 그 예가 바로 등애 아닙니까?"

종회가 결심을 하고 단호하게 말했다.

"나는 마음을 굳혔습니다. 사마소와 전쟁을 치르겠습니다. 일이 성공하면 천하를 얻을 것이고 설사 진다 해도 서촉으로 물러나면 유비 정도야 되지 않겠습니까?"

강유가 다시 말했다.

"그렇다 하더라도 아무 명분없이 사마소에게 대항할 수는 없습니다. 사마소는 천자를 끼고 사사건건 천자의 조서로서 움직이니 그에게 덤비는 것은 천자에게 대드는 것이나 다름없습니다."

"그러면 어떻게 하면 좋겠습니까?"

"최근에 곽태후께서 승하하셨다는 소식을 듣지 않으셨습니까? 장군께서는 곽태후의 유조가 있었다고 꾸미고 사마소를 붙잡아 황제 조모를 시살한 죄를 물으십시오. 그만하면 확실한 구실이 될 것이며 중원 평정도 의외로 손쉽게 이룰 수 있을 것입니다."

종회가 만족스러워하며 강유에게 권했다.

"장군께서는 경륜이나 지모에서 저를 앞서시니 장군께서 앞장서 주십시오. 일이 성사되면 함께 영광을 나눕시다."

"최선을 다하겠습니다만, 여러 장수들이 제 말을 따라줄지가 염려됩니다."

"대사를 앞두고 따르지 않는 자는 쳐내버려야지요. 내일이 섣달 그믐이니 고궁에서 장수들을 모아 예년처럼 연회를 열고 그 자리에서 전체적으로 약속을 받아냅시다. 만일 우리 뜻을 거부하는 자가 나오면 미리 없애버릴 것입니다."

강유가 보기에 종회는 이제 대권을 향해 돌아올 수 없는 길로 접어든 것 같았다. 그는 자신의 계책이 반드시 성공할 것 같은 예감에 가슴이 벅찼다. 다음날, 종회와 강유는 궁에서 섣달 그믐 연례행사로 잔치를 벌였다. 여러 장수들은 술과 고기를 배불리 먹으며 연회를 즐겼다. 술잔이 몇 차례 돌고 장수들의 웃음소리가 이리저리 퍼져나갈 때 쯤 갑자기 종회가 술잔을 내려놓으며 울음을 터뜨렸다. 장수들은 느닷없는 종회의 태도에 놀라 물었다.

"장군, 무슨 일인지 말씀해보십시오."

종회는 울음을 멈추고 정색을 하며 큰 소리로 말했다.

"곽태후께서는 임종 전에 내게 은밀히 유조를 남기셨소. 대역무도한 사마소가 남궐에서 천자를 시살한 죄를 저질렀으니 머지않아 위국의 제위를 찬탈하려 들 것이라며 나에게 사마소를 토벌하라는 내용이었소."

종회의 말이 떨어지자 좌중은 혼란에 빠져들었다. 군대 내부의 상당수가 사마소의 사람들로 채워져 있었기 때문이다. 종회가 자리에서 일어서더니 주위에 지시해 흰 비단을 가져오게 했다. 그는 둘둘 말린 비단을 들고 말했다.

"나와 뜻을 함께 할 사람은 이 비단에다 각자의 이름과 관명을 써주시오. 합심하여 역도 사마소를 토벌합시다."

종회의 제안을 들은 대부분의 장수들은 선뜻 수용하지 못하겠다는 듯 술렁였다. 그러자 종회는 대기 중이던 갑사들을 풀어 연회장 주변을 완전히 포위하게 한 다음 칼을 뽑아들고 위협적으로 소리쳤다.

"영을 거역하는 자는 이 자리에서 당장 목을 베겠다!"

장수들은 협박에 못 이겨 하는 수 없이 한 사람씩 비단 위에 이름을 적어나갔다. 그러나 개중에는 몹시 망설이는 이들도 많았다. 종회는 부아가 치밀어 강유를 보며 말했다.

"장수들이 복종할 뜻을 보이지 않으니 차라리 한 구덩이에 모두 파묻어버리는 것이 낫겠습니다!"

그 말을 듣고 강유가 옆에서 말했다.

"이런 사태에 대비해서 미리 준비를 해두었습니다."

심복 구건이 옆에서 이들의 대화를 엿들었다. 그는 호군 호열胡烈의 옛 부하였는데 이 일로 자신이 과거에 존경하던 호열이 죽게 될 것 같아 전전긍긍했다. 이때 호열 역시 궁중에 연금되어 있었다. 구건은 궁중을 수비하다가 몰래 호열을 찾아가 종회와 강유가 주고받은 이야기를 전해주었다. 호열은 깜짝 놀라 구건에게 말했다.

"내 아들 호연胡淵이 궁 밖에서 군사를 거느리고 있네. 한시 바삐 이 사실을 내 아들에게 전해줄 수 있겠나? 지난날의 정리를 생각해서 그렇게 해준다면 자네의 은혜를 잊지 않겠네."

"걱정 마십시오. 제가 알아서 하겠습니다."

구건은 곧바로 종회에게 가서 건의했다.

"주공께서 궁중에 연금시킨 장수들이 식사도 제대로 할 수 없을 뿐 아니라 물조차 마음대로 마실 수 없어 불편을 호소하고 있습니다. 심부름꾼을 하나 두어 그들의 편의를 봐주게 하는 게 어떨는지요?"

"그래, 쥐새끼도 너무 궁지로 몰아대면 고양이에게 덤빈다고 했으니 숨구멍이라도 터놔야 저들도 생각할 여지를 찾겠지."

평소에 구건을 믿는 마음이 철석 같았던 종회는 그 임무를 구건에게 맡기며 당부했다.

"나는 너를 믿고 이 일을 맡기는 것이니 절대 궁중 안의 일이 밖으로 새어나가게 해서는 안 된다."

구건은 종회를 안심시키며 말했다.

"조금도 염려치 마십시오. 각별히 주의를 기울이겠습니다."

호열은 구건을 통해 은밀하게 쓴 밀서를 밖에 있는 아들 호연에게 전하는 데 성공했다. 호연은 아버지의 밀서를 받고 몹시 놀라며 즉시 장수들의 영문에 이 사실을 알렸다. 궁중의 연회에 참석하지 않았던 부장들과 다른 장수들은 이를 갈며 호연에게로 모여들었다.

"종회가 분에 넘치는 일을 하고 있습니다. 우리는 위국 천자의 군대이지 종회 개인의 군대가 아닙니다. 더구나 촉에서 넘어온 강유와 작당하고 하는 짓이니 역적질이 아니고 무엇이겠습니까? 우리들 모두 힘을 합해 저 두 역적놈을 당장 처단합시다."

호연이 각처에서 모여든 장수들과 협의해서 정월 18일에 궁중으로 일제히 쳐들어가기로 약속했다.

한편 장수들이 자신의 뜻에 따라주지 않아 일이 지연되자 골머리를 앓던 종회는 강유를 청해 차를 마시며 말했다.

"장군, 지난 밤에 내가 큰 뱀 수천 마리에게 물어뜯기는 꿈을 꾸었는데 흉몽입니까, 길몽입니까?"

강유가 대답했다.

"글쎄, 꿈에서 용이나 뱀이 나타나는 것은 경사스런 징조라고들 하지 않습니까?"

"그렇다면 다행입니다. 어쨌거나 더 시간을 끌 수 없으니 가담할 자와 불응하는 이들을 분류해서 따르지 않는 자들은 서둘러 처단하고 거사를 하는 것이 좋겠습니다."

강유가 잘 생각했다고 격려하자 종회는 무사들에게 사마소 토벌에 반기를 든 이들은 모두 목을 베라고 명령했다. 무사들이 종회의 명을 받들기 위해 무기를 한 군데로 모으는데 갑자기 궁궐 저편에서 말발굽 소리와 함성이 지축을 뒤흔들었다. 놀란 종회가 강유를 바라보았다.

"이것은 갇혀 있던 장수들이 난을 일으킨 것이 분명하니 빨리 조치를 취하십시오!"

강유의 말을 듣고 종회가 명을 내리기도 전에 군사들이 궁 안으로 몰려오고 있다는 보고가 들어왔다. 다급해진 종회는 궁궐 문을 걸어 잠그게 하고 군사들에게 명해 지붕 위로 올라가 기왓장을 던져서라도 적의 접근을 막으라고 했다. 지붕 위로 올라간 병사들이 기왓장을 있는 대로 뽑아 사정없이 내던지자 수십 명의 부상병이 생겼다. 그러나 이것으로 무장한 병사들을 막아내기에는 역부족이었다.

갑옷을 입은 장수들은 이미 궁궐 문을 부수고 종회와 강유를 찾아 떼지어 궐 안으로 들어왔다. 이들은 궁성에 불을 지르고 궁궐 이곳저곳을 말발굽으로 어지럽히며 종회 · 강유를 찾아 몰려다녔다. 호연이 중심이 된 위군들이 종회의 군사들을 보이는 대로 시살하자 이들은 싸우기보다 달아나기에 급급해 뿔뿔이 흩어졌다. 막다른 곳에 이르렀다고 판단한 종회는 직접 칼을 뽑아들고 군사 수십 명을 죽였으나 누군가가 쏜 화살에 맞아 쓰러지고 말았다. 장수들은 종회의 목을 베고 강유에게로 달려들었다. 강유는 하늘로 치솟는 분을 안은 채 소리쳤다.

"내가 할 일을 다하지 못하고 가는 것은 하늘의 뜻이다!"

그는 곧 스스로 칼을 뽑아 자결했다. 이때 강유의 나이는 59세였다. 종회를 따르던 100여 병사들의 시체가 아무렇게나 나뒹구니 궁중은 그야말로 피비린내가 진동하는 아수라장이 됐다. 위나라 장수들은 종회를 배후에서 조종한 자가 강유라고 생각하고 그의 시신을 난도질해버렸다. 삽시간에 강유의 주검은 사지가 떨어져나가고 내장이 터져 형체도 알아볼 수 없을 정도로 처참하게 훼손됐다. 위군들은 여기서 끝내지 않고 강유의 가족은 물론 휘하에 있던 촉장들을 닥치는

강유는 하늘로 치솟는 분을 안은 채 스스로 칼을 뽑아 자결했다. 당시의 소문에 따르면,
위나라 장수들에게 훼손된 강유의 시신을 확인했는데, 그 '담(膽)'의 크기가 한 됫박이나 되었다고 한다.
물론 허황된 이야기겠지만 강유의 지략과 담력을 아깝게 여긴 당대의 평가를 엿볼 수 있다.

대로 죽였다. 이때 태자 유선劉璿과 장익 그리고 관우의 손자인 한수 정후 관이關彝도 위군에게 희생됐다. 후주 유선이 항복한 이래로 촉의 수도 성도는 사마소와 종회 그리고 등애 세 사람이 벌이는 대권의 각축장이 되어 큰 혼란에 휩싸였다.

등애의 부하들은 종회와 강유가 죽었다는 소식을 듣고 등애를 구하기 위해 면죽으로 밤을 새워 달려갔다. 이 사실을 안 위관은 등애가 방면되어 자기를 해치지 않을까 걱정하는 모습이 역력했다. 위관의 불안을 지켜보던 호군 전속이 그에게 말했다.

“전에 등애가 강유와 결전을 벌일 때 나를 죽이려고 한 적이 있습니다. 그때의 분을 풀 길이 없었는데 이번에 기회가 온 것 같습니다. 제가 가서 등애를 처리하겠습니다.”

위관은 마음의 위로를 얻고 바로 500명의 군사를 전속에게 내주어 등애가 있는 면죽으로 가게 했다. 전속이 면죽에 도착해서 보니 등애는 이미 죄인의 신분을 벗고 성도로 향했다는 소식만 남아 있었다. 전속은 등애가 간 길을 뒤쫓아갔다. 그는 얼마 달리지 않아 등애와 그를 수행하는 군사들을 만날 수 있었는데 등애는 본부의 자기 군사들이 오는 것으로 여겨 아무런 경계 없이 전속을 반겼다. 순간 전속의 칼이 등애의 머리를 내리쳤다. 등애는 말 한마디 못하고 온몸이 피투성이가 되어 쓰러졌다. 이것을 목격한 등충이 전속의 군사에게 대항하며 싸웠으나 군사 수에 밀려 그곳에서 죽고 말았다.

사마염의 천하통일

극심한 혼란에 빠진 촉의 사태를 수습하기 위해 사마소의 분부를 받은 가충이 서둘러 성도로 달려왔다. 강유 · 종회 · 등애가 죽은 지 10여 일 만이었다. 그는 성도성 곳곳에 방을 붙여 백성들을 안심시키고 위관에게 성도를 잘 지키라 명한 다음 촉의 폐주 유선을 데리고 낙양으로 향했다. 이때 유선을 수행해서 함께 낙양으로 간 사람은 상서령 번건과 시중 장소, 광록대부 초주, 비서랑 극정을 비롯한 몇 명의 대신들과 환관 황호 일행이었다. 요화와 동궐은 병을 핑계 대고 성도에 남아 있다가 망국에 대한 울화를 견디지 못해 결국 절명하고 말았다.

서기 264년 3월, 촉이 완전히 멸망한 것을 확인한 동오의 장수 정봉은 본국으로 군사를 철수시켰다. 오나라 조정은 단 2개월 만에 내려앉은 촉의 패망을 지켜보며 커다란 충격에 휩싸였다. 무난히 버텨

낼 줄 알았던 촉이 어이없이 패망하고 세 나라가 졸지에 두 나라로 줄어들자 오나라 조정은 벌집을 쑤셔놓은 듯했다. 중서승中書丞 화핵華覈이 손휴에게 말했다.

"폐하, 우리와 촉은 이와 입술의 관계나 다름없었습니다. 이제 입술이 없어졌으니 이가 시릴 것은 불을 보듯 뻔합니다. 사마소가 남으로 쳐들어올 날이 머지않았으니 반드시 대비가 있어야 할 것입니다."

손휴가 별 동요 없이 대답했다.

"너무 급하게 서둘지 마세요. 나도 연구하고 생각하는 바가 있으니 위나라가 우리를 그리 간단하게 넘보지는 못할 것입니다."

손휴는 육손의 아들이자 뛰어난 군 전략가인 육항陸抗을 진동대장군鎭東大將軍으로 임명하고 형주목을 겸하게 하여 강구 일대를 방어하도록 했다. 또한 좌장군 손이에게는 남서南徐의 여러 지역을 지키게 하고 정봉에게는 강 연안에 수백 개의 진지를 세워 위군의 침입에 대비하도록 했다.

한편 장안으로 갔던 사마소는 유선이 낙양에 도착하기 전에 조정으로 돌아와 있었다. 그는 유선을 환대해 맞이하고 그를 안락공安樂公에 봉한 후 거처할 집과 일상용품, 노비 100여 명에다 비단 1만 필을 주어 사는 데 조금도 불편함이 없도록 배려했다. 그리고 유선의 아들 유요와 그를 수행하고 온 번건 · 초주 · 극정 등에게도 벼슬을 내렸다. 그 가운데서도 촉이 투항하는 데 큰 역할을 했을 뿐 아니라 대학자로 이름이 높았던 초주는 특별히 양성정후陽城亭侯에 봉해졌다. 하지만 환관 황호는 주군의 눈을 가리고 나라를 좀먹었다고 하여 시장바닥에 끌어내어 능지처참하게 했다. 이때 젊은 관리로 학식이 남다를 뿐 아니라 주변의 능력 있는 선비들을 조정에 천거하는 데 이름이

나 있던 비서승秘書丞 장화張華가 평소 학자로서 존경해왔던 초주가 왔다는 말을 듣고 그를 찾아갔다. 장화는 공손함을 가득 담아 초주에게 인사를 하고 말했다.

"그 동안 대부의 명성은 멀리서나마 익히 들어왔습니다. 그런데 이렇게 직접 뵙게 되어 얼마나 큰 영광인지 모르겠습니다."

초주가 엷은 웃음을 띠며 대답했다.

"재주가 미천한데 그렇게 높이 봐주시니 부끄러울 따름입니다."

두 사람은 차를 나누며 초주의 이론인 참위설과 예언기 등에 대한 이야기들을 주고받았다. 초주는 자기를 알아보고 찾아온 젊은 선비가 몹시 고맙기도 하고 대화를 나누다보니 신뢰감도 생겨 자신이 아꼈던 제자 한 사람을 화제에 올렸다.

"공께서는 어진 선비들을 조정에 소개하는 일을 많이 해오신 것으로 아는데 내가 한 사람을 추천해도 되겠습니까?"

장화는 밝은 표정이 되어 말했다.

"대부께서 아끼는 분이 누구인지 어서 보고 싶습니다."

"촉 땅, 파서의 안한安漢이라는 곳에 내 수제자 진수陣壽라는 사람이 있습니다. 그는 천하에 으뜸인 문장가의 자질을 가졌으니 언젠가 때가 되어 그를 낙양으로 불러 재주를 발휘하게 한다면 분명 큰 몫을 할 것입니다."

장화가 다시 말했다.

"그러면 당장 그분을 모셔오도록 하지요."

"진수는 지금 나로 인해 마음이 편치 않을 것입니다. 그의 부친이 위나라 정벌에 열을 올렸던 제갈량을 비판하다 군법으로 형벌을 받았는데도 불구하고, 내가 촉이 위에 투항할 것을 권고했다고 해서 내게서 다소 멀어져갔습니다. 그러니 아직은 때가 아니지요."

장화는 고개를 끄덕이며 초주의 말을 듣더니 신중한 어조로 말했다.

"진수라는 사람을 잊지 않겠습니다."

한편 사마소는 연일 연회를 열어 유선을 초대했다. 유선을 대접하는 데는 두 가지 의도가 있었다. 하나는 유선이라는 인물을 좀더 자세히 파악하여 그가 만일에 취할 수 있는 행위를 미리 차단하려는 것이었다. 다른 하나는 패한 촉주를 잘 대접하여 동오가 위에 대해 갖고 있는 경계심이나 적대감을 줄이려는 것이었다. 연일 잔치를 열어주며 유선을 곁에서 지켜본 결과, 적어도 유선은 달리 무슨 일을 꾸밀 사람 같지는 않았다.

그는 패망한 나라의 주인으로서 가질 수 있는 일말의 울분조차도 전혀 없는 듯 보였다. 연회석에 앉은 그는 그저 술을 마시며 위나라의 음악과 춤을 즐길 뿐 성도에 대한 생각은 아예 잊은 것 같았다. 사마소는 그런 유선이 한심하게 보이는 한편으로 마음속으로 무슨 생각을 품고 있기에 저토록 무심한가 궁금해져 유선에게 시선을 주며 물었다.

"서촉은 경관이 훌륭하고 기후도 알맞아 살기 좋은 곳이라고들 하던데 그곳 생각이 나지 않습니까?"

"예, 생각나지 않습니다."

유선은 표정의 변화 없이 간단하게 대답하고 여전히 춤과 음악에 빠져 있는 듯 더 말하지 않았다. 무슨 대답이 나올까 기대했던 사마소는 실망했다. 게다가 유선은 건조하게 한마디 대답하고는 더 이상 사마소가 비집고들 틈을 주지 않았다. 그는 어떻게 보면 연회장의 시끌벅적한 분위기 속에서도 혼자 앉아 있는 사람처럼 외부와의 소통을 차단하고 있는 듯했다.

사마소도 더 이상 유선에게 말을 걸지 않고 주위 사람들과 술잔을 나누었다. 그때 좀 피곤했던 유선은 별실로 가서 잠시 쉬다가 옷을 고쳐입고 다시 연회장으로 나가려 했다. 이때 극정이 유선을 찾아와 말했다.

"폐하께서는 사마소의 물음에 왜 아무 말도 하지 않으셨습니까?"

유선이 힘없이 대답했다.

"사마소는 나를 떠보려고 일부러 고약한 질문을 하는데 그럼 내가 뭐라 대답해야 한단 말인가?"

"차라리 '선조들의 묘가 멀리 서촉에 있으니 그 쪽을 바라보면 눈물이 난다' 고 대답하시면 폐하를 서촉으로 돌려보낼지도 모르지 않습니까?"

유선이 슬픈 얼굴로 극정에게 말했다.

"공의 말이 맞습니다. 서촉을 생각하면 눈물이 납니다. 얼마 전에 강유가 죽었다는 소식을 들었어요. 나는 처음부터 승산 없는 싸움으로 백성들을 고생시키지 말자는 생각에 그렇게 쉽게 투항한 것입니다. 그런데 성도에서 강유 · 종회와 사마소 군이 서로 싸우는 바람에 전쟁으로 죽은 수보다 더 많은 수의 장수와 군사 그리고 백성들이 죽었다고 합니다. 돌려놓을 수 없는 대세를 돌이키려다 죽은 강유의 행동도 억지였지만 너무 쉽게 순응한 나도 백성들 앞에서 할말이 없습니다. 그런데 내가 무슨 말을 떠벌리겠습니까? 죽을 용기도 없는 나 자신이 조상님 앞에 부끄러울 뿐입니다."

유선의 말을 듣고 있던 극정이 유선 앞에 무릎을 꿇으며 말했다.

"폐하를 잘 보필하지 못한 신들의 탓입니다."

둘은 눈물을 훔쳤다. 잠시 후 유선은 옷매무새를 고치고 연회장으로 다시 나갔다. 그 동안 술을 제법 마셨는지 사마소는 거나하게 취해 있었다. 그는 유선을 보더니 설핏 웃으며 말했다.

"혹 서촉 생각에 눈물을 닦으려고 별실에 다녀온 것입니까?"

유선이 부드러운 음성으로 말했다.

"세상은 강한 자의 것입니다. 나는 오래전에 그것을 인정했습니다. 더 걱정하지 않으셔도 됩니다."

사마소는 더 이상 그 일을 거론하지 않았으며 그를 의심하지도 않았다. 유선은 이후 세상과 거리를 두며 낙양에서 조용히 말년을 보냈다. 촉 정벌이 완전히 끝나자 조정의 대신들 사이에서는 사마소의 공을 추켜세우며 그를 왕위에 앉히고자 하는 움직임이 일었다. 이들은 사마소를 진왕으로 추대하자는 표문을 올렸는데 모두가 사마소의 측근들이었다. 조환은 제위에 오를 때부터 허수아비나 다름없었으므로 표문은 바로 황제의 승인을 받아 진공晉公 사마소는 진왕晉王이 되었다. 그리고 죽은 사마의에게는 선왕宣王이라는 시호가 내려졌다.

사마소의 처는 왕숙王肅의 딸이었는데 이들 사이에는 두 아들 사마염司馬炎과 사마유司馬攸가 있었다. 장남인 사마염은 무예를 즐겼으며 총명한데다 성격도 대담하고 풍모도 출중해 어려서부터 주변에서 영웅의 기상이 있다는 말을 많이 들어왔다. 반면 둘째 아들 사마유는 성격이 온순하고 공손했으며 효성이 지극했다. 사마소는 그런 사마유를 몹시 아끼고 사랑했다. 그러나 사마소는 형 사마사가 아들이 없어 둘째 사마유를 양자로 보내 대를 잇게 했다. 평소 사마소는 항상 죽은 형 사마사를 그리워하며 "내가 다스리고 있는 천하의 주인은 사실 우리 형님이다"라고 말하곤 했다. 사마소의 생각이 이와 같았기 때문에 진왕이 된 후 그는 양자로 보낸 사마유를 장자로 보고 그를 세자로 책봉하려고 했다. 그러자 중신들 사이에서는 반대의 소리가 높았다. 이들 중 산도山濤가 나서서 사마소에게 간 했다.

"예로부터 장자를 두고 차자를 세자에 봉해 시끄럽지 않은 나라가 없었습니다. 이는 예에 어긋나는 일이니 거두어주십시오."

가충은 더욱 단호하게 말했다.

"장자이신 사마염은 총명하실 뿐 아니라 인망도 두텁습니다. 거기다 무를 숭상하여 영웅의 기상이 넘쳐흐르니 그를 세자에 봉해야 아직 끝나지 않은 천하통일의 대업을 완성시킬 수 있습니다. 또한 적장자 상속은 물이 아래로 흐르는 것과 같은 순리이니 이를 따르는 것이 마땅하리라 여겨집니다."

가충의 말에 하증何曾 · 배수裵秀 등 여러 대신들이 동조하고 나서자 사마소는 어쩔 수 없이 사마염을 세자에 봉했다. 이후 사마염은 자신이 세자로 책봉되는 데 결정적인 역할을 한 가충을 특별히 가깝게 대했다.

이때 위제 조환은 사마염에게 열두 줄 면류관을 쓰게 하고 궁을 드나들 때는 천자의 깃발을 세우게 허락했으며, 경호 규모도 천자와 똑같이 하게 하고 여섯 필의 말이 이끄는 황금수레를 타게 했다. 또한 사마소의 부인을 왕후로, 세자를 태자로 부르게 했다. 이 모든 것이 사마소의 신하들이 천자에게 표문을 올려 얻어낸 것들이었다.

사마소는 내심 기뻐하면서도 겉으로는 조금도 제위 찬탈의 뜻을 내보이지 않았다. 그러던 어느 날, 사마소는 대신들의 노고를 위로하는 뜻에서 연회를 베풀고 함께 앉아 술을 마시다 중풍으로 쓰러졌다. 온몸이 마비된 그는 날이 갈수록 병세가 심각해지더니 급기야 혼수 상태에 빠져 무의식의 날들을 보냈다. 그 동안 국정을 돌보는 일은 자연스럽게 사마염에게로 넘어갔다.

사마염은 정무를 처리하는 바쁜 와중에도 아버지의 병상을 떠나지 않을 정도로 깊은 효심을 보였다. 이 해 가을 잠시 의식이 돌아온 사마소는 손으로 사마염을 가리키다 죽고 말았다. 그의 나이 54세였다. 사마소가 죽자 대신들은 사마염을 진왕에 추대했다. 진왕이 된 사마염은 하증을 승상으로 삼고, 사마망을 사도로 삼았으며 사마소에게 문왕이라는 시호를 올리고 대사면을 단행했다.

서기 265년 9월 24일.

사마소의 장례를 치른 사마염은 국정 파악에 더욱 열을 올렸다. 그런 사마염을 지켜보던 가충과 배수가 그를 찾아가 말했다.

"전하, 지금 황실은 위나라의 직계 혈통이 끊긴 지 오래입니다. 조예가 죽은 후 이곳저곳에서 올라온 조씨 집안 사람들로 황실의 위엄은 이미 오래전에 사라졌습니다. 천하를 안정시킨 공으로 치자면 조조보다 우리 선왕(사마의 · 사마사 · 사마소)들의 업적이 더 뛰어난데 전하께서 이렇게 머물러 계시는 것은 적합한 일이 아닙니다."

가충의 말에 배수도 거들고 나섰다.

"전하께서는 곧 선양의 절차를 밟으심이 마땅합니다."

사마염도 내심 대신들 사이에 이런 말이 나와주기를 기다리던 터라 크게 기뻐하며 가충에게 명령했다.

"수선대를 만들도록 하시오."

위주 조환은 조정의 분위기가 심상찮다고 느꼈는지 이날따라 신하들의 조회도 받지 않고 불안한 마음으로 후궁을 지키고 있었다. 이때 사마염이 신하들을 대동하고 그에게로 왔다. 조환은 급하게 용상에서 일어나 사마염을 맞이하며 자리에 앉기를 권했다. 사마염은 자리에 앉자마자 바로 찾아온 용건을 꺼냈다.

"폐하, 지금 위가 천하를 다스리게 된 것은 누구의 덕입니까?"

조환이 주변의 눈치를 보며 말했다.

"모두 진왕의 부친과 조부 덕입니다."

사마염이 웃으며 말했다.

"그렇지요. 그분들이 안 계셨다면 지금의 막강한 위국도 없었을 것입니다. 제가 보기에 폐하께서는 문무 면에서 위국을 다스릴 만한 힘이 부족한 듯한데 능력이 되는 사람에게 주인 자리를 양보하는 것이 나라나 백성에게 이롭지 않겠습니까?"

조환은 놀랍고도 분한 마음에 입이 굳어 아무 대답도 하지 못하고 있었다. 이때 옆에 있던 황문시랑 장절張節이 사마염에게 강한 어조로 말했다.

"그것은 가당치 않은 말입니다. 오늘날 위국의 기업을 이루신 분은 무황제(조조)이십니다. 그분께서는 동서와 남북을 정벌하여 천하를 아우르고 위국을 건설하는 데 평생을 바치셨습니다. 지금 천자께서는 무황제의 자손으로서 덕을 갖추시고, 죄를 지은 것도 없는데 진왕께서는 무슨 명목으로 주인의 자리를 양보하라고 하시는 겁니까?"

그러자 장절의 말을 듣고 있던 가충이 나서서 말했다.

"공께서는 위국이 조조가 만든 나라라고 말씀하시는데 이 사직은 본래 대한의 것입니다. 조조는 자신의 무공을 내세워 한 황실을 협박하고 두려움에 떨게 하여 결국은 스스로 위왕의 자리에 올라 한 황실을 찬탈했습니다. 그런데 이 나라가 어찌 조씨 가문의 것이라 합니까? 더구나 위국이 오늘처럼 번성하게 된 것은 진왕의 조부 · 부친 ·

형 3대에 걸쳐 위국을 위해 공적을 쌓았기 때문입니다. 이것은 진왕께서 천자의 위에 오르시어 천하를 다스릴 충분한 이유가 됩니다."

장절이 기가 차다는 듯 가충을 쏘아보며 꾸짖었다.

"억지소리 하지 마시오! 그것은 나라를 빼앗으려는 역적질이오."

장절의 말에 머리끝까지 화가 난 사마염이 소리쳤다.

"조조가 빼앗은 한 황실의 원수를 갚으려는 것인데 뭐가 안 된다는 것이냐!"

사마염은 무사들에게 명해 장절을 끌고 나가 몽둥이로 때려 죽이게 했다. 조환은 두렵고 당황스러워 어찌할 바를 모르고 떨었다. 사마염은 그런 조환을 거들떠보지도 않고 나가버렸는데 가충이 일부러 남아 조환을 설득했다.

"천명이 다했으니 폐하께서는 하늘의 뜻에 따르십시오. 조정은 진왕을 천자로 모시기 위해 이미 준비를 하고 있습니다. 수선대가 완성되면 예를 갖추어 진왕에게 제위를 넘겨주십시오. 그것이 천리를 따르는 길이고 백성들을 위하는 길이니 폐하께서도 용체를 보전하실 수 있을 것입니다."

조환은 가충의 말에 따르기로 하고 그에게 즉시 수선대를 완성시키고 선양의 절차를 밟으라고 명했다. 서기 265년 늦은 겨울, 조환은 직접 옥새를 들고 여러 문무백관들이 모인 가운데 수선대 앞에 섰다. 그가 사마염을 향해 수선대에 오르기를 청하자 사마염이 문무백관들의 하례를 받으며 대 위에 올랐다. 조환은 사마염에게 신하의 예로써 옥새와 제위를 바치고 단을 내려와 천자의 옷을 벗고 평복으로 바꿔 입은 후 신하의 대열 앞에 섰다. 수선대에 오른 사마염이 자리에 앉자 가충과 배수는 문무백관의 대열 왼쪽과 오른쪽 끝에 칼을 짚고 서서 조환에게 명령했다.

"천자께 재배하고 땅에 엎드려 명을 받으시오."

가충은 준비한 글을 읽었다.

> 한나라 건안 25년(서기 219년)에 한나라로부터 위가 제위를 물려받은 지 이제 45년이 지났다. 이제 하늘이 내린 복록이 다해 하늘은 오로지 하늘의 명에 적합한 자를 골라 그 명을 내리니 그 명이 이제는 진晉에 이르렀다. 사마씨의 공덕은 하늘에까지 닿아 천하 사해가 그 덕을 칭송하고 있다. 이에 천명은 진왕으로 하여금 황제에 즉위하여 위국의 법통을 잇게 했다. 이제 그대를 진류왕陳墉王으로 봉하고 금용성金埇城으로 가 그곳에서 평생을 지키도록 명한다. 부름이 없이는 수도에 오지 말 것이며 천명이 그대를 떠난 것에 대해 항상 근신하며 살도록 하라.

조환은 눈물을 흘리며 새 황제에게 사례하고 물러갔다. 이때 나이 90을 바라보는 신하 하나가 부축을 받으면서 조환에게로 다가가 엎드려 절하며 말했다.

"신은 위국의 신하였습니다. 마지막까지 위국을 배반치 않겠습니다."

조환은 당황하며 그를 부축해 일으켜세웠다. 놀랍게도 이 늙은 신하는 사마부로 사마의의 동생이었다. 그는 조비가 위 황제에 오르기를 주청했고 사마의를 도와서 조상을 제거한 사람이기도 했다. 그러니 사마염에게는 작은할아버지였고 오늘날 사마씨가 대권을 잡는 데 큰 공헌을 한 사람 가운데 하나였다.

문무백관들은 사마부의 행동에 당황했으나 사마염은 오히려 그의 충절에 감동해 사마부를 안평왕安平王에 봉하도록 했다. 그러나 사마부는 이를 거절하고 물러갔다. 주위에서 사마부를 부축해 데리고 나가자 대신들은 수선대 앞에 엎드려 사마염에게 두 번 절을 하고 천지에 울려퍼지도록 만세를 불렀다. 이렇게 해서 사마염은 위나라의 법통을 이어 국호를 대진大晉으로 부르고 연호를 태시 원년으로 바꾸었으며 이어 온 나라에 대사면령을 내렸다.

새 황제 사마염은 시호를 추서하여 대진 건국에 공헌을 한 선조들을 기렸다. 사마의에겐 선제라는 시호를 올리고 큰아버지 사마사와 아버지 사마소에게도 각각 경제와 문제라는 시호를 추증했다. 그리고 7묘를 세우고 조상들의 덕을 빛냈다. 7묘란 과거 사마의의 고조할아버지였던 한나라의 정서장군征西將軍 사마균司馬鈞, 그의 아들인 예장豫章 태수 사마량司馬亮, 사마량의 아들 영천 태수 사마준司馬雋, 준의 아들 경조윤京兆尹 사마방司馬防, 방의 아들 선제 사마의와 사마의의 두 아들 사마사와 사마소를 모신 사당이다.

한편 오주 손휴는 전횡을 저지르던 손침을 제거한 후 조정이 안정을 찾자 평소에 깊은 관심을 가졌던 학문에 심취했다. 그는 오나라 땅에 흩어져 있던 옛 경전들을 수집하고 춘추전국시대의 문집을 모두 모으게 했다. 그는 손침 세력을 무너뜨리는 데 결정적인 역할을 한 장포를 몹시 신임해서 그와 승상 복양흥에게 정무를 맡기고 자신은 학자들과 함께 학문을 연구하고 토론하는 데 더 많은 시간을 할애했다.

하지만 주변국의 상황은 그를 한가하게 옛 경전이나 문집에만 몰두하게 내버려두지 않았다. 이미 촉은 지난해에 멸망했으며 위국에서는 사마염이 황제의 위를 찬탈했다는 소식이 전해졌다. 이제 위의 정벌 대상은 오직 동오 하나에 집중될 것이니 손휴의 부담은 매우 커질 수밖에 없었다. 그는 육항 · 손이 · 정봉 등에게 위군이 쳐들어올 만한 요새지를 철저하게 방어하도록 하고 수군들의 훈련을 더욱 강화했다.

그러나 그해 여름이 끝날 무렵, 손휴는 병명도 모르는 채로 혼수상태에 빠져 사경을 헤맸다. 잠깐씩 정신이 들었다가는 다시 의식을 잃곤 하는 일이 되풀이되자 조정 대신들은 발등에 불이 떨어진 양 은밀하게 후사문제를 논의했다. 그러던 어느 날, 정신이 돌아온 손휴가 승상 복양흥을 병상으로 청해 자신의 아들 손만孫䨠에게 두 번 절을 하라고 일렀다. 복양흥이 손휴가 시키는 대로 세자인 손만에게 재배하고 나자 손휴는 복양흥을 가까이 불러 그의 한손을 잡고 뭐라고 말을 하려다가 그만 숨을 거두고 말았다.

이때 손휴의 나이 30세였으며 그의 아들 손만은 아직 열 살도 되지 않은 어린 아이였다. 손휴가 죽은 후 조정은 후사문제를 두고 대신들 간에 설왕설래가 끊이지 않았다. 승상 복양흥은 손휴가 죽으며 손만에게 재배를 하게 했던 것을 상기하며 손만을 황제로 옹립하기 위해 문무대신들을 설득하기 시작했다. 하지만 조정의 여론은 의외의 방향으로 흘러갔다. 좌전군左典軍 만욱萬彧이 말했다.

"지금 동오는 개국 이래 가장 위험한 상황에 처해 있다고 해도 과언이 아닙니다. 국외 정세가 일촉즉발의 위기로 치닫고 있으니 아직 보령이 어리신 태자께서 이 일을 감당하기엔 무리입니다. 그래서 저는 오정후烏程侯 손호孫皓를 황제로 추대하는 것이 좋다고 생각합니다."

좌장군 장포의 생각도 만욱과 같았다.

"손호는 선제(손휴)께서 오정후에 봉한 사람으로 대황제(손권)의 손자분이자 원래 태자였던 손화의 아드님이시지 않습니까? 그러니 황제에 추대해도 무리가 없는 분입니다. 그리고 그는 23세의 젊은 나이임에도 불구하고 재능이 뛰어나고 정세를 파악할 줄 아는 식견도 갖추고 있습니다. 국가가 누란의 위기에 처해 있는 이때 그는 선제에 버금가는 인물로 적격자라고 할 수 있습니다."

여러 대신들의 이견에 부딪친 복양흥은 결정을 내리기 전에 장포와 함께 손휴의 비인 주朱태후를 찾아가 이 문제를 협의했다. 주태후가 말했다.

"내가 비록 아녀자의 몸이기는 하지만 지금 국가가 몹시 어려운 상황에 처해 있다는 것을 알고 있어요. 내 아들은 아직 어려 국가 대사를 책임질 능력을 갖추지 못했으니, 누구라도 이 사직을 보전할 만한 적임자가 있다면 그를 옹립토록 하세요."

복양흥과 장포는 주태후의 동의에 따라 문무백관과 협의해서 손호를 황제로 추대했다. 서기 264년 7월, 제위에 오른 손호는 연호를 원흥元興으로 바꾸고 태자 손만을 예장왕豫章王에 봉했다. 그리고 자신의 아버지 손화를 문황제文皇帝로 추시하고 어머니 하씨何氏는 태후로 추존했다. 또한 노장군 정봉을 좌우대사마에 봉하고 나서 전국에 대사면령을 내렸다.

그러나 황제위에 오른 손호는 조정 대신들의 기대와는 달리 일이 자기 뜻대로 되지 않으면 포악함을 드러내 주변 사람을 괴롭혔다. 그는 조금이라도 자기에게 반대하는 이가 있으면 무조건 극형과 국문으로 다스렸다. 그는 어린 시절부터 이복 누나의 모함으로 억울하게 누명을 쓰고 태자의 자리에서 쫓겨난 뒤에 한을 품고 죽은 아버지를 보고 자라면서 마음속에 분노와 포악함을 키운 사람이었다. 그가 힘이 없었을 때는 밖으로 드러나지 않고 잠재되어 있던 복수심이 한 나라의 최고 권력자가 되자 걷잡을 수 없는 형태로 터져나오기 시작한 것이다. 더구나 그는 민첩한 두뇌회전과 편집증에 가까운 강한 추진력을 가지고 있어 주위에서 견제할 방법이 없었다.

손호는 늘 권력다툼에서 밀려난 부친을 생각하며 황실에서의 권위를 확고히 다지는 데 신경을 곤두세웠다. 손호의 권위적인 성격은 자기 주관이 강한 장포와 자주 갈등을 빚었다. 그러던 어느 날, 손호의 독단을 견디지 못한 장포는 마침내 복양흥을 만난 자리에서 자기가 손호를 황제로 천거한 것은 실수였다는 말을 했다. 곁에서 이 말을 들은 만욱이 장포의 불경한 언사를 고자질하는 상소문을 지어 올렸다. 손호는 크게 화를 내며 당장 장포와 복양흥을 붙잡아다 참형에 처하고 삼족을 멸했다. 하지만 이것은 시작에 불과했다.

이듬해 7월 손호는 손휴의 비였던 주태후를 핍박하여 죽였다. 그때 그는 태후의 시신을 정전에 안치하지 않고 후원에 있는 골방에 방치해두었다가 대충 장사지내게 했으며, 손휴의 아들들도 모두 죽여버렸다. 손휴의 잔여 세력들이 혹 자기에게 해를 입히지 않을까 미리 염려한 때문이었다. 이 일로 주위 사람들은 손호에게 매우 실망하게 되었으며 자연 몸을 사리는 이들이 늘어났다. 그러자 바른 말 하는 사람보다 아부하기 좋아하는 환관이 주위에 꼬이기 시작했다. 중상시 잠혼岑昏은 그런 손호를 술과 여색으로 인도했다.

서기 265년, 연호를 다시 보정寶鼎 원년이라고 고친 손호는 육개陸凱를 좌승상에, 만욱을 우승상에 앉혔다. 이때 손호는 무창에 머물러 있었기 때문에 양주揚州 땅의 백성들이 새 수도 무창을 유지하는 데 고생이 이만저만이 아니었다. 수도를 옮긴 지 얼마되지 않아 손호는 사치스러운 생활로 국고를 탕진하여 백성들은 생필품조차 쉽게 구할 수 없는 곤란에 처했다. 마침내 육개가 이를 염려하는 상소문을 올렸다.

재난을 겪지 않았는데도 백성들의 삶은 전쟁 때처럼 어렵고 나라에서는 뚜렷한 사업이 없는데도 국고가 줄고 있습니다. 지난날을 돌아보십시오. 한 황실이 힘을 잃자 오 · 위 · 촉 3국이 일어나 천하의 균형을 이루었습니다. 그러나 이제 조씨와 유씨가 도를 잃어 사마씨의 대진이 모두 평정했습니다. 국가의 장래를 위하고 폐하를 위해 감히 말씀드립니다. 무창은 지형이 험악하고 구릉지가 많을 뿐 아니라 땅이 척박해서 도읍지로는 적합한 곳이 아닙니다. 요즘 시중에서는 '차라리 건업의 물을 마시지 무창의 고기는 먹지 않을래, 건업으로 돌아가 죽을지라도 무창에서는 못살겠네' 라는 노래가 아이들의 입을 통해 유행하고 있습니다. 이 노래는 바로 민심이며 천의를 담고 있습니다. 지금 폐하께서 제위에 오르신 지 1년도 채 되지 않았는데 국고가 비어 이대로 가다가는 앞으로 1년을 넘기기가 어렵습니다. 또한 공경들은 폐하를 올바르게 보좌하여 국정을 밝히기보다 자신의 지위를 이용해 자손의 앞날을 다지기에 혈안이 되어 있습니다. 대제(손권) 때에 100여 명을 넘지 않았던 후궁이 지금은 1천 명이 넘으니 재정이 어려워지는 것은 당연한 일입니다. 이것은 나라의 도를 잃고 백성들을 병들게 하는 일입니다. 바라건대 폐하께서는 대황제를 기려 궁중에 근검과 절약을 실천하시어 궁녀들의 수를 줄이시고 부패한 관리들을 멀리하시며 때묻지 않은 청렴한 관리를 불러들이십시오. 그러면 나라는 아래위로 평안을 찾을 것입니다.

손호는 육개의 상소문을 읽고도 자신의 실정을 바로잡기보다 도리어 자신의 결심을 더욱 다졌다.

'건업을 떠나면 그곳 세력들을 한번에 없애버릴 것이라고 여긴 것이 내 실수였다. 이제부터는 피하지 말고 정면으로 부딪쳐서 내게 도전하는 이들을 철저히 응징하리라.'

손호는 무창을 건업에 뒤지지 않는 수도로 만들기 위해 여러 가지 토목 공사를 일으켰다. 소명궁昭明宮을 지을 때는 일손이 모자라 문무백관들마저 산으로 올라가 나무를 베어와야 하는 수모를 당했다. 손호는 듣기 싫은 말로 자신을 구속하는 대신들보다 점쟁이들을 곁에 두고 그들의 말을 듣는 게 더 편했다. 어느 날 상광尙廣이라는 유명한 술사가 대궐을 찾아오자 손호가 물었다.

"짐이 천하를 통일할 수 있겠는가?"

상광이 점괘를 놓아보고 나서 말했다.

"점괘를 보니 다가오는 경자년庚子年에 폐하께서 거개를 받들고 낙양에 들어가시게 될 것입니다."

손호는 크게 기뻐하며 상광에게 큰 상을 내렸다. 그해 겨울, 위국에서는 황제 조환이 쫓겨나고 사마염이 제위에 올라 진을 건국했다. 이때 사마소의 죽음을 애도하기 위해 낙양에 사절로 갔던 오나라의 오관중랑장 정충이 돌아와 보고했다.

"지금 진은 변화를 겪고 있는 중이어서 북방의 수비가 허술합니다. 그러니 기회를 놓치지 말고 익양을 공격해 취하는 것이 좋겠습니다."

이 말을 들은 손호는 자신의 실책을 만회할 수 있는 기회라고 생각하고 바로 중신들을 불러 이 문제를 거론했다. 조정 대신들은 전쟁을 하자는 쪽과 진과 화친을 해야 한다는 쪽으로 나뉘어 설전을 벌였다.

육개가 말했다.

"예전에 위를 견제하는 것도 쉽지 않은 일이었는데 이제 진은 촉을 흡수한 중원의 유일무이한 강국으로 커져 우리가 전쟁으로 상대하기는 벅찬 나라가 되었습니다. 뿐만 아니라 천하는 그 동안 전란으로 너무 지쳐 있습니다. 우리는 이제라도 승산도 없는 일에 힘을 소비할 것이 아니라 진과 화친하여 전쟁을 막는 것이 오나라의 사직을 보전하는 길일 것입니다."

그러자 유찬留贊이 이에 반기를 들고 나섰다.

"우리가 화친을 원한다고 해서 그들이 좋다며 반기겠습니까? 지금 적들이 조용히 있는 것은 촉 정벌을 끝낸 지 얼마 되지 않았기 때문입니다. 우리는 지금 적국에 화친 사절을 보낼 것이 아니라 첩자들을 요소 요소에 보내 그쪽 움직임을 간파하는 것이 더 중요합니다."

이들의 언쟁은 끝이 없어 손호는 어느 쪽으로도 결정을 내리지 못하고 있었다. 그런 가운데도 손호의 사치스러운 궁정생활은 여전히 계속되었다. 다음해 겨울, 영안에서 시단施旦이라는 자가 농군 수만 명을 이끌고 손호의 이복동생 손겸孫謙을 추대하고 건업을 점령하기 위해 반란을 일으켰다. 그러나 건업을 지키고 있던 제갈정과 정고의 활약으로 이들의 반란은 실패로 끝나고 손겸은 자살해버렸다. 제갈정은 지난날 사마소에 반대하여 모반을 일으켰던 제갈탄의 아들로 사마소와의 대전 때 오나라에 인질로 갔던 사람이었다. 이 일이 있고 난 후 손호는 수도를 다시 건업으로 옮겼다.

서기 269년 봄, 손호는 자신의 아들 손근孫瑾을 태자로 봉했다. 그는 위에 대한 경계를 늦추지 않는 가운데 지방 호족들에게 분산되어 있는 권력을 중앙으로 집중시켜 자신의 힘을 확고히 하는 데 매진했다. 이같은 정책을 실현하기 위해 그는 호족들을 탄압하고 자신에게 반대하는 자들을 숙청하는 데 열을 올렸다.

날이 갈수록 손호는 사람들 사이에서 서서히 두려움과 적대감의 대상으로 자리잡았다. 더욱이 그해에는 손호에게 충언을 아끼지 않던 육개마저 죽어 주변에는 그에게 쓴소리를 하는 이들을 찾아보기 힘들게 되었다. 그 동안 오와 진나라 사이에는 작은 충돌은 있었으나 큰 전쟁은 없었다. 그러나 체제가 바뀌고 점차 안정을 찾아가던 진나라의 사마염은 호시탐탐 오나라를 정복할 기회를 노리고 있었다. 손호는 손호대로 진나라의 작은 고을이라도 점령해 자신의 힘을 과시하고 싶은 욕심을 키웠다.

손호는 육항을 매우 신임해 그에게 국경지역 수비의 총책임을 맡겼다. 육항은 오나라의 명장 육손의 아들로 부친을 여읠 때 나이가 20세였으나 건무교위 · 입절중랑장 · 분위장군 · 정북장군 등을 거쳤다. 손호가 황제로 등극한 이후에는 다시 진남대장군과 익주목을 겸했으며 대사마였던 시적施績이 죽자 신릉 · 서릉 · 이도 · 나강 · 공안의 군사 업무를 총괄하는 직책을 맡고 있었다. 이때는 진이 워낙 강국으로 부상해 있었으므로 국경지대에 있던 장수들 중에는 변절과 반역으로 진나라에 투항하는 경우가 많았다. 그러던 중 육항은 서릉태수 보천步闡이 진에 투항하려 한다는 소식을 접했다.

육항은 바로 서릉을 포위하고 지원병 수를 늘렸다. 장수들은 육항에게 하루 빨리 서릉을 공격하자고 했으나 육항은 서릉성이 특별히 견고하고 진나라 군사들이 몰고 들어올 수 있으므로 우선 철저히 포위만 하고 있다가 진군이 공격해오면 그때 함께 격파하겠다고 했다. 육항의 예견대로 진나라의 파동감군 서윤과 형주 자사 양호羊祜가 대군을 이끌고 보천을 구하기 위해 출영했다. 이때 오나라 장군 주교와 유찬이 진군에 투항하는 일이 생겼다. 이 일로 오군의 포위에 구멍이 생겨 여러 참모들과 장수들의 사기가 땅으로 떨어졌다. 육항은 사태를 빨리 수습하기 위해 참모들을 불러놓고 말했다.

"제장들은 들으시오. 이들의 투항은 이미 오래전에 계획된 것임을 알게 되었소. 특히 유찬은 군영을 책임지고 관리해온 자이므로 우리 군의 허점을 가장 잘 아는 자요. 그가 진군을 이끌고 온다면 우리의 가장 허술한 부분을 공격할 것입니다. 이점을 염두에 두고 작전을 짤 것이니 모두 그렇게 알고 계십시오."

육항은 바로 군령을 내려 원주민 병사들을 오나라 병사들로 모두 교체하고 원주민 병사들이 방어하던 곳을 본부의 정예부대로 채워넣었다. 다음날 육항의 예상대로 양호는 진군을 이끌고 원주민 병사들이 방어하던 곳으로 집중 공격을 해왔다. 진군의 공격을 기다리고 있던 오의 정예병들은 이들을 맞아 일대 격전을 벌였다. 화살과 투석이 난무하는 가운데 예상치 못한 반격을 당한 양호는 바로 퇴각하고 말았다. 육항은 양호가 물러가자 다시 보천이 농성하고 있는 서릉을 겹겹이 포위하여 대대적인 공격을 퍼부었다. 그리고 며칠 만에 성을 점령한 뒤 보천을 잡아 참수하고 삼족을 함께 멸했다. 손호는 육항의 승전 소식을 듣고 몹시 기뻐하며 그의 벼슬을 더욱 높였다.

이후 손호는 한층 자신감에 차서 진을 칠 기회만을 노리게 되었다. 그러던 중 중서승 화핵을 불러 은밀히 품어온 자신의 뜻을 밝혔다.

"선제(손휴)께서 강 연안에 수백 개의 진지를 세우고 여러 장수들에게 군사를 주둔하게 했으며, 노장군 정봉이 그 진지들을 총괄하고 있는 것으로 알고 있소. 이제 짐이 촉주의 원수를 갚기 위해 중원을 치려고 하는데 어디로 진격하는 게 좋겠습니까?"

"서촉을 멸한 사마염이 동오를 집어삼키기 위해 기회를 노리고 있는 것을 왜 모르십니까? 촉주의 원수를 갚고 중원을 정벌하는 것도 좋지만 그보다 폐하께서 제위에 오르신 지 얼마 되지 않으니 먼저 덕을 쌓아 백성들을 안정시키고 국고를 살찌우는 것이 순서라고 여겨집니다. 만일 지금 군사를 움직이신다면 기름을 지고 불 속으로 뛰어드는 것과 같은 화를 당하실 테니 폐하께서는 재삼 숙고하십시오."

화핵의 말을 듣고 있던 손호는 사납게 얼굴이 일그러졌다.

"짐이 심혈을 기울여 천하통일의 대업을 이루려고 하는데 그대가 할 수 있는 말이 고작 그것이란 말이오? 그대가 선제의 신하만 아니었다면 당장 참수를 당했을 것이오!"

손호는 두 번 다시 화핵을 마주하고 싶지 않다며 그를 궁궐 밖으로 내쫓게 했다. 화핵은 집으로 돌아가면서 자신도 모르게 탄식했다.

"이 나라도 머지않아 서촉과 같은 꼴이 되겠구나!"

화핵은 그 길로 짐을 싸들고 깊은 산중에 묻혀 다시는 세상 밖으로 나오지 않았다. 육항의 승리로 한껏 고무된 손호는 다시 육항에게 영을 내려 양양을 치도록 했다. 이같은 소식은 위의 세작에 의해 바로 낙양으로 전해졌다. 사마염은 보고를 듣고 대책을 마련하기 위해 곧바로 문무백관들을 소집했다.

"지금 동오의 손호는 제 주제도 모르고 감히 우리 대진을 넘보고 있소. 육항이 양양으로 쳐들어왔다고 하는데 어떻게 대처하는 것이 좋겠습니까?"

가충이 말했다.

"동오에서 들려오는 소문에 의하면 오주 손호는 전횡을 저지르며 중신들과 호족들을 핍박해 그에게서 멀어지는 자가 한둘이 아니며

국론도 이리저리 분열되어 있다고 합니다. 폐하께서는 도독 양호에게 조서를 내려 육항을 막게 하시고, 동오가 혼란에 빠지기를 기다려 그 틈을 타서 일거에 공략하면 오국을 쉽게 뒤집어엎을 수 있을 것입니다."

사마염은 가충의 말대로 곧바로 양호에게 조서를 보냈다. 황제의 조서를 받은 양호는 곧 군마를 정비하고 적을 맞아 싸울 준비를 했다. 양호는 양양에서 군사와 백성들에게 크게 인심을 얻고 있었다. 그는 투항해온 동오인들이 돌아가기를 원하면 모두 돌려보내주고 군사를 반으로 나누어 밭을 개간하고 농사를 짓도록 장려했다. 양호는 장수로서는 좀 특이한 인물로 군중에 있을 때도 늘 갑옷 대신 평상복 차림으로 있었으며 호위하는 군사도 불과 10여 명 정도였다. 어느 날 양호가 군막에서 책을 읽고 있는데 부장이 장막 안으로 들어와 말했다.

"요즘 동오 군사들의 기강이 많이 흐트러져 있다고 합니다. 허점이 있을 때 공격하면 반드시 승리할 수 있을 것입니다."

양호는 들고 있던 책을 탁자에 놓으며 말했다.

"너희들이 오군 장수 육항을 몰라서 하는 소리이다. 그는 보통 재주를 가진 인물이 아니다. 지난번 그가 오주의 명령으로 서릉을 공격하러 왔을 때, 서릉을 지키고 있던 보천이 당하는 것을 막기 위해 우리가 군사를 이끌고 갔지만 그를 당해내지 못했다. 그가 국경을 지키고 있는 한 우리는 그 나라에 변란이 일어나기를 기다렸다가 공격해야 한다. 함부로 나가는 것은 그를 도와주는 일밖에 되지 않는다."

그러던 어느 날, 장수들과 함께 사냥을 나갔던 양호는 마침 사냥을 나온 육항과 마주치게 되었다. 그러자 양호가 자기 군사들에게 지시했다.

"우리 군은 절대 경계 밖으로 나가지 말라."

양호의 명대로 진군은 단 한 명도 경계선 밖을 나가지 않았다. 육항이 이것을 보고 혼잣말을 했다.

"양호가 거느리는 군사들의 규율이 저렇게 엄정하니 함부로 쳐들어가서는 안 되겠구나."

이날 사냥을 마치고 돌아온 양호는 사냥한 짐승들을 살펴보고 동오 군사들의 화살이 박혀 있는 짐승들은 모두 동오로 돌려보냈다. 이것을 받은 육항은 사냥물을 가지고 온 사람에게 물었다.

"네 장군께서는 술을 즐기시느냐?"

사자가 웃으며 대답했다.

"많이 즐기시지는 않으나 특별히 좋은 술이 있으면 잡수십니다."

육항이 고개를 끄덕이며 말했다.

"내게 오래전에 담가둔 술이 있다. 내가 즐기는 술인데 아마 마실 만할 것이다. 네가 돌아갈 때 가지고 가서 너희 장군께 드리면서 어제 사냥터에서 보여준 정을 생각해서 드리는 것이라고 전하라."

사자가 술을 가지고 돌아가자 육항의 부하들이 적장에게 술을 준 이유를 물었다.

"양호 장군이 우리에게 먼저 호의를 베풀었는데 보답을 하는 것이 당연하지 않느냐?"

장수들은 육항의 아량에 감복했다. 한편 술을 가지고 온 사자가 양호에게 육항의 진지에서 있었던 일을 모두 이야기하고 술병을 내놓았다.

양호는 흐뭇하게 웃으며 말했다.

"내가 무슨 술을 좋아하는지 그 사람이 알더란 말이냐?"

그리고 술병을 열어 술잔에 따라 마시려고 했다. 그것을 보고 있던 부장 진원陳元이 황급히 양호를 가로막으며 말했다.

"술이 안전한지 알 수 없으니 잘 살핀 후 드시는 게 좋겠습니다."

"육항은 그럴 사람이 아니다."

양호는 술병을 모두 비워버렸다. 이 일이 있은 후 양 진영의 병사들도 서로 왕래하며 친하게 지냈다. 그러던 어느 날 육항이 사람을 보내 양호의 안부를 물었다. 양호 역시 그에게 육항이 잘 지내고 있는가를 물었다.

"육장군께서도 별고 없으시겠지?"

"장군께서는 심한 몸살로 며칠째 누워계십니다."

"그러면 이 약을 한번 드시게 해보거라. 내가 전에 몸이 안 좋았을 때 만들어둔 약인데 쓸만 하더구나."

사자는 오군의 진지로 돌아와 육항 앞에 양호가 준 약을 내놓았다. 그러자 여러 장수들이 육항에게 말했다.

"양호는 우리의 적입니다. 언제 계책을 쓸지 모르는 인물이니 이 약을 드시지 마십시오. 몸에 해로울지도 모릅니다."

육항이 약을 손에 들고 말했다.

"양호는 이런 방법으로 나를 없앨 인물이 아니오. 의심할 것 없으니 물이나 좀 주시오."

육항은 아무 부담없이 약을 먹었다. 다음날 육항이 자리를 털고 일어나자 장수들은 다행이라며 좋아했다. 육항이 장수들을 둘러보며 말했다.

"양호가 우리에게 관용을 베푸는 것은 전쟁 없이 우리를 흡수하려는 의도에서입니다. 그러니 우리는 함부로 경거망동하지 말고 강계

만을 책임지고 지키도록 합시다."

장수들은 육항의 말을 알아듣고 일체의 선제 공격을 삼갔다. 이때 손호가 보낸 사자가 왔다.

"천자께서는 장군께서 먼저 진격하셔서 진나라 군사가 들어오는 것을 미리 막으라고 하셨습니다."

육항이 사자를 보며 말했다.

"먼저 돌아가 계세요. 내가 달리 상소문을 올리겠습니다."

사자가 돌아간 후 육항은 바로 상소문을 써서 건업의 손호에게 보냈다. 손호는 그의 편지를 뜯어 읽어내려갔다. 진을 함부로 정벌할 수 없는 이유와 손호에게 내치에 더욱 신경을 써서 덕을 쌓으라는 내용이었다. 아울러 모든 일을 힘으로 눌러서 해결하려는 것은 옳지 않다는 내용도 써 있었다. 육항의 편지를 읽은 손호는 몹시 화를 내며 소리쳤다.

"사람이 없어 아껴줬더니 이 자가 하늘 높은 줄 모르고 감히 나한테 충고를 하려고 들다니! 그러고 보니 육항이 변방에서 적과 내통한다는 소문이 모두 사실이었구나!"

손호는 곧바로 육항의 병권을 빼앗고 사마로 좌천시킨 후 손기에게 대신 군사를 감독하게 했다. 그리고 연호를 다시 건형建衡 원년으로 바꾸었다. 손호의 결정이 그렇게 즉흥적으로 부당하게 이루어지는데도 문무대신들 가운데 일언반구 이의를 제기하는 사람이 없었다. 손호의 국정은 이처럼 임의적이었고 자기 마음에 들지 않는 사람에 대한 처벌은 날이 갈수록 정도가 심해졌다. 마침내 궐내의 여기저기서 그를 원망하는 소리들이 터져나왔다.

이때 승상 만욱 · 장군 유평留平 · 대사농 누현樓玄 세 사람이 손호의 분별없는 정책에 질책을 가하자 손호는 이들을 모두 참수시켜버렸다. 죽인 사람이 늘어날수록 손호는 자신의 경호에 더 신경을 곤두세워 철기병 수천 명이 항상 자기 주변을 감시하도록 했다.

서기 273년 봄, 갑자기 병을 얻은 육항은 자리에 눕는 일이 잦아졌다. 그러다 결국 다음해 여름 손호에게 다음과 같은 한 장의 상소문을 남기고 세상을 떠났다.

> 서릉과 건평은 장강의 중상류에 위치한 곳으로 촉으로 들어가는 관문이자 우리 동오의 서문입니다. 이곳은 지세가 험해 천연의 요새이기는 하지만 만일 적군이 마음먹고 군선을 동원해 쳐들어온다면 강한 물살을 이용해 우리 진지를 급습할 게 뻔합니다. 그렇게 되면 우리의 구원병이 간다 해도 시간 안에 도착하기 어려우므로 아무 도움이 되지 못합니다. 지금 제가 방어하고 있는 지역에 대해 병력 증강을 요구했으나 조정에서는 이에 대한 답이 없습니다. 이것은 조정의 관리들이 군사업무에 충실하지 않다는 증거입니다. 이 지역을 방어하려면 최소한 3만 명의 정병이 있어야 하며 특히 이곳은 원주민이 많아서 이들을 다독여야 하는 이중고가 있습니다. 현명하신 폐하께서는 이 사실을 주지하셔서 이 지역 방어에 만전을 기하시기 바랍니다.

손호는 그제야 육항의 존재가 중요함을 깨닫고 후회했지만 육항은 이미 이 세상 사람이 아니었다. 손호는 육항의 아들 육안陸晏에게 그 뒤를 잇도록 했다. 육항이 죽자 조정은 걱정에 휩싸였다. 진나라에 대항할 수 있는 가장 유능한 장수가 사라졌으니 손호의 근심도 이만저만이 아니었다. 이 소식은 곧 진나라로 전해졌다. 그때까지 양양을 지키던 양호는 즉시 사마염에게 표문을 올렸다.

> 운은 하늘이 주는 것이지만 공을 세우는 것은 사람이라고 합니다. 지금 적들이 주둔하고 있는 장강과 회수의 요새지는 강유가 지키던 검각보다 못하고, 손호가 다스리는 오국의 어지러움은 촉의 유선 때보다 더 심각하다고 합니다. 더구나 우리 대진의 병력은 천하에서 겨룰 자가 없으니 지금이 사해를 아우를 절호의 기회입니다. 폐하께서는 더 이상 주저하지 마시고 동오를 토벌하여 대업을 이루시길 바랍니다.

사마염은 양호의 표문을 보고 크게 고무되어 군대를 일으키는 문제를 조정에서 직접 논의했다. 그런데 가충이 이에 적극적으로 반대하고 나섰다.

"폐하, 변방의 일로 전체를 판단하시면 안 됩니다. 지금 본격적으로 오나라를 정벌코자 한다면 최소한 20만 이상의 대군이 필요합니다. 이제 오나라에서는 없어서는 안 될 전략가 육항이 죽었으니 머지않아 동오는 큰 혼란을 겪을 것입니다. 그러나 아직은 그런 징후가 없으니 그때까지 기다리는 것이 일의 번거로움을 줄이는 길입니다. 육항의 죽음으로 인해 적의 방어선이 흔들리는 것이 파악되면 그때는 제가 직접 나서서 정벌을 요청하겠습니다."

가충의 이같은 강력한 발언은 당장이라도 오나라로 쳐내려갈 것을 명령하려던 사마염을 주춤하게 만들었다. 사마염은 가충이 자신을 황제의 위에 오르도록 도와준 주역이기도 했지만, 그의 정세 판단과 지모가 누구보다 앞섰기에 언제나 그의 말을 수용했다. 급기야 사마염은 272년, 가충의 딸인 가남풍賈南風을 며느리로 맞이하여 가충과 사돈을 맺기도 했다.

가남풍은 가충이 아내를 잃은 후 후실로 맞은 곽괴와의 사이에서 난 딸이었다. 가충은 자식복이 없었는지 많은 자식들을 어릴 때 잃었다. 그러다 보니 무남독녀인 가남풍에 대한 가충의 사랑은 비교할 데가 없을 정도였다. 시간이 흐른 후에 가남풍에게 여동생이 생겼지만 가충은 여전히 가남풍을 애지중지했다. 그는 시간이 날 때마다 가남풍을 앞에 앉히고 글을 가르쳤는데 가충이 보니 어린 여식의 총명함이 남달랐다. 가남풍은 책읽기를 즐겼는데 그 중에서도 병서나 전략서에 깊은 관심을 보였다. 그녀는 어릴 때부터 육도삼략이나 사마천의 『사기』 같은 책을 늘 옆구리에다 끼고 다니다시피 했다. 가충이 하루는 자기 앞에서 책을 읽고 있는 가남풍을 보고 물었다.

"얘야, 너는 커서 어떤 사람이 되고 싶으냐?"

가남풍은 똘망똘망한 눈망울을 반짝이며 대답했다.

"저는 천자가 될 거예요."

가충이 깜짝 놀라며 말했다.

"얘야, 천자는 하늘이 정하는 것이라 아무나 될 수 없는 거란다. 그런 말을 함부로 입에 담으면 큰일나지."

가충은 총명한 딸이 기특하기도 했지만 한편으론 자기 주장이 너무 강하고 남에게 지는 것을 죽기보다 싫어하는 모습을 보면서 은근히 걱정이 앞서기도 했다. 그런데 사마염과 가충의 교분이 남다르다 보니 집안끼리 교류도 잦았는데 사마염의 아들이자 태자인 사마충司馬衷이 가남풍을 보고 한눈에 반해버렸다. 사마충이 오랫동안 가남풍을 가슴에 담고 있는 것을 눈치챈 사마염은 아들과 가남풍을 맺어주었다. 이렇게 해서 사마염과 그의 심복인 가충은 사돈간이 됐다.

사마염은 곧잘 '가충에게 세 가지 빚을 졌다'는 말을 하곤 했다. 그 세 가지 빚이란 첫째, 과거 사마소가 조모를 시해할 때 직접 나서서 사마소의 허물을 덮은 것, 둘째, 사마소가 자신의 보위를 사마유에게 넘기려고 할 때 그가 나서서 적극적으로 막고 사마염이 등극하도록 한 것, 셋째, 조환을 설득해서 사마염이 천자에 오를 수 있도록 모든 일을 처리한 것이었다. 또한 사마염은 가까운 심복들에게 이런 말을 하기도 했다.

"가충은 선제(사마소)와 나를 위해서 하늘이 보내준 사람이다. 누가 두 번씩이나 황제를 폐위하는 일에 앞장서겠는가? 그만이 할 수 있는 일이다. 그는 참으로 위험한 길을 걸어왔는데 어떻게 보면 모험심이 대단한 사람 아닌가?"

이런 가운데 가충이 양호의 의견을 극구 반대하고 나오자 조야에는 '가충은 이중인격자로 천자의 눈을 흐리게 하고 오나라에서 뇌물을 받아 동오에 대한 공격을 꺼린다'는 소문이 떠돌았다. 사마염이 한 내관으로부터 이 소문을 전해듣고 그를 크게 꾸짖으며 말했다.

"가충은 나와 선제께 충성을 다했을 뿐이다. 앞으로 또다시 이런 헛소문이 떠돌면 진원지를 추적해서 엄벌로 다스릴 것이다."

이렇게 해서 가충에 대한 근거 없는 소문은 가라앉았다. 한편 양호는 자신이 올린 상소에 대해 아무 반응이 없자 몹시 실망했다.

"하늘은 기회를 많이 주지 않는 법이라고 했는데 동오를 칠 이 좋은 기회를 취하지 않다니 실로 안타깝구나!"

서기 278년, 양호는 조정에 들어가 벼슬을 내놓으며 몸이 편치 않아 고향으로 내려가 요양하겠다고 말했다. 사마염은 양호의 말을 듣고 섭섭하기 이를 데 없어 그를 조용히 불러 다과를 베풀며 이야기를 나누었다. 사마염은 주로 양호가 지난날 세웠던 공을 치하하며 섭섭한 마음을 드러냈다.

"그대처럼 유능한 지방관을 고향으로 보내야 하니 내 마음 한 구석이 몹시 무겁습니다."

양호가 웃으며 답했다.

"이제 제 나이 쉰일곱입니다. 구천을 갔어야 할 나이이지요. 요즘은 기력이 약해져 몸을 마음대로 움직이는 것도 힘이 듭니다. 저 같은 늙은이가 사라지면 또 그 자리는 참신하고 능력있는 젊은 장수가 대신할 것입니다."

"그러면 떠나기 전에 저에게 남길 말이라도 한마디 해주시지요."

양호가 숙연한 표정을 지으며 말했다.

"지금이 동오를 칠 때입니다. 손호가 지나치게 권력을 남용하여 오나라는 예전의 질서를 잃어버리고 혼란의 와중에 있습니다. 그 혼란이라는 것이 눈에 잘 띄지는 않습니다. 그가 힘으로 누르고 있기 때문이지요. 그는 천하의 모든 움직이는 것들이 자기 수중에 들어와 있기를 바라며 호화와 사치에 빠져 국고를 낭비하고 있습니다. 그것만큼 국가를 병들게 하는 것이 어디 있겠습니까? 그러나 손호는 그리 멍청하지 않기 때문에 이 시기를 놓치면 우리는 다시 이런 기회를 만나지 못하게 될지도 모릅니다. 손호는 머지않아 육항에 비견할 만한 인물을 찾아 적소에 배치할 것입니다. 그러니 공백이 있는 지금 쳐들어가야 합니다."

사마염은 양호의 말이 정확한 정세 파악이라고 느꼈다.

"그러면 경이 이번에 직접 군사를 거느리고 동오 정벌길에 오르는 것이 어떻겠습니까?"

"저는 나이도 많은데다 병도 있으니 적임자가 아닙니다. 용맹과 지략을 갖춘 다른 인물을 물색해보십시오."

양호는 사마염에게 작별인사를 하고 고향으로 떠나려고 했다. 그런데 사마염이 낙양에 남기를 간청하는 바람에 그대로 그곳에 머무르기로 했다. 그해 겨울, 사마염은 양호가 위독하다는 소식을 듣고 직접 어가를 타고 양호의 집으로 병문안을 갔다. 사마염이 병상 앞으로 다가오자 양호는 눈물을 흘리며 말했다.

"신이 죽어 구천에 간다 해도 이 은혜를 잊지 못할 것입니다."

사마염도 눈물을 글썽이며 말했다.

"나는 동오를 정벌하자는 경의 주청에 따르지 않은 것을 후회하고 있습니다. 경의 뜻을 이어받을 만한 인물이 있으면 말씀해주세요."

양호가 겨우 말을 이었다.

"우장군 두예杜預입니다. 그러나 제가 천거한 사실은 비밀로 해주십시오."

"어질고 능력있는 자를 천거하는 것은 좋은 일인데 왜 비밀로 하라는 것입니까?"

"두예는 자존심이 강하여 제가 천거하는 것보다 폐하께 직접 발탁되기를 바랄 것입니다."

양호는 말을 마치자 바로 숨을 거두었다. 사마염은 쏟아지는 눈물을 참지 않고 그 자리에서 통곡했다. 사마염은 격식에 맞게 양호의 장례를 치러주고 나서 태부 거평후鉅平侯의 관직을 추증했다. 양양의 백성들은 양호가 죽었다는 소식을 듣고 모두 시장 문을 닫고 그의 죽음을 애도했다. 강남을 지키던 진나라의 병사들도 그의 죽음에 눈물을 흘렸으며, 양호가 생전에 즐겨 찾았던 현산峴山에 사당과 비를 세우고 계절이 바뀔 때마다 제사를 지내 그의 공덕과 부하에 대한 사랑을 추모했다.

진 황제 사마염은 양호의 유언을 잊지 않고 두예를 진남대장군으로 삼아 형주 지역을 총괄하게 했다. 두예는 당시 56세로 장안과 가까운 곳에서 태어나 우장군까지 오른 사람이지만 학문으로 더욱 이름이 높았다. 그는 특히 좌구명左丘明의 『춘추좌씨전春秋左氏傳』을 좋아해서 늘 몸에 지니고 다녔으며 나들이할 때도 시동들에게 이 책을 들려 앞세웠다. 그래서 사람들은 두예에게 '좌전벽左傳癖'이라는 별명을 붙여주었다.

두예는 양양으로 떠나기 전, 촉 출신의 인재 진수를 산기시랑으로 추천했다. 진수는 예전에 촉에서 항복해온 초주의 수제자로 초주는 진나라 조정 관리인 장화에게 이미 진수를 추천한 바 있었다. 그후 진나라가 안정되면서 장화는 초주와의 약속을 잊지 않고 진수를 찾아가 조정에 천거했다. 장화는 진수의 문장력을 높이 평가해서 지난날 위·오·촉의 탄생과 멸망을 기록한 역사서인 『삼국지』를 편찬하게 하기도 했다. 삼국의 역사를 집필하는 대작업이 완료되자 장화는 그의 능력을 더욱 높이 사서 그를 다시 중서랑으로 추천하려고 했다. 그러나 평소 장화와 사이가 좋지 않았던 순욱이 진수를 탐탁잖게 여기고 주변의 무리들을 규합해 진수의 승진을 방해했다. 이 때문에 진수는 고향으로 돌아와 하릴없이 지내고 있었는데 두예가 그의 재능을 알아보고 다시 추천을 한 것이다.

사마염은 두예가 양양으로 떠나면서 추천한 진수를 가까이 불러들여 대화를 나누어보았다. 진수의 박학다식한 식견에 놀란 사마염은 그를 매우 아끼게 되었다. 사마염은 진수를 치서어사로 중용해 늘 자신 곁에 머물게 했으며, 곧잘 역사에 관한 조언을 청해 듣곤 했다.

양양으로 간 두예는 오나라 정벌을 앞두고 군마를 정비하고 무기를 손보며 만반의 준비를 갖추어갔다. 그러나 진나라의 조정 분위기는 아직 두 갈래로 나뉘어 합일점을 찾지 못하고 있었다.

한편 동오에서는 정봉 · 육항 등 노장군들이 모두 죽고, 손호는 일관된 정책을 펴지 못한 채 포악과 사치로 조정의 대신들과 백성들을 더욱 괴롭히고 있었다. 이때 진나라 익주 자사 왕준王濬이 동오를 치자는 상소문을 올렸다.

> 손호의 정책이 관료나 백성들을 모두 피곤하고 지치게 하여 반란의 기운이 높으니 이때를 놓치지 말고 하루 속히 동오를 정벌하십시오. 만일 손호가 죽고 현명한 인물이 주인이 되면 정벌이 어려워집니다. 지금 동오 정벌을 위해 만들었던 배들은 하나 둘 썩어가고 신의 나이도 70을 바라보니 이 기회를 놓친다면 천하통일의 대업은 먼 훗날로 미뤄질 것입니다. 깊이 생각해주십시오.

사마염은 이 글을 읽고 대신들을 불러 말했다.

"익주 자사 왕준이 돌아가신 양호 도독과 똑같은 의견을 보내왔습니다. 나도 이제 그 뜻에 따르기로 했습니다."

그러자 시중 왕혼王渾이 나와 말했다.

"손호가 중신들을 위협하며 과격하게 자신의 정책을 실현시키려 한 탓에 한편에서는 반역을 염려하고 있으나 그는 이미 오래전부터 북쪽 정벌을 염두에 두고 준비를 해온 것으로 알고 있습니다. 더구나 저들은 장강이라는 천연의 요새를 끼고 있으니 쉽게 생각할 일이 아닙니다. 과거 위 무제(조조)가 10만 대군을 동원하고서도 실패한 곳입니다. 섣불리 진격하기보다는 앞으로 1년쯤 더 기다려 적들의 성세가 가라앉은 후에 대책을 세운다면 반드시 성공할 것입니다."

이때 장화가 나와서 말했다.

"존경하는 대신들께서는 손호의 실책이나 단점만을 지적하여 오나라에 반역의 기운이 있다고 하시는데 다른 각도에서 보면 오나라는 손호로 인해 다른 어느 때보다 중앙의 힘이 강해지고 있습니다. 그 힘이 더 공고해지기 전에 동오를 격파해야 합니다. 그리고 장강이라는 천연 요새는 동오에만 유리하게 작용하는 것이 아닙니다. 우리는 강의 흐름을 타고 빠른 시간 안에 적을 공격할 수 있지만 그들은 우리를 공격하기 위해 강을 거슬러 올라와야 하므로 공격이 쉽지 않을 것입니다. 같은 대상을 두고 어떻게 자신에게 유리하게 이용할 것인가를 찾는 것이 전략의 열쇠가 아니겠습니까? 그런 면에서 장강도 전략적으로 잘만 이용한다면 우리에게 승리를 안겨줄 것입니다."

사마염은 장화의 말을 듣고 결심을 굳혔다. 서기 279년 겨울, 사마염은 진남대장군 두예를 대도독에 임명하여 10만 대군을 이끌고 강릉 방면으로 진격하라고 명령했다. 그리고 각기 군사 5만을 내주며 진동대장군 낭야왕瑯琊王 사마주司馬伷에게는 저중滁中으로, 정동대장군 왕혼에게는 횡강橫江으로, 건위장군 왕융王戎에게는 무창으로, 평남장군 호분胡奮에게는 하구夏口로 진군한 다음 두예의 지시를 따르라고 명령했다. 이어 용양장군龍驤將軍 왕준과 광무장군廣武將軍 당빈唐彬에게는 10여만의 군사와 전선 1만여 척을 거느리고 강동으로 쳐내려가게 했다. 그리고 관남장군冠南將軍 양제陽濟에게는 양양으로 내려가 군사들을 주둔시키면서 다음 지시를 기다리게 했다. 대군을 일으킨 진나라는 장강을 중심으로 상 · 중 · 하류 세 방면에서 오나라로 진격해 들어갔다.

한편 진의 대군이 남하한다는 소식을 들은 손호는 승상 장제張悌 · 사도 하식何植 · 사공 등수藤修 등을 불러 대책을 협의했다. 장제가 먼저 말했다.

"적의 이번 남침은 전면적으로 이루어지고 있습니다. 먼저 거기장군 오연伍延을 도독으로 삼아 강릉으로 진격시켜 두예군을 막도록 하고, 그 다음 표기장군 손흠孫歆은 하구로 가서 방어하라고 하십시오. 그리고 저도 좌장군 심형沈瑩, 우장군 제갈정과 함께 10만 군사를 이끌고 우저로 나가 왕혼의 군대를 막겠습니다."

손호는 장제가 이르는 대로 즉각 군사를 진군시켰다. 하지만 오군이 3로로 나간 뒤에 들려오는 전황은 진나라의 두예와 왕준에게 연일 오군이 격파당하고 있다는 나쁜 소식뿐이었다. 손호는 날이 갈수록 초조해져 근심 속에 밤낮을 보내고 있었다. 옆에서 보고 있던 중상시 잠혼이 손호에게 걱정이 지나친 것 같다며 달래자 손호는 얼굴에 수심을 가득 담고 말했다.

"진의 대병을 막아내지 못할 것 같아요. 지금 왕준은 수만의 수군을 이끌고 장강의 물살을 타고 남하하고 있다고 합니다. 그놈들이 당장 건업까지 쳐들어올 텐데 어떻게 걱정이 되지 않겠습니까?"

그러자 잠혼은 무언가 생각해둔 것이 있는지 말을 꺼냈다.

"폐하, 적은 빠른 속력으로 달려와 건업을 기습하려는 속셈을 가지고 있을 테니 배의 크기가 크지 않을 것입니다. 저는 그 점을 잘 이용하면 승산이 있으리라 생각합니다."

"어떻게 이용하자는 것인지 어서 말해보시오."

"우리 강남에는 철이 많이 나니 철을 모아 두들겨서 고리를 만듭니다. 그런 다음 100여 개의 쇠고리 수백 개를 연결해 강바닥에 깔아놓았다가 적선이 나타나면 그것을 들어올리는 것입니다. 그러면 아무것도 모르고 강물을 타고 내려오던 적의 배는 쇠줄에 걸려 부서지고 군사들은 모두 물에 빠질 것이니 그들이 어떻게 강을 건너올 수 있겠습니까?"

손호는 괜찮은 생각이라고 여기고 곧바로 영을 내려 적군의 배가 들어오는 물길 밑에 설치할 무쇠기둥과 쇠고리를 만들게 했다. 전국에서 불러들인 장인과 공인들은 밤낮으로 쇠를 녹이고 고리를 엮었다. 손호는 진나라의 수군이 가까이 오기 전까지는 이 일을 끝내야 한다며 밤낮없이 작업을 독려했다. 쇠줄을 만드는 작업은 별 탈 없이 진행됐으나 강둑에 쇠기둥을 박고 쇠줄을 연결하는 과정에서는 많은 인부들이 다치거나 익사했다. 한편 진 도독 두예는 강릉으로 출병한 후에 주지周旨를 불러 말했다.

"수군 800여 명을 작은 배에 나누어 태우고 눈에 띄지 않게 장강을 건너시오. 그리고 낙향을 먼저 점령한 후에 숲속에 매복해 있다가 낮에는 포소리를 울리고 밤에는 횃불을 올리시오."

주지는 두예가 시킨 대로 군사를 배에 태우고 강을 건넌 후 나무가 우거진 숲속에 군사를 넓게 매복시켰다. 그리고 무수히 많은 깃발들을 꽂아놓고 낮에는 천지가 떠나갈 듯이 포를 쏘고 밤에는 곳곳에 횃불을 밝혀놓았다. 그러자 두예는 다시 주지에게 전령을 보내 군사들을 이끌고 파산巴山으로 건너가 오나라 군으로 변장한 후 매복하고 있으라고 했다. 그리고 오군들이 나타나면 그들 틈에 섞여 성으로 들어가서 성 곳곳에 불을 지르라고 명령했다. 다음날 두예가 대군을 이끌고 수륙 양면으로 진군해 들어가던 중에 전령의 보고를 받았다.

"오나라에서 우리 군과 맞서기 위해 3로로 진군하고 있다고 합니다. 오연이 육군을 이끌고 있으며, 육경은 수군을, 그리고 손흠은 선봉군을 지휘하고 있습니다."

두예가 계속 진격해나가자 동오의 장수 손흠의 배가 모습을 드러냈다. 양쪽 군대는 잠시 대치하다 바로 교전에 들어갔는데 얼마 후 두예군의 배가 뒤로 밀리는 듯했다. 손흠은 '역시 수군은 아군이 우세하다' 고 여기며 계속 추격했다. 물러난 두예의 군사들은 급하게 강 연안에 배를 대고 언덕 위로 달아나기 시작했다. 이때 두예는 이미 정예 기병들을 미리 숲속에 매복시켜놓은 상태였다. 손흠이 이끄는 군사들도 진군의 뒤를 쫓아 언덕으로 개미떼처럼 올라갔다.

10여 리에 걸친 추격전이 계속되다 갑자기 방향을 바꾼 두예의 진군이 오군을 향해 반격을 감행했다. 이와 동시에 매복해 있던 진의 기병들이 산기슭에서 쏟아져내려와 틈을 주지 않고 강하게 몰아붙였다. 역습을 당한 손흠은 급하게 군사를 퇴각시키려고 했으나 이미 대오가 이리저리 흩어지고 사상자가 언덕과 길에 깔려 있었다. 손흠이 패잔병들을 이끌고 도망쳐 성에 가까워졌을 때, 미리 그곳에 매복해 있던 주지의 군사들은 동오의 군사들 틈에 끼여 함께 성안으로 들어갔다. 이들은 곧바로 사방으로 흩어져 성 곳곳에 불을 질렀다. 손흠은 절망적으로 소리쳤다.

"이놈들이 날아서 강을 건넜단 말인가!"

그가 후퇴를 결정하고 돌아서려는 순간, 이미 포위망을 좁혀들어오던 두예가 칼을 치켜들고 손흠에게로 달려와 순식간에 그의 목을 날려버렸다. 이때 오의 수군을 거느린 육경은 배 위에서 사방을 살피다 강남쪽 언덕에서 불길이 치솟고 파산 중턱에는 '진남 대장군 두예' 라고 씌어진 커다란 깃발이 바람에 펄럭이는 것을 발견했다. 육경의 부담은 쇳덩이처럼 커졌으나 그는 일단 진군을 명령했다. 그러나 장수들이 달려와 황급하게 보고했다.

"진군의 기세에 눌린 아군들이 배를 버리고 벌써 달아나기 시작했습니다. 지방에서 차출된 병사들은 무더기로 빠져나가 진군이 어려운 상태입니다."

다급해진 육경은 더 이상 방법을 찾지 못하고 강변에 배를 대고 육지로 올라가 전열을 가다듬으려 했다. 그러나 뒤쫓아온 두예 휘하 장수 장상張尙의 칼에 목숨을 잃고 말았다.

한편 두예가 지휘하는 진군이 오의 수군을 완전히 격파하고 동으로 물밀 듯이 밀려온다는 보고를 받은 오연은 방어에 총력을 기울였으나 중과부적의 상태에서 위기를 맞고 있었다. 자신마저 넘어지면 건업은 마지막이라는 생각에 오연은 사생결단으로 성을 방어했으나 이탈하는 병사들이 속출하고 적의 공격이 워낙 강력해 끝내 두예군에게 무릎을 꿇고 말았다. 그는 진군에게 생포되어 두예 앞으로 끌려나갔다. 두예는 그 자리에서 오연의 목을 베어 죽였다.

이렇게 해서 두예는 강릉을 완전히 손에 넣었다. 이어 원주와 상주 일대도 쉽게 점령했고 황주 일대의 고을들은 바람 앞의 짚단처럼 쓰러져 각 고을의 수령들이 관인을 들고 나와 투항했다.

두예는 점령하는 곳마다 포고문을 내걸고 백성들을 안심시키려 애썼다. 그리고 진나라 군사들이 민폐를 끼치지 않도록 엄한 군령을 내렸다. 그는 속도를 늦추지 않고 무창으로 쳐들어가 그곳도 쉽게 넘어뜨렸다. 이제 남은 것은 건업뿐이었다. 그 사이에 장강에는 겨울과

봄이 가고 여름이 다가오고 있었다. 두예는 건업 공격을 앞두고 왕준 · 당빈 · 장상 · 호분 등 여러 장수들과 함께 대책을 협의했다. 호분이 말했다.

"우리는 지금 100여 년에 이른 원수 토벌을 눈앞에 두고 있습니다. 그러나 지금은 늦봄의 우기로 물이 불어 군사를 오래 머물게 할 수 없습니다. 아쉽지만 내년 봄에 다시 전쟁을 일으키는 것이 좋겠습니다."

두예가 말했다.

"지난날 악의는 제서濟西에서 벌인 한판 싸움으로 강력한 제나라를 병합했다. 그러니 여기서 머뭇거릴 게 아니라 여름이 오기 전에 지금 바로 건업으로 쳐들어가 적을 소탕해버려야 한다."

두예의 말을 들은 장수들이 만장일치로 그 말에 따랐다. 두예는 장수들을 격려하고 일제히 군사를 거느려 건업 공격에 박차를 가했다. 이때 전령이 달려와 왕준에게 급하게 보고했다.

"건업 가까운 장강 바닥에 쇠사슬 줄이 설치되어 있는 것이 발견되었습니다. 수중에는 쇠기둥도 세워져 있어 모르고 진군할 경우 우리 군이 전멸할 수도 있습니다."

보고를 받은 왕준은 전령을 격려하고 크게 웃더니 군사들에게 명했다.

"지금 당장 수백 개의 뗏목을 만들도록 하라. 그리고 갑옷을 입은 허수아비도 수백 개를 만들어라."

며칠 만에 뗏목과 허수아비가 완성되자 왕준은 뗏목 가장자리에 장대를 돌려세우게 한 후 허수아비를 고정시켰다. 멀리서 보면 영락없이 군사들이 배를 타고 있는 모습이었다. 왕준은 서둘러 이 뗏목을 장강에 띄우고 물결따라 떠내려가게 했다.

멀리서 수백 개의 뗏목들이 모습을 드러내자 오나라 군사들은 진군이 쳐들어온 줄 알고 겁에 질려 무리를 지어 도망쳤으며 수중에 박아놓은 쇠기둥은 뗏목에 걸려 넘어지고 쓰러져 뗏목과 함께 떠내려갔다. 뗏목 뒤를 따라온 진군은 뗏목 위에 거대한 불을 질러 쇠사슬을 녹이며 앞으로 나아갔다. 불 붙은 뗏목이 장강을 불바다로 만들며 내려오자 동오의 군사들은 전의를 상실하고 말았다. 이때 동오의 승상 장제는 좌장군 심형, 두장군 제갈정과 함께 마지막 방어선을 지키고 있었다. 심형이 제갈정에게 말했다.

"상류가 완전히 무너졌으니 우리는 목숨을 걸고 싸우는 수밖에 다른 도리가 없습니다. 다행히 승리한다면 강남은 평안을 찾을 것이지만 그렇지 않다면 나라를 보전할 수 없게 됩니다."

"공의 말이 맞습니다."

장강을 장악하고 내려오는 진군의 군선 규모는 실로 가공할 만한 수준이었다. 이미 숱한 패배로 기선을 제압당한 오군들은 싸울 엄두를 내지 못하고 심한 동요를 보였다. 심형 · 제갈정 · 장제는 침통한 심정으로 사태를 지켜보고 있었다. 그러다 제갈정이 장제에게 말했다.

"이제 돌이킬 수 없는 상황까지 와버렸습니다."

장제는 고개를 숙이고 이 말을 인정했다. 제갈정은 그의 옆에서 말없이 눈물을 흘리다 자신의 진영으로 돌아갔다. 잠시 후 진군은 건업성 가까운 곳까지 이르렀다. 장제는 아무 소득이 없으리라는 것을 알고 있었지만 심형과 함께 군사를 이끌고 나가 진군을 맞아 싸웠다. 진군들은 곧 장제와 심형을 포위했으며 두 사람은 진나라 장수 주지의 칼을 맞고 함께 쓰러져 죽었다.

한편 사마염은 두예와 왕준의 뛰어난 활약으로 진군이 오나라 깊숙이까지 점령해 들어갔다는 보고를 받고 뛸 듯이 기뻤다. 그러나 가충은 정벌군을 맡고 있는 일선 장수들의 힘이 확대될 것을 우려해 조례에 나가 사마염에게 말했다.

"우리 군은 승전에 고무되어 병사들의 처지를 간과하고 있을지도 모릅니다. 그들은 외지에 나가 싸우느라 몹시 지쳐 있을 뿐 아니라 그곳은 곧 우기로 접어들어 전염병이 창궐할 시기입니다. 그것도 불사하고 싸우다가는 뜻하지 않은 불리한 사태를 만날 수 있으니 일단 군사들을 돌렸다가 다시 일을 계획하는 것이 좋겠습니다."

옆에서 가충의 말을 불만스러운 표정으로 듣고 있던 장화가 단호하게 말했다.

"그것은 안 될 말씀입니다. 지금 우리 진군은 적의 깊숙한 소굴까지 치고 들어가 최후의 승전을 눈앞에 두고 있습니다. 이것은 한 달이면 끝날 일입니다. 다 이긴 전쟁을 되돌려놓으려는 까닭을 저는 도무지 모르겠습니다. 무엇 때문에 정벌군이 세운 공을 헛되이 하려는 것입니까?"

가충은 젊은 장화가 자신을 질책하는 듯하자 장화를 꾸짖었다.

"너는 공을 세우는 일에만 집착하여 병졸들의 괴로움은 모르고 있다. 천시天時도 지리地利도 모르는 주제에 전쟁을 논하려 하다니 지금 이 자리에서 너의 목을 벤다 해도 하늘에 네 죄를 용서받지 못할 것이다."

사마염이 가충을 타일렀다.

"사병들의 고충을 모르는 바는 아니지만 지금은 진격을 멈출 때가 아닌 것 같습니다. 더 이상 이 문제를 거론하지 맙시다."

이때 두예가 보낸 표문이 도착했다는 보고가 전해졌다. 사마염이 서둘러 뜯어보니 즉각 건업으로 진격하겠다는 내용이었다. 사마염은 주저하지 말고 바로 실행하여 건업을 취하라는 영을 내렸다. 사마염의 영을 받은 두예와 왕준은 수륙 양면 작전으로 건업을 향해 쳐들어갔다. 오나라의 군사들은 이들의 깃발만 보고도 투항해왔다.

마침내 왕준은 정예병들을 이끌고 먼저 건업성으로 들어가 성문에 진의 깃발을 꽂았다. 이 사실을 전해들은 손호는 다른 방법을 찾지 못해 궐에 머물며 애를 태웠다. 여러 신하들이 그런 손호를 찾아와 말했다.

"우리는 도저히 진군을 이길 수가 없습니다. 건업의 군사들은 싸우기 전에 항복하려고 들 것이니 폐하께서도 준비를 하시는 것이 좋을 듯합니다."

신하의 말이 떨어지기도 전에 손호는 불같이 화를 내며 소리를 질렀다.

"왜 싸워보지도 않고 항복부터 한단 말이오!"

한 사람이 나와 다시 말했다.

"오늘 우리 동오가 헤쳐나가기 어려운 난국에 처한 것은 잠혼이 저지른 죄 때문입니다. 청컨대 폐하께서는 만인이 보는 앞에서 그를 죽이십시오. 그러면 신들은 성밖으로 나가 목숨을 걸고 싸우겠습니다."

"일개 내시 하나가 어떻게 나라의 운명을 그르친단 말이냐?"

신하들이 하나같이 큰 소리로 외쳤다.

"폐하, 지난날 촉나라의 황호를 보지 못하셨습니까?"

손호가 무슨 말인지 모르겠다는 얼굴로 잠시 머뭇거리자 신하들은 더 기다릴 필요도 없다는 듯 일제히 궁중으로 달려들어가 잠혼을 끌어내 난도질해버렸다. 잠혼을 죽인 신하들 중에 도준陶濬이라는 자가 손호에게 와서 말했다.

"제가 거느린 군선은 모두 작은 것뿐이니 큰 배와 군사 2만을 내주시면 죽기를 각오하고 나가 적과 싸우겠습니다."

손호는 도준의 말을 듣고 즉시 어림군을 선발해 그에게 주면서 말했다.

"어렵겠지만 네 책임이 막중한 것을 알고 최선을 다하라."

그리고 전장군 장상張象에게도 수군을 내주며 하류로 나가 적과 싸우라는 영을 내렸다. 도준과 장상 두 장수는 군사들을 이끌고 장강에 군선을 띄워 적을 막기 위해 출진했다. 그러나 예상치도 않은 사나운 바람이 몰려와 강 위의 배들을 사정없이 흔들었다. 배 위의 깃발들이 부러져 넘어지고 배가 요동치는 바람에 중심을 잃은 군사들은 겁을 먹고 싸울 생각조차 못했다.

이때 진나라 장군 왕준은 기세등등하게 돛을 올리고 삼산이라는 곳을 지나고 있었다. 그런데 갈수록 격랑이 심해져 배 위에 바로 서 있을 수도 없을 지경이었다. 그러자 노를 젓던 군사들이 왕준에게 말했다.

"이대로는 도저히 앞으로 나아갈 수 없습니다. 바람이 좀 가라앉은 다음 출전하는 것이 좋겠습니다."

왕준은 몹시 화를 내며 칼을 뽑아들고 꾸짖었다.

"석두성石頭城이 목전에 있다. 무얼 꾸물거리는 것이냐!"

왕준의 배는 계속 북을 울리며 진군해 내려가다 장상이 이끄는 군사들과 만났다. 장상은 대처할 방법을 찾지 못한 채 투구를 벗고 군사들과 함께 왕준에게 항복했다. 왕준이 장상에게 말했다.

"그대가 진실로 항복했다면 앞장을 서보시오."

장상은 동오의 배를 앞세워 석두성으로 향했다. 석두성 앞에 도착한 장상은 성문 앞에 서서 크게 소리쳤다.

"성문을 열라!"

동오의 군사들은 장상의 말을 듣고 바로 성문을 열었다. 장상은 안으로 들어가 입성하는 진군을 맞아들였다. 최후의 방어선이 무너졌다는 소식을 들은 손호는 절망하며 칼을 뽑아 자결하려고 했다. 이때 중서령 호충胡沖과 광록훈光祿勳 설형薛瑩이 눈물을 흘리며 손호를 만류했다.

"폐하, 나라를 빼앗긴 수모를 생각하면 자진하는 것이 어떻게 나쁘다고 할 수 있겠습니까? 그러나 폐하께서는 우리 오나라의 상징이기도 하시니 옥체를 보전하시는 것이 옳을 줄 압니다. 촉주 유선의 예를 따르도록 하십시오."

손호는 칼을 던지고 항복의 예를 갖추라고 명령했다. 그는 스스로 몸을 결박하고 관을 준비한 후 문무대신들을 거느리고 왕준의 군영 앞으로 나가 항복했다. 왕준은 손호가 지고 온 관을 불태우고 그를 왕의 예우로 모셨다. 서기 280년 4월 4일의 일이었다. 이렇게 해서 동오의 4주 83군 313현과 52만 3천 호는 물론, 장군과 관원 3만 2천 명, 병사 23만 명, 백성 230만 명이 진에 귀속됐다. 이때 오주의 재산은 곡식 280만 섬과 배 5천여 척 그리고 후궁 5천여 명이었다.

손호가 항복한 지 며칠 뒤에 두예 · 사마주 · 왕융의 대군이 건업에 도착했다. 이들은 크게 잔치를 베풀어 군사들에게 그간의 노고를 위로하고 창고 문을 열어 동오의 백성들에게 골고루 곡식을 나누어주었다. 왕준은 사마염에게 표문을 올려 이 모든 사실들을 알렸다. 사마염과 조정의 신하들은 동오 정벌을 마쳤다는 소식을 듣고 서로 축하를 나누고 사마염에게 하례를 올렸다. 사마염은 술자리에 앉아 술잔을 들다말고 눈물을 흘리며 말했다.

"태부 양호가 없었더라면 이 일이 어떻게 가능했겠는가? 그가 죽어 함께 기쁨을 나누지 못하니 참으로 애석하다."

건업의 일을 대충 마무리한 왕준은 손호와 함께 낙양으로 갔다. 전에 오른 손호는 두 손을 모으고 고개를 숙여 진나라 황제 사마염과 마주했다. 사마염은 대국 황제로서의 위엄과 너그러움을 잃지 않으려는 듯 웃음 띤 얼굴로 자리를 권하며 말했다.

"나는 경이 오기를 기다리며 이 자리를 마련해놓았습니다."

그러자 손호가 무심한 표정을 얼굴에 담고 답했다.

"저도 건업에서 이와 같은 자리를 마련해두고 폐하를 기다리고 있었습니다."

사마염이 크게 소리내어 호탕하게 웃었다. 옆에 있던 가충이 손호를 보며 물었다.

"그대가 남쪽에 있을 때 조정 중신들에게 무참한 형벌을 수도 없이 내렸다고 하던데 왜 그렇게 하셨습니까?"

"임금을 살해하려는 불충하고 간악한 신하들에게 내린 형벌일 뿐입니다."

가충과 그 외의 대신들은 폐주 손호의 당돌함에 할말을 잃었다. 사마염은 손호에게 귀명후歸命侯라는 작위를 내리고 손호의 아들 손봉孫封에게도 중랑의 벼슬을 내렸다. 뿐만 아니라 항복한 오나라의 재상들에게도 적절한 벼슬을 내렸으며 전쟁터에서 장렬히 싸우다 죽은 오의 승상 장제의 자손들을 위로하고 그들에게도 벼슬을 내렸다. 그리고 오를 평정하는 데 큰 공을 세운 왕준에게 보국대장군輔國大將軍

의 직위를 내리고 나머지 다른 장수들에게도 크고 작은 공에 따라 벼슬을 올려주었다.

서기 280년. 위 · 오 · 촉 삼국은 진나라 사마염에 의해 통일되었다. 진나라는 최초의 통일 왕조였던 진秦나라와 한漢나라에 이어 세 번째로 중원을 통일한 국가가 됐다. 위 · 오 · 촉의 주인이었던 조환 · 손호 · 유선은 각각 서기 302년, 283년 그리고 271년에 세상을 떠났다.

영웅과 제후가 쓰러진 땅 위에
무엇이 끝까지 살아남았는가?
하늘이 걱정하는 건
바람에 흔들리는 작은 등불
하늘이 용납하고 기뻐하는 것도
철따라 피고 지는 들풀이라네.

고조 유방이 갈가리 찢긴 중원을 통일해 한나라를 열고, 한때 왕망이 잠시 신新나라를 세웠으나 후한의 광무제 유수가 다시 후한을 건국하여 전한을 계승했다. 그러나 400년을 이어가며 찬란한 문화를 꽃피웠던 한나라의 사직은 계속되는 어린 황제의 등극으로 기울기 시작했다. 흔들리는 왕조와 궁핍한 백성들의 삶은 양민들을 반란의 소용돌이 속으로 내몰고, 마침내 황건농민군이라는 대규모의 반란군이 결성되어 전국이 하루도 조용할 날이 없었다.

백성들이 살길을 찾아 시위하는 동안 조정에서는 십상시의 변란이 일어나고 본격적인 난세가 시작됐다. 난세는 영웅을 낳는다고 했던

가? 저마다 어지러운 나라를 평정하고 태평성대를 이루는 데 일조하겠다는 신념에 찬 젊은이들이 중원 천지에 별처럼 반짝였다. 그러나 한나라 황실은 파란의 굴곡을 넘나들며 동탁이라는 군벌정치가를 등장시켰다.

황제를 업고 최고의 권력을 구가하던 동탁은 최측근인 여포에게 피살당하고 이어 이각·곽사가 변란을 일으켜 제2의 군정시대를 열었다. 조정은 무인들에게 핍박받고 백성들의 삶은 조금도 나아지지 않았다. 이에 어지러운 조정과 백성을 구하겠다며 각 지역에서 영웅들이 모습을 드러낸다. 손견·손책은 강동을 터전으로 삼았고, 원소·원술은 하남에서 일어났으며 유언 부자는 파촉에 뿌리를 내렸다. 또 유표는 형주와 양주에, 장수·장로는 한중에 터전을 잡았으며, 마등·한수는 서량을 지지 기반으로 삼았다. 도겸·장수·공손찬은 그리 길게 활약하지 못했으나 한말의 어지러운 때를 틈타 잠시 서주와 유주 일대를 쥐고 있었다..

그러나 이처럼 자기의 터전을 잡고 난세를 평정하겠다며 나선 이들을 따돌리고 단연 두각을 나타낸 이는 환관의 아들 조조였다. 그는 본래 뿌리가 미약했으므로 오직 자신의 투지와 능력만을 바탕으로 중원을 종횡무진 누비며 천하를 아우르기 시작했다. 조조는 뛰어난 지략과 대범한 공격으로 중원의 여러 영웅들을 복종시키고 허창에 자리를 잡아 일찌감치 중원의 주인이 되었다.

유비는 중앙과는 거리가 먼 변방의 시골마을 출신이었으나 자신이 황실의 자손임을 굳게 믿으며 백성들에 대한 측은지심을 바탕으로 한 황실 부흥에 평생을 바쳤다. 그는 관우와 장비를 만나 의형제를 맺고 평생의 동지가 되었으며 자신을 받쳐줄 아무런 세력도 없이 동분서주하며 크고 작은 공을 세웠다. 그러나 누구보다 인덕이 많았던 그는 천하의 귀재 제갈량과 방통을 만나 서천과 형주를 터전으로 얻게 되고 서촉의 주인이 되었다.

또한 남동쪽 오지에 터전을 세운 손견은 이후 손책에게 뒤를 물려주었으며 손책은 다시 손권에게 강동을 남겼다. 이렇게 하여 조조·유비·손권 3자 시대가 열렸다. 이들에 의해 천하는 삼분되었으며 또한 하나같이 천하통일을 외치며 뺏고 뺏기는 각축전을 벌였다.

삼국이 대치해 있는 동안 각국에서는 저마다 뛰어난 능력으로 주인을 보좌한 참모들이 나타났는데 곽가·가후·순욱·순유 등은 조조를 보필했으며, 손권에게는 주유·노숙 등의 참모가 있었다. 하지만 그 중에서도 가장 빛나는 재주를 발휘했던 참모는 유비를 보좌한 제갈량이다. 그는 인맥도 없고 터전도 없었던 유비를 도와 촉을 건설하는 데 결정적 역할을 한 사람이다. 이들은 전장에서 앞다투어 기지와 기예를 뽐내며 상대를 제압하기도 하고 패배하기도 하며 한 시대를 살다 갔다. 제갈량은 여섯 차례나 북벌을 단행했지만 국가적인 역량 차이를 극복하지 못하고 오장원에서 최후를 맞았다. 이때 위는 새로운 인물 사마의를 내놓았는데 그에 의해 위나라뿐 아니라 삼국과 통일 이후의 역사가 새롭게 씌어지게 된다.

제갈량의 뒤를 이은 강유는 한 해도 쉬지 않고 무려 여덟 번이나 위 정벌에 나섰으나 끝내 뜻을 이루지 못하고 말았다. 촉의 후주인 유선과 강유의 사이가 벌어지는 바람에 위나라 장수 등애와 종회가 서촉 정벌에 성공하여 천하는 위와 오로 이분되었고, 순망치한의 전략적 제휴관계에 있던 오는 혼자서 새로운 위(진)와 힘겨운 싸움을 벌이게 된다.

촉을 병합하는 데 주축이 된 사마의의 손자 사마염은 촉을 무너뜨린 것을 계기로 위주 조환을 폐위하고 자신이 황제에 등극하여 대진 시대를 열었다. 사마염은 촉을 멸망시킨 여세로 동오도 무너뜨려 마침내 천하는 하나로 통일되었다. 후한 말 난세가 시작되고 천하가 삼분된 지 실로 100여 년 만의 일이었다.

사마염에게 제위를 빼앗긴 위나라의 진류왕(조환), 촉한 폐주 안락공(유선), 오나라 폐주 귀명후(손호)는 모두 사마염의 신하가 되어 생을 마감했다. 하지만 천하란 원래 '나뉘어진 지 오래면 합하게 되고, 합한 지 오래면 반드시 나뉘어진다' 고 했듯이 사마염에 의해 간신히 통일을 이룩한 중원은 다시 중국 역사상 가장 혼란한 분열의 시대를 맞이하게 된다.

〈끝〉